KATARZYNA
MISIOŁEK

Ktoś
ci się
przygląda

MUZA

Warszawskie Wydawnictwo Literackie

Projekt okładki: *Izabella Marcinowska*
Redaktor prowadzący: *Małgorzata Burakiewicz*
Redakcja techniczna: *Anna Sawicka-Banaszkiewicz*
Korekta: *Anna Sawicka-Banaszkiewicz*

Zdjęcia wykorzystane na okładce:
© Wojciech Zwolinski/Arcangel Images

ISBN 978-83-287-0916-4

Warszawskie Wydawnictwo Literackie
MUZA SA
Wydanie I
Warszawa 2018

Ktoś
ci się
przygląda

Prolog

Ktoś był w sypialni. Ktoś obcy. Zły. Obecność intruza wyczuwałam całą sobą, jakby wszystkie moje zmysły wyostrzyły się w jednej sekundzie, gotowe do odparcia ataku. Otaczała mnie aksamitna ciemność, a w niczym niezmąconej ciszy upalnej nocy wyraźnie słyszałam czyjś ciężki chrapliwy oddech. Znieruchomiałam pod cienką kołdrą i leżałam z zaciśniętymi powiekami, wmawiając sobie, że wszystko to tylko mi się wydaje. Wtedy na mnie ruszył. Zatrzepotała ciężka zasłona z tafty w kolorze ciemnego cynamonu i w tej samej chwili wynurzyła się zza niej postawna sylwetka. Usiadłam na łóżku, wydając z siebie zduszony okrzyk przerażenia, ale on był już przy mnie. Jego dłoń była szorstka i lepka. Zasłonił mi usta, drugą złapał mnie za włosy i oplótł je sobie wokół nadgarstka. Szarpnęłam się, ale było już za późno. Pchnął mnie na plecy, a jego ciężar wbił mnie w miękki materac. Sprawił, że straciłam panowanie nad własnym ciałem. „Teraz dam ci nauczkę, suko" – wycedził. Jego usta były tuż przy moich, czułam na policzku ciepły, przesiąknięty miętą oddech obcego mężczyzny. Na twarzy miał kominiarkę. Zaczęłam wpadać w panikę. To się nie

5

dzieje naprawdę, pomyślałam, jednak jego ciężar nadal wgniatał mnie w materac, unieruchamiał niczym przyszpilonego do gobelinu motyla. Szarpnęłam głową i chaotycznie zatrzepotałam rękoma, usiłując mu się wyrwać, ale cios, który mi wymierzył, sprawił, że świat zawirował i zniknął. Kiedy się ocknęłam nadal lekko zamroczona, krztusząc się od krwi, która buchnęła mi z nosa i spłynęła do gardła, napastnik zdarł ze mnie krótką nocną koszulę, a jego duże, szorstkie dłonie ugniatały moje nagie piersi, brzuch, ramiona... „Nie!" – krzyknęłam, bijąc go na oślep, ale już się na mnie zwalił i jednym pchnięciem wbił się w moje wnętrze.

Obudziłam się w momencie, w którym zamaskowany mężczyzna wyjmował spod materaca duży ząbkowany nóż i dopiero po dłuższej chwili dotarło do mnie, że to był tylko koszmarny sen. Jednak zwierzęcy strach, jaki czułam uwięziona w gęstych mackach koszmaru, towarzyszył mi nawet po przebudzeniu... Tym bardziej że otaczała mnie właśnie cała jego sceneria... Sięgnęłam do nocnej lampki i wnętrze niewielkiej sypialni zalała przyjazna bursztynowa poświata. Drżąc na całym ciele, zerknęłam w stronę okna. Wiedziałam, że to idiotyczne, jednak przez moment byłam niemal pewna, że za ciężkimi kotarami z cynamonowej tafty czai się gwałciciel.

– To tylko sen, tylko pieprzony sen – szepnęłam do siebie, odrzucając cienką letnią kołdrę, którą byłam przykryta.

Krótka biała koszula nocna lepiła mi się do pleców i brzucha, przepocone włosy nieprzyjemnie łaskotały szyję. Panująca w pokoju duchota była nie do zniesienia, przechodząca nad miastem fala upałów zamieniła je w wielki rozgrzany piekarnik. Podeszłam do okna i odsunęłam zasłonę. Zalany księżycowym światłem zaułek za moim domem sprawiał wrażenie cichego i spokojnego, ale serce nadal tłukło się mi się w piersi jak oszalałe.

Otwierając stare okno z wypaczoną ramą, poczułam, że jeszcze nigdy nie było mi tak źle samej. Dni sprawiały wrażenie niekończącego się ciągu obowiązków, noce były puste, samotne i pełne wyimaginowanych strachów. Nocne powietrze wdarło się do pokoju, owiewając moją spoconą twarz i szyję ciepłym powiewem. Wzięłam głęboki wdech i przez kilka minut stałam przy oknie, starając się zapanować nad oddechem. Kiedy byłam żoną Sebastiana sypiałam jak dziecko. Teraz, cztery lata po rozwodzie, z trudem udawało mi się złapać kilka godzin snu bez przerwy. Dom, który kiedyś był naszym wypieszczonym gniazdkiem, teraz wydawał się zbyt duży, a obawa o bezpieczeństwo syna i moje sprawiała, że niemal każdej nocy budziłam się przynajmniej raz, a później długo nie mogłam zasnąć...

Na myśl o Dominiku wyszłam na korytarz i boso ruszyłam w stronę otwartych drzwi dziecięcej sypialni. Synek spał w pokoju naprzeciwko, z rozrzuconymi na boki rękoma i włosami wilgotnymi od upału, w swojej ulubionej piżamce w parowozy. Stanęłam nad jego łóżkiem i obserwowałam go, tłumiąc w sobie potrzebę muśnięcia delikatnego aksamitu jego policzka. Spał tak spokojnie pogrążony w ufnym dziecięcym śnie bez koszmarów. Jego oddech, cichy, ledwie słyszalny szmer, sprawiał, że powoli się uspokajałam, czułam jednak, że tej nocy prędko nie zasnę.

Na dole coś trzasnęło. Drgnęłam i nerwowo spojrzałam za siebie, chociaż wiedziałam doskonale, jak wiele różnych odgłosów potrafi wydawać stary, kilkudziesięcioletni dom. A jednak wciąż nasłuchiwałam, z rękoma zaciśniętymi na drewnianym zagłówku dziecięcego łóżeczka, ale z parteru nie doszedł już żaden dźwięk. Na dół zeszłam po ciemku, bosa, sunąc dłonią po zimnej ścianie. Cisza... Przystanęłam u podnóża drewnianych schodów i zapatrzyłam się w otaczającą mnie ciemność. Przez niewielką szybkę we frontowych drzwiach wpadało pomarańczowe światło z ulicznej latarni, od strony kuchni na podłogę smuga księżycowej poświaty, poza tym otaczał mnie nieprzenikniony mrok.

Przechodząc przez ciemny korytarz, przypomniałam sobie nagiego Sebastiana, który oblał szampanem mój olbrzymi ciążowy brzuch, a później ukląkł przede mną i z rękoma na moich nagich pośladkach zlizał z niego przyjemnie chłodny alkohol. Kochaliśmy się wtedy na schodach, zaśmiewając się do łez z niewygodnej pozycji i jęczących pod nami drewnianych stopni. I chociaż od tamtej nocy minęło już po-

8

nad pięć lat, przez moment czułam się tak, jakby to było wczoraj...

Światło rozbłysło, momentalnie przepędzając wszystkie wspomnienia, i oto stałam pośrodku olbrzymiej kuchni, w której nie było już żadnej rzeczy mojego byłego męża. Pijąc wodę, pomyślałam, że wszystko jest takie kruche, niepewne, nieprzewidywalne...

– Było sobie małżeństwo – westchnęłam.

Z przepełnionego kubła na śmieci buchał słodkawy odór nadpsutych warzywnych odpadków. Poczułam wstręt do własnego lenistwa – już drugi dzień obiecywałam sobie, że w końcu tu posprzątam. Minutę później i piętro wyżej, samotna w olbrzymim łóżku, które lata temu kupiliśmy wspólnie z Sebastianem, leżałam zasłuchana w dochodzące zza uchylonego okna odgłosy nocy. Gdzieś w sąsiedztwie ostro zaszczekał pies, a jego niespodziewane ujadanie na nowo rozbudziło drzemiący głęboko we mnie strach.

Policja nadal nie złapała tego przeklętego zboczeńca. Terroryzował miasto od miesięcy i wciąż był nieuchwytny. W dodatku, od czasu niedawnego incydentu, który pozbawił mnie poczucia bezpieczeństwa, ciągle czegoś się bałam, dopadła mnie jakaś paranoja i chyba powoli zaczynałam wariować...

C zekaj, stój spokojnie – poprosiłam syna, który w lekko poplamionej krwią koszulce polo i z czerwonymi od płaczu oczami, histeryzował, kiedy wsuwałam mu do nosa zwinięte kawałki chusteczek higienicznych. – Musimy zatamować krew, Dominik – powiedziałam łagodniejszym głosem, a on skinął głową i w końcu przestał odpychać moją rękę.

Na zewnątrz, widoczne przez oszklone szybki mojej niewielkiej werandy, biegały pociechy zaprzyjaźnionych sąsiadek – piszcząc i przepychając się na świeżo skoszonym, pełnym zabawek trawniku. Pięcioletni Kamil, wrzeszcząc niemiłosiernie, biegł, ciągnąc za sobą na sznurku plastikową wywrotkę mojego syna; jego dwa lata starsza siostra kręciła się w kółko z różowym balonikiem w dłoni. Lubiłam, kiedy dom i ogród były pełne dzieci, nawet jeśli wokół nich panował kompletny chaos. Podobała mi się nieskażona cynizmem i zgorzknieniem dziecięca energia. Dzieciaki były jak pierwsze promienie słońca przedzierające się przez szarość przedświtu. Ożywiały świat.

– Mamo, już? – Dominik szarpnął mnie za rękaw, wyraźnie chcąc wrócić do przerwanej zabawy.

– Pogodzisz się z Kamilem, dobrze? To twój przyjaciel, pamiętasz?

– Walnął mnie w nos – wymamrotał mój syn.

– Na pewno niechcący – zapewniłam go, starając się za wszelką cenę utrzymać beztroską atmosferę zabawy.

– Może. – Nie wyglądał na przekonanego, ale urazy też już chyba nie żywił.

Schylił się, żeby śledzić wzrokiem idącego po drewnianej ścianie werandy niewielkiego pająka i na moment stracił zainteresowanie całym otaczającym go światem.

– Mamo, juuuuż? – po chwili zerwał się na nogi i zaczął podskakiwać. – Już?!

Uśmiechnęłam się, a Dominik lekko odchylił do tyłu głowę, coraz bardziej zniecierpliwiony.

– Mamo, mogę już iść, dobra? – Znowu pociągnął mnie za rękaw, wyraźnie chciał dołączyć do kolegów, więc w końcu mu na to pozwoliłam.

– Już. Możesz biec, tylko uważaj na nos – poklepałam go po ramieniu i poprawiłam wywinięty kołnierzyk koszulki.

Z werandy wybiegł w dzikim pędzie i po chwili, zupełnie jakby nic pomiędzy nimi nie zaszło, dołączył do bawiącego się wywrotką Kamila.

Dopijając resztkę wina, obserwowałam, jak wyrywają kępy krótko przyciętej trawy i rękoma brudnymi od wilgotnej po nocnym deszczu ziemi ładują je na plastikową naczepę samochodu. Na myśl o rujnowanym przez nich trawniku poczułam lekkie poirytowanie, złość szybko jednak ustąpiła miejsca błogim rozleniwieniu.

Mój syn skończył właśnie pięć lat, pomyślałam. Czy ta chwila może być bardziej idealna?

– Jak jubilat? – Majka, mieszkająca od niedawna po sąsiedzku prawniczka, zjawiła się na werandzie, kiedy dolewałam sobie kolejny kieliszek wina. – Pijemy w samotności, sąsiadko? – mrugnęła do mnie.

– Siadaj, też się załapiesz – powiedziałam. – Chyba muszę go przebrać – dodałam, śledząc wzrokiem bawiącego się na trawniku syna.

– Nie mogę uwierzyć, że mój Kamil go uderzył... I to jak! Z łokcia w nos! Gdzie on się tego nauczył?

– W przedszkolu? – zasugerowałam.

– To jedna z opcji. Albo od bliźniaków Ady Kalickiej, prawdziwych czortów. Ostatnio, kiedy Kamil od nich wrócił, wziął z łazienki mój lakier do włosów, rozpylił go i podpalił. Prawie zawału dostałam na ten widok i mogę tylko mieć nadzieję, że to pojedynczy wybryk.

– Boisz się, że wychowujesz piromana? – roześmiałam się.

– Przyszło mi to do głowy. Na szczęście nie zaczął się jeszcze znęcać nad zwierzętami, więc chyba nie wyrośnie na następcę Teda Bundy'ego – roześmiała się moja sąsiadka. – W każdym razie strasznie cię przepraszam, głupio mi. – Majka spoważniała, posłała mi skruszone spojrzenie i sięgnęła po stojącą na starym drewnianym stoliku butelkę Porto Borges.

– Nie przejmuj się – wzruszyłam ramionami. – Zresztą wygląda na to, że już zdążyli się pogodzić – dodałam, a ona krzywo się uśmiechnęła.

– To mój kieliszek? – zapytała.

– Nie mam pojęcia – przyznałam.

– Chrzanić to – mruknęła i nalała sobie do pełna.

– Chryste, jak oni wrzeszczą! – skrzywiła się. – Czasem czuję się jak matka tego upiornego bachora z filmu *Babadook*. Znasz?

– Nie. Dobry?

– Mocny. O kobiecie, która... Kamil, nie popychaj Amelki! Kurwa mać, muszę zapalić. – Maja szpetnie zaklęła i sięgnęła po wysadzaną metalowymi ćwiekami, czarną torebkę. – Mogę tutaj?

– Jasne – powiedziałam i podsunęłam jej upaćkany waniliowym kremem talerzyk po torcie. – Wybacz, gdzieś mi zniknęły wszystkie popielniczki.

– Nie przejmuj się – westchnęła sąsiadka i wyjęła z torebki papierosy.

Usiadłam na prowadzących na werandę betonowych schodkach z ukruszonymi stopniami, a Maja z papierosem w jednej i kieliszkiem wina w drugiej ręce usiadła obok. Zauważyłam, że ma na nogach plamy po samoopalaczu i brzydko odpryśnięty ciemnozielony lakier na dużym palcu lewej stopy. Pewnie jest tak samo zagoniona jak ja, pomyślałam, czując przypływ sympatii do tej ambitnej, atrakcyjnej kobiety, która samotnie wychowując dwójkę dzieciaków, prowadziła jednocześnie ze swoimi znajomymi dużą kancelarię prawną.

– Mamusiu, chyba pobrudziłam sukienkę. – Jej siedmioletnia córka Nina zjawiła się przy nas, kiedy rozmawiałyśmy o Arturze, naszym nowym sąsiedzie.

– Pokaż. – Majka odstawiła kieliszek na betonowy stopień, pociągnęła córkę za rękę i odwróciła ją tyłem. – Jesteś cała w błocie – zauważyła i pospiesznie zgasiła niedopalonego papierosa.

– Bo Amelka powiedziała, że możemy tam usiąść!

– Nie skarż na koleżankę – zganiła dziewczynkę matka. – Nic z tym teraz nie zrobię, wracaj do zabawy i nie przejmuj się. – Majka lekko popchnęła córkę w stronę pełnego kolorowych balonów trawnika i oparła się ramieniem o ścianę domu. – Czasem, kiedy już mi się wydaje, że jestem na skraju obłędu, któreś z nich przychodzi i się do mnie przytula, a ze mnie momentalnie schodzi całe napięcie – uśmiechnęła się do mnie.

– Uwierz mi, świetnie znam to uczucie. Z tym że ja mam tylko jego, a też chwilami jestem na skraju szaleństwa – powiedziałam, sięgając po butelkę. – Dolać ci?

– Odrobinkę. – Maja podsunęła mi swój kieliszek i umoczyła usta w winie. – Robert wpadł wczoraj wieczorem, żeby zabrać swoją rakietę tenisową. Prawdę mówiąc, miałam ją już wywalić, bo tkwiła u mnie w garderobie od czasu naszego rozwodu. Nagle sobie o niej przypomniał. Przyjechał z tą swoją nową lalą, wyobrażasz sobie?! Została przy jego samochodzie, paliła papierosa i od czasu do czasu zerkała w moje okna. Nienawidzę mojego byłego męża, ale widząc tę dziunię, miałam ochotę przyciągnąć go do siebie i bzyknąć na kuchennym stole. A najlepiej w otwartym na oścież oknie. Jak myślisz, powinnam sobie znaleźć dobrego psychiatrę? – roześmiała się sąsiadka.

– Powinnaś się z kimś umówić. Czasem nawet zupełnie przypadkowy krótki związek sprawia, że człowiekowi od nowa zachciewa się żyć – zasugerowałam i sięgnęłam po widelczyk, żeby skończyć resztkę porzuconego przez syna tortu.

– I to mówi kobieta, która od paru ładnych lat jest sama – roześmiała się Majka, jednak w jej głosie nie wyczułam żadnej złośliwej nutki.

Bardziej rozbawienie.

– W udzielaniu rad jestem naprawdę dobra – powiedziałam z pełnymi ustami.

– Zwłaszcza na antenie. Słuchałam w ten piątek twojego programu, wyobraź sobie! Facet, który opowiadał o randce w ciemno z kuzynką byłej żony, sprawił, że popłakałam się ze śmiechu.

– Ludzie opowiadają naprawdę śmieszne historie – przyznałam. – Mam wrażenie, że sporą część tych opowiastek zmyślają, ale i tak mnie to bawi.

– Mamo, patrz! – Dominik z pięcioma kolorowymi balonami w ręku przemknął obok nas i pognał w stronę ogrodzenia.

– Chodź tutaj, zobaczymy, co z twoim nosem! – zawołałam.

– Zaraz! – odkrzyknął i zaczął się wdrapywać na niewielki drewniany zamek, który kupił mu niedawno mój były mąż.

– Wszystkie jesteśmy rozwiedzione, dasz wiarę? Ty, ja, Edyta... – Majka z niedowierzaniem pokiwała głową i spojrzała na rozmawiającą przez komórkę sąsiadkę, która, co chwila zerkając na swoją pięcioletnią córkę, kręciła się po moim ogrodzie.

Wyglądało to o tyle komicznie, że szpilki zapadały się jej w mokrą po nocnej ulewie ziemię, a wiatr targał króciutką falbaniastą sukienką, odsłaniając opalone, nieco zbyt masywne uda.

– Marzę o wakacjach. Mogłabym jechać dokądkolwiek, przysięgam! Zadowoliłabym się nawet trzygwiazdkowym hotelem w jakiejś nadmorskiej dziurze, byle tylko móc rozłożyć leżak i wyłączyć komórkę. – Majka sięgnęła po swoją torebkę i wyjęła z niej papierosy, ale chwilę później zmieniła zdanie. – Muszę rzucić to cholerstwo, bo jak odwalę kitę, to moje dzieci wychowa dwudziestoparolatka z tlenionym sianem na pustej głowie... Ty wiesz, że ona nie skończyła nawet technikum? Ciekawe, jak Robert ją przedstawia swoim snobistycznym znajomym z doktoratami? – Majka parsknęła urywanym śmiechem i wstała. – Naleję im soku i ukroję jeszcze nieco tortu. Jeśli dzieciaki tego nie zjedzą, zostaniemy same z jakimś milionem cholernych kalorii!

– Spalimy w biegu, jak zawsze. Dwa, trzy dni na pełnych obrotach, i już – pocieszyłam ją, wstając. – Wyjmę mu z nosa te prowizoryczne tampony, zanim wymyśli coś głupiego.

– Albo sam je wyciągnie. – Majka parsknęła śmiechem i podeszła do córki.

Przyglądałam się jej, czekając, aż podbiegnie do mnie Dominik. Na krakowskim Podgórzu mieszkałam od zawsze, to oni byli nowi. Maja wprowadziła się z dziećmi do dużego mieszkania na ostatnim piętrze pobliskiej kamienicy z widokiem na strzeliste wieże kościoła Świętego Józefa, a Edyta kupiła połówkę świeżo wyremontowanego bliźniaka po drugiej stronie naszej ulicy, dokładnie naprzeciwko moich kuchennych okien. Drugą połowę kupił Artur – samotny facet koło czterdziestki, którego bacznie obserwowały wszystkie mieszkające w okolicy panny i rozwódki. Ja czasem też na niego zerkałam, chociaż nie był do końca w moim typie. Trzeba mu jednak przyznać, że jest świetnie zbudowany, a ja zawsze lubiłam muskularnych silnych mężczyzn. Takich jak Sebastian, pomyślałam ze smutkiem i przyciągnęłam do siebie syna.

– Dasz mamie buziaka? – zapytałam.

– Co? Nie! – obruszył się młody, który wszedł chyba właśnie w etap unikania matczynych czułości.

– Pokaż ten nos – westchnęłam.

Kiedy pociągnąłem za pierwszy prowizorycznie skręcony tampon, syknął i się cofnął.

– Już, jeszcze tylko ten – delikatnie wyjęłam mu z nosa drugi lekko zakrwawiony strzęp chusteczki i wywinęłam przekrzywiony kołnierzyk splamionej krwią koszulki. – Zjesz coś? Napijesz się?

– Nie – burknął i nie czekając na moją odpowiedź, pognał w stronę drewnianego zamku, w którym samotnie został syn Majki, jego rówieśnik.

Zbierając plastikowe talerzyki i kubki, które dzieciaki rozrzuciły po całym ogródku, doszłam do wniosku, że to w sumie smutne. Mój synek skończył dopiero pięć lat, a jego ojciec już zdążył się ożenić z inną kobietą i zniknąć z naszego życia... Owszem, Sebastian regularnie odwiedzał syna i płacił alimenty, ale ojcowskie wizyty bywały raczej krótkie, a najważniejsza w jego życiu była teraz Natalia, jego obecna żona.

Godzinę później, kiedy za oknem przechodziła jedna z pierwszych majowych burz, siedziałyśmy w mojej kuchni, kończąc drugą flaszkę wina. Dzieciaki były z nami w pokoju – stłoczone na sofie przed telewizorem podawały sobie miskę z popcornem i wpatrywały się w migoczący kolorowymi obrazami ekran mojej nowej plazmy.

– Za dużo wypiłam – powiedziała Edyta, odstawiając kieliszek. – I muszę ściągnąć te cholerne buty – dodała, zsuwając z nóg wysokie szpilki od Kazara.

Za oknem błysnęło i kuchnię zalała srebrna poświata. Wzdrygnęłam się. Nie lubiłam burzy, zawsze się jej bałam. Może przez babcine opowieści o kulistych piorunach, a może tak po prostu?

– Zapalę światło – powiedziałam.

– Te babeczki są obłędne! – Majka, która nagle zapomniała o diecie, sięgnęła po kolejne ciastko.

– Umówiłam się na randkę – oznajmiła Edyta, radośnie machając nogami, które uwolniła od przyciasnych szpilek.

– O! A powiesz coś więcej? – zainteresowała się Maja.

– Cóż… W zasadzie niewiele o nim wiem. Prowadzi studio jogi, na Kazimierzu, ma owczarka niemieckiego i ponoć niedawno rozwiódł się z jakąś pielęgniarką.

– A gdzie konkretnie ma to studio, może się zapiszę? – zapytała Majka, a ja szturchnęłam ją w bok i dolałam jej soku.

– Ty? Jesteś za leniwa – parsknęłam śmiechem i wymieniłyśmy rozbawione spojrzenia, przypominając sobie, jakie katusze cierpiała, jeden jedyny raz towarzysząc mi na siłowni.

– Chciałam zauważyć, że jestem w środku opowieści o mojej sobotniej randce! – dorzuciła Edyta.

– W tę sobotę?

– Owszem. Zaprosił mnie do gruzińskiej knajpy, później chcemy obejrzeć film i pewnie skończymy na Zabłociu. W Balu grali niedawno…

– Wybacz, ale to nie rokuje zbyt dobrze – wtrąciła Maja, przerywając Edycie w pół zdania.

– Czemu? – zdziwiłam się. – Ostatnio jadłam w gruzińskiej knajpie naprawdę fantastyczny placek serowy i…

– Kochana, facet, któremu zależy na kobiecie, zaprasza ją do nieco droższej restauracji niż gruzińska jadłodajnia! Na chaczapuri to można iść ze studentem – oświeciła mnie Majka.

– Nie zależy mi na jego kasie. Jest naprawdę sympatyczny i ma niezły tyłek, a ja dawno z nikim… No wiecie. – Edyta po chwili wahania sięgnęła po babeczkę, ale zanim włożyła ją do ust, uważnie się jej przyjrzała. – Ciekawe, ile to ma kalorii…

– No ja też dawno i z nikim... – skrzywiła się Majka.

– Miałam nawet chrapkę na jednego z aplikantów, ale wiadomo – prześpij się z kimś z kancelarii, a plotka o twoim puszczalstwie rozrośnie się pewnie do niebotycznych rozmiarów – dodała kwaśnym tonem.

– Jakby ktokolwiek się tym przejmował – wzruszyła ramionami Edyta. – W końcu każdy z kimś sypia, nie? A ty, Anka? Jacyś sekretni kochankowie czy na razie posucha? – zwróciła się do mnie.

– Kompletna posucha – rzuciła mocno wstawiona Majka i prawie przy tym spadła z wysokiego taboretu. – Jeeezu, ja też za dużo w siebie wlałam...

– Parę miesięcy temu przespałam się z jednym z moich studentów, ale to od początku był zły pomysł – powiedziałam cicho, a obie dziewczyny pisnęły.

– I teraz to mówisz?! – ożywiła się Maja. – Opowiadaj!

– Nie wiem, czy jest o czym...

– Anka, no proszę cię! Ile miał lat?! – Edyta dolała sobie wina, ale nie podniosła kieliszka do ust. Bawiła się nim tylko, obracając w szczupłych palcach jego cienką, kryształową nóżkę.

– Dwadzieścia trzy, ale...

– Dwadzieścia trzy?! – Majka dosłownie wybałuszyła oczy.

– Ciiicho! Jeszcze dzieciaki za dużo usłyszą – syknęłam i zerknęłam w stronę drzwi, jakbym się bała, że odeszły od telewizora i czają się gdzieś nieopodal.

– Nie ma ich, oglądają film. Mów, co to za jeden! – zachęciła mnie Edyta.

– Ma na imię Irek.

– I? – Edyta wyglądała na mocno zainteresowaną.

– I miał dwadzieścia trzy lata, a ja...

– A ty trzydzieści siedem. To już wiemy!

– A ja chyba przestraszyłam się intensywności tego, co między nami było – przyznałam.

– Czyli dzieciak się zakochał? – Majka uśmiechnęła się krzywo i puściła do mnie oko.

– Nie wiem, czy się zakochał. Po prostu jest przyzwyczajony, że dostaje wszystko, czego zapragnie. Znacie ten typ, prawda? Tatuś z willą na Woli Justowskiej, on rezydujący w apartamencie pod samym Wawelem. Kasy jak lodu, nowiutkie subaru i złote karty kredytowe w wypchanym skórzanym portfelu. Kiedy mu powiedziałam, że chcę to zakończyć, dosłownie wpadł w szał. Darł się, że przecież dał mi wszystko, nazwał niewdzięczną dziwką i zrobiło się naprawdę niemiło.

– Żartujesz? Co za chuj! – Majka, która raczej nie przebierała w słowach, mocno się obruszyła. – Mam nadzieję, że konkretnie gnojka pogoniłaś?

– Tak, od dłuższego czasu nie szuka ze mną kontaktu. Ale był taki moment, że zaczęłam się bać. Nachodził mnie, wydzwaniał, szantażował. Przez jakiś czas straszył, że rozpowie o nas na uczelni, ale chyba dał sobie spokój.

– Nie miałam pojęcia, że wykładasz. Kojarzyłaś mi się głównie z radiem – powiedziała Edyta.

– W radiu mam jeden wieczorny program w tygodniu, z tego nie wyżyję. Dodatkowo wykładam w jednej

23

z prywatnych szkół, sporadycznie prowadzę szkolenia i piszę książki.

– Piszesz książki? – zdziwiła się Majka. – Błagam, powiedz, że to jakieś mocne erotyki, bo mam ochotę na coś naprawdę pieprznego.

– Branżowe. Kreowanie wizerunku firmy w sieci, kontakty z mediami i ogólnie szeroko pojęte public relations – wyjaśniłam.

– Wow. Kiedy ty znajdujesz na to wszystko czas? Ja prowadzę salon ze ślubnymi kieckami i są dni, że nie wiem, jak się nazywam – powiedziała Edyta.

– Mało śpię.

– Mamo, boli mnie brzuszek! – Pięcioletnia Amelka zjawiła się w kuchni chwilę po tym, jak skończyłyśmy raczej kompromitującą pogawędkę o młodych kochankach.

– Bardzo? – zapytała córkę Edyta, lekko poirytowana niespodziewanym pojawieniem się marudzącej jedynaczki.

– Troszkę. – Dziewczynka oparła głowę o kolana siedzącej na wysokim taborecie matki i szepnęła, że chce iść do domu.

– Słyszałyście, dziewczęta, i po imprezie. – Edyta ześlizgnęła się z krzesła i odgarnęła córce włosy z czoła.

– Już idziemy, księżniczko – powiedziała.

Wyszły chwilę później i zostałyśmy z Mają same.

– Wiesz, czasem tak sobie myślę, że może powinnam jeszcze sobie kogoś znaleźć. Ale po tym, jak potraktował mnie Robert, tracę ochotę na wszelkie kontakty z facetami – powiedziała Majka, pomagając mi załadować zmywarkę.

– Ja sama już nie wiem, czego tak naprawdę chcę – powiedziałam cicho. – Problem polega na tym, że chyba nadal kocham Sebastiana.

– Wciąż? – zdziwiła się moja przyjaciółka. – Kiedy wy się rozwiedliście?

– Ponad cztery lata temu, Dominik nie miał wtedy jeszcze nawet roczku.

– A ta jego druga żona? Jesteście ze sobą w kontakcie czy raczej się unikacie?

– W kontakcie? Nie żartuj! – parsknęłam. – To zarozumiała, nadęta i wypindrzona flądra, której się wydaje, że jest ode mnie ładniejsza i lepsza, bo ukradła mi męża. Wielka pani doktor, cholera!

– Jest lekarką?

– Neurologiem, ponoć niezłym. Kilka razy ją wygooglowałam i poczytałam opinie pacjentów. Można powiedzieć, że uratowała parę żyć – skrzywiłam się.

– Robert też się pewnie niebawem ożeni – powiedziała cicho Majka. – Teraz jeszcze cieszy się wolnością i wyrywa w klubach jakieś bezmózgie długonogie istoty, ale za rok czy dwa zapragnie stabilizacji.

– Ponoć większość rozwodników ponownie się żeni. Nie lubią być zbyt długo sami – powiedziałam, wkładając do zmywarki porcelanową miskę po ziemniaczanej sałatce.

– I oto zaczynamy smęcić. Ostatnio upijam się wyłącznie na smutno – zauważyła Majka. – Zapalę jeszcze, zanim wyjdziemy. Masz coś przeciwko?

– Nie – powiedziałam i uchyliłam okno.

– Wiesz, co najbardziej mnie wkurwia? Pogardliwe, pełne wyższości spojrzenia tych wszystkich jego panienek. Teraz, kiedy mają dwadzieścia parę lat, czterdziestka wydaje im się odległa niczym jakaś galaktyka, ale któregoś dnia mocno się zdziwią – powiedziała Majka, wyjmując z torebki śmieszną zapalniczkę w kształcie piętrowego londyńskiego autobusu.

– Świata nie zmienisz – skwitowałam. – Ja też nie młodnieję, ale wiesz co? Mam to gdzieś! Dobrze się czuję w moim ciele, sporo ćwiczę, dbam o siebie…

– Nie o to chodzi, Anka! Po prostu czasem mam takie wrażenie, że nic dobrego mnie już nie spotka… Wiesz, co mi kiedyś powiedziała Cyganka? Pędziłam tamtego dnia do sądu, a strasznie lało. W dodatku zepsuło mi się auto, więc gnałam do tramwaju. Zaczepiła mnie na przystanku, chciała kasy. Spławiłam ją ostro. Nie miałam drobnych ani cierpliwości do ich szukania. „Wszystko, co najlepsze, już dawno za tobą!" – rzuciła w ślad za mną. Wyobrażasz sobie? Tamtego przedpołudnia prawie położyłam rozprawę – uśmiechnęła się krzywo Majka.

– Daj spokój, co za bzdury! Gdybyś dała jej dychę, powiedziałaby ci coś całkiem innego! – zapewniłam ją, opłukując talerz po tartinkach.

– Pewnie tak, ale jakoś to we mnie siedzi. Od tamtej pory staram się w ogóle tamtędy nie chodzić…

– Chyba żartujesz? – roześmiałam się. – Majka, to była tylko jakaś stara naciągaczka, która chciała od ciebie wyłudzić parę groszy!

– Anka, wiem! Problem polega na tym, że nie radzę sobie z odejściem Roberta! Nie radzę sobie, słyszysz? Nocami mam ochotę wyć w poduszkę, tak mi źle...

– To wyj. W końcu ci przejdzie. Kiedy Sebastian powiedział, że ma romans, wciąż karmiłam Dominika piersią i byłam w totalnej emocjonalnej rozsypce. Co jemu nie przeszkodziło w spakowaniu betów i wyniesieniu się do szacownej doktor Barskiej. Zostawił mnie z dnia na dzień, Majka! Samą, z maleńkim dzieckiem przy piersi! Tacy właśnie są faceci, więc nie mów mi, że zamierzasz spędzić resztę życia na wylewaniu łez po rozwodzie! – powiedziałam ostrym tonem. – Wybacz, nie chciałam na ciebie naskoczyć. Mówię tylko, że nie warto zbyt długo się zadręczać. Olej go, Maja. Olej go, słyszysz?

– Oleję – obiecała i posłała mi blady uśmiech. – Nawet nie wiesz, jak się cieszę, że się poznałyśmy! Gdybym się tamtego dnia nie wybrała na spacer po Krzemionkach, mogłybyśmy do dziś mijać się na ulicy, nie mając pojęcia, że mamy ze sobą tyle wspólnego.

– Też się cieszę, kochana – powiedziałam i spontanicznie się uściskałyśmy.

Kilka minut później Majka wyszła, ciągnąc za sobą przejedzone i ospałe dzieciaki, a ja ściągnęłam z ogrodu mokre zabawki syna, zawiesiłam na płocie kilka ocalałych z kinderbalu balonów i zapytałam Dominika, jak się bawił.

– Super! – powiedział.

Poczułam przyjemne ciepło wokół serca. Super w jego ustach było słowem, dla którego warto przenosić góry.

Ł up! Syn rąbnął o ścianę swoim ulubionym strażackim wozem i w zabawce włączyła się syrena. Zastukałam o blat biurka trzymanym w ręku długopisem i zapatrzyłam się w okno. Na zewnątrz lało. Ulewny majowy deszcz siekł okienne szyby, zostawiając na nich podłużne strużki wody.

Tamtego dnia, kiedy przywieźliśmy trzydniowego Dominika ze szpitala, też tak padało. Uśmiechnęłam się do wspomnień. Położyłam go wtedy na naszym łóżku, a moja mama tak mocno mnie przytuliła… „Będziesz świetną mamą" – powiedziała i teraz, z perspektywy czasu, mogłam tylko mieć nadzieję, że jej słowa były prorocze. Teściowa zjawiła się dopiero cztery miesiące po tym, jak jej wnuk przyszedł na świat, i długo u nas nie zabawiła. Bez większego zainteresowania rzuciła okiem na śpiące w łóżeczku dziecko, wręczyła mi niedorzecznie drogie śpiochy, które przywiozła ponoć z Mediolanu, i już po niecałej półgodzinie zaczęła się zbierać. Dziś równie rzadko interesuje się Dominikiem i chociaż mieszka niedaleko nas, pojawia się u nas dwa, góra trzy razy w roku.

Zawsze mnie to dziwiło, nie potrafiłam tego zrozumieć. Moja mama już odeszła, ale przecież gdyby żyła, dałaby wszystko, żeby móc często widywać wnuka. Matka Sebastiana mieszkała tuż obok, dzieliła ją od nas jedynie Wisła i kilka przecznic, a jednak uparcie ignorowała zarówno mnie, jak i małego. „Taka już jest, zawsze interesowała ją głównie praca" – tłumaczył zachowanie matki Sebastian, kiedy jeszcze byliśmy razem. Dziś już o niej nie rozmawiamy, temat kompletnie się wykruszył – razem z rozwodem straciłam też teściową i to akurat jeden z niewielu skutków rozpadu mojego małżeństwa, na który bynajmniej nie narzekam, pomyślałam, wstając zza biurka.

– Pali się! Paaali się! – wrzasnął Dominik zza uchylonych drzwi i przeciągle wyjąc, wbiegł na schody.

– Chryste, ciszej – szepnęłam i rzuciłam długopis na biurko.

Piątek był dniem, w którym przygotowywałam zazwyczaj wykłady i nanosiłam poprawki do pisanych na bieżąco książek, ale tym razem czułam, że z pracy nici. Nie wiem, czy to przez tę pieską pogodę, czy miałam po prostu zły dzień, ale zdecydowałam, że sobie odpuszczę. Wyłączając laptopa, zerknęłam na stojące na moim biurku zdjęcie w ładnej posrebrzanej oprawce. Sebastian trzymał na ręku naszego kilkutygodniowego syna, obok stałam ja – szeroko uśmiechnięta, chociaż wyraźnie zmęczona, wciśnięta w ładną turkusową sukienkę, którą tamtego dnia ledwo dopięłam. Wiele razy miałam ochotę wyjąć tę fotkę z ramki, podrzeć i wrzucić ją do kosza, ale nadal zdobiła masywny blat mojego biurka. Może dlatego, że Dominik tak ją lubił, nie miałam serca się jej pozbyć.

Kiedy wyszłam z gabinetu, mój syn zbiegł z powrotem na dół i okrążał właśnie korytarz z wozem strażackim w ręku, a Tamar, Gruzinka, która przychodziła do nas co piątek, stała u podnóża schodów ze szklanką marchwiowego soku w ręku.

– Nie chce pić, chociaż prosiłam – powiedziała, bezradnie rozkładając ręce.

– Nie chce, niech nie pije. Daj mi to – poprosiłam i sama duszkiem wypiłam sok.

– Mądra kobieta – pochwaliła mnie Tamar i sięgnęła po ściereczkę do kurzu.

Usiadłam na schodach i zawołałam syna.

– Musiałeś tak hałasować pod moimi drzwiami? – zapytałam, pieszczotliwie targając jego kasztanowe włosy.

– Straż robi dużo hałasu! – powiedział, a Tamar parsknęła śmiechem.

– Co racja, to racja – zgodziła się z młodym i przetarła blat starej, pomalowanej przeze mnie na zielono komody.

Obserwowałam ją z przyjemnością, lubiłam, kiedy kręciła się po domu. Była u nas kimś w rodzaju gosposi, ale też kimś, kogo traktowaliśmy jak rodzinę. Zwłaszcza ja się do niej przywiązałam, może dlatego, że miała w sobie coś matczynego, a mnie tak bardzo brakowało mamy.

– Dziś zupa pomidorowa – oznajmiła, biorąc ode mnie pustą szklankę po soku.

– A czemu ty już nie mieszkasz w Gruzji? – zainteresował się nagle Dominik.

– Nie mieszkam tam od lat, chociaż serce ciągle płacze za domem – powiedziała Tamar cicho.

– Serce może płakać? – zdziwił się mój syn.

– Tak się mówi – wyjaśniłam.

– Okay – rzucił i pognał na górę.

– Czort nie dziecko – skwitowała całe zajście Tamar, jednak w jej głosie brzmiała czułość.

Wiedziałam, że go kocha. Od początku traktowała go niemal jak własnego wnuka.

– Byłaś już u lekarza z tą ręką? Dalej tak cię boli? – zapytałam.

– Nie byłam i się nie wybieram – ucięła dyskusję.

– Tamar, czasem trzeba...

Nie dokończyłam, bo ktoś zadzwonił do drzwi.

– Otworzę, to pewnie kurier – powiedziałam.

Okazało się jednak, że w progu stoi syn Tamar – wysoki ciemnooki mężczyzna, którego imienia nie byłam w stanie zapamiętać. Zresztą widziałam go tylko dwa razy – któregoś dnia przyjechał po Tamar, innym razem podszedł do niej, kiedy robiłyśmy wspólne zakupy i zamienił z nią może dwa słowa, kompletnie mnie ignorując. Czułam jednak wtedy na sobie jego wzrok – czujny, świdrujący, nachalny. Od tamtej pory czułam się nieswojo w jego towarzystwie, na szczęście prawie nigdy do nas nie zaglądał. Tym razem jednak się zjawił.

Wygląda na zdenerwowanego, pomyślałam, szerzej uchylając frontowe drzwi.

– Mama jest? – zapytał, wchodząc do środka.

– Jest, wejdź.

Skinął mi głową i schylił się, żeby rozsznurować buty.

– Nie ściągaj, daj spokój.

– Bardzo pada – mruknął i zdjął lewego adidasa.

Jego polszczyzna nie była tak idealna jak Tamar. Mówił źle, z wyjątkowo koszmarnym akcentem i prawdę mówiąc, ledwo go rozumiałam. Na szczęście nie musiałam się bawić w gospodynię, bo za moimi plecami pojawiła się jego matka.

– Zostawię was – powiedziałam i poszłam na górę sprawdzić, co też robi mój siedzący podejrzanie cicho syn.

Kiedy weszłam do jego pokoju, przeglądał jeden z moich kolorowych magazynów, a obok niego, na starannie zasłanym łóżku, leżały niedbale i nierówno powycinane kobiece sylwetki.

– Dominik, znowu?! – zapytałam, wyjmując mu z rąk nożyczki. – Tej nawet jeszcze nie czytałam! – zabrałam mu „Twój Styl" i cisnęłam go na niewielki nocny stolik. – Czemu wycinasz wszystkie te kobiety?

– Bo są ładne – wzruszył ramionami mój pięciolatek.

– Kto przyszedł?

– Syn Tamar – powiedziałam.

– Nie lubisz go?

– Czemu tak myślisz? – zdziwiłam się.

– Bo nie chciałaś z nim rozmawiać.

– Po prostu poszłam na górę, synku. A oni pewnie chcą coś razem omówić – powiedziałam.

– Omówić?

– Pogadać o czymś. Poczytać ci coś?

– Nie.

– To może...

– Kiedy przyjedzie tato? – Dominik wstał z łóżka i usiadł na dywanie.

Zauważyłam, że ma dziurawą skarpetkę i zachciało mi się śmiać. Choćbym stanęła na rzęsach, żeby dobrze wyglądał, zawsze jest coś nie tak...

– Mamo? Kiedy przyjedzie tato? – powtórzył płaczliwym głosem, którego u niego nie lubiłam.

– Pojutrze, przecież już ci mówiłam.

– Co będzie pojutrze?

– Niedziela.

– A pójdziemy do zoo?

– Nie wiem, synku. Jeśli nie będzie padać, może – powiedziałam.

W tym samym momencie na dole coś trzasnęło, jakby ktoś gwałtownie zamknął kuchenne drzwi.

– Zostań tu – poprosiłam i w pośpiechu zeszłam na dół.

Z kuchni dochodziły podniesione głosy, Tamar krzyczała na syna po gruzińsku.

– Wszystko w porządku? – zapytałam cicho.

– Tak – powiedziała.

Wyglądała na zdenerwowaną, jej syn na wściekłego. Zanim wyszedł, krzyknął coś jeszcze i walnął pięścią w kuchenny blat, na którym podskoczyły umyte przez jego matkę słoiki. Wybiegając z kuchni, posłał mi gniewne spojrzenie. Wkładał buty, kiedy Tamar coś jeszcze do niego krzyknęła, ale nie odpowiedział. Nie żegnając się ani ze mną, ani z matką, wyszedł z mojego domu i z furią zatrzasnął za sobą frontowe drzwi.

– Przepraszam, Anulka. Nie powinnaś być świadkiem takich scen. – Tamar wyglądała na skruszoną, łamał jej się głos.

– Nie wiem, co się dzieje, ale może mogę ci jakoś pomóc? – zapytałam.

– Nie możesz. – Starsza kobieta usiadła na kuchennym krześle i smutno pokiwała głową. – Nigdy mnie nie słucha, a później są dramaty – dodała jeszcze tylko, zanim na dobre zamilkła, a długie ciemne włosy z pojedynczymi nitkami siwizny przesłoniły pół jej twarzy, kiedy pochyliła głowę, jakby miała się rozpłakać.

Podeszłam do niej i położyłam dłoń na jej ramieniu. Uśmiechnęła się blado, samymi kącikami ust i poklepała mnie po ręce.

– Nie denerwuj się, Anulka. Nic złego się nie dzieje – zapewniła mnie nadal łamiącym się głosem, który wyraźnie przeczył jej słowom.

– Tamar, wiesz, że zawsze możesz do mnie przyjść i…

– Wiem – ucięła dyskusję.

Chwilę później wstała, odgarnęła włosy z twarzy, spięła je wyjętą z kieszeni fartucha plastikową klamrą i sięgnęła do szuflady po chochlę.

– My tu gadu-gadu, a pomidorowa już kipi – rzuciła sztucznie lekkim tonem. – Zawołaj Dominika, niech od razu z nami zje – poprosiła.

I chociaż jeszcze kilka razy tego popołudnia usiłowałam ją wypytać, o co aż tak gwałtownie pokłóciła się z synem, nie chciała rozmawiać i w końcu dałam jej spokój. Odkąd ją znałam, była skryta i czułam, że wyciąganie z niej czegoś na siłę zupełnie nie ma sensu. Tym bardziej że chociaż o mojej rodzinie wiedziała niemal wszystko, o swojej mówić nie lubiła…

Wieczorem, po tym, jak wypiłam kawę w towarzystwie Tamar i posłałam do łóżka syna, zajechałam przed budynek naszej niewielkiej prywatnej rozgłośni i z czekoladkami, dla świętującej urodziny koleżanki w dłoni, weszłam do środka.

– Bardzo dobry wieczór! Przy mikrofonie Anna Iwańska, ruszamy z kolejną *Randką w ciemno*! – Pół godziny później zaczęłam audycję, którą prowadziłam już ponad trzy lata. – Mamy pierwszy telefon. Cześć, jak się nazywasz i skąd do nas dzwonisz? – zapytałam.

– Hej! Piotr z Krowodrzy – przedstawił się słuchacz.

– Cześć, Piotrze. Rozumiem, że chcesz się z nami podzielić ciekawą opowieścią?

– Owszem. Ale najpierw chciałbym pozdrowić pana Edka z serwisu opon na Zakopiańskiej, mamę, moją siostrę Aśkę i Bartka, z którym pracuję.

– Ja również wszystkich serdecznie pozdrawiam – powiedziałam z uśmiechem na twarzy, a siedząca za szybą techniczka wywróciła oczami wyraźnie rozbawiona.

– No, a co do tej randki w ciemno, to umówiłem się wtedy z laską zaczepioną w sieci.

– Bez zdjęcia?

– No bez, bo w ciemno. Powiedziała, że nie przesyła fotek, ale dała mi swój numer. Zadzwoniłem od razu, nie było na co czekać. Głos miała miły i nawet fajnie się gadało, więc się ustawiliśmy w pobliskim McDonaldzie. Niby mało romantycznie, ale co tam.

– I? – zapytałam.

– No i pojawiła się panna z podgolonymi włosami i z naprawdę dziwną fryzurą, w czarnych rozciągniętych gaciach i skórzanej kurtce, cała w tatuażach... Smok na dekolcie, delfin na kostce, takie klimaty. Ja tam tatuaży jakoś szczególnie nie lubię, ale myślę sobie, nie ma się co zniechęcać. Podszedłem, przedstawiłem się, upewniłem, że ma na imię Justyna. I nagle dzwoni mój telefon i okazuje się, że owszem, to była Justyna, ale nie ta... Moja randka miała się spóźnić. No, ale ja już zbajerowałem tę wytatuowaną, bo nieźle się nam gadało, i wiecie co? Nawialiśmy stamtąd we dwoje, a mojej randce w ciemno wysłałem tylko esemesa, że to już nieaktualne.

– Nieelegancko, kolego – rzuciłam rozbawionym tonem.

– No wiem, ale to była wyjątkowa sytuacja. Bo uwierzysz czy nie, ale ja się od razu w Justynie zakochałem.

– W tej przypadkowej Justynie? – zażartowałam.

– No nie takiej przypadkowej, bo dziś jest już moją żoną i specjalnie dla mnie wkłada czasem sukienki

– roześmiał się chłopak, a w tle usłyszałam kobiecy śmiech.

– W takim razie wielkie gratulacje od całej naszej rozgłośni! Wysyłamy wam bukiet róż i pudełko czekoladek.

– Super, dzięki! Liczyłem na to, że dziś się do was dodzwonię, bo pojutrze mamy pierwszą rocznicę ślubu.

– Czyli tym razem obyło się bez mrożącej krew w żyłach opowieści o koszmarze pierwszej randki w ciemno. Wszystkiego, co najpiękniejsze, kochani. Specjalnie dla was Alvaro Soler – zakończyłam rozmowę i rozmasowałam zesztywniały kark.

Następny dzwoniący, mężczyzna o przyjemnym niskim głosie, opowiedział o spotkaniu ze swoją licealną miłością.

– Kochałem się w niej przez całe liceum, możecie więc sobie wyobrazić, jak bardzo się napaliłem na nasze spotkanie po latach. Zdzwoniliśmy się przypadkiem, znajomy dał mi jej numer w sprawie kredytu. Ona jest doradcą finansowym, ja potrzebuję nowego wozu... Gadało się nam nieźle, nawet ostro przez ten telefon flirtowaliśmy i zaprosiłem ją na randkę.

– Czy ona ma jakieś imię? – zapytałam.

– Mniejsza z jej imieniem – burknął słuchacz. – Umówiliśmy się w Sheratonie na drinka i luźną rozmowę. Przez telefon wyraźnie zaznaczyła, że właśnie się rozwiodła i dawała do zrozumienia, że kogoś sobie szuka. Przyszła spóźniona prawie kwadrans i przytaszczyła ze sobą ten swój wielgachny zad... Nie chodzi o to, że była puszysta, ona była olbrzymia. Prawdziwy hipopotam. No więc lekko się wkurzyłem, rozumiesz? Powinna mi chyba coś o tym wspomnieć przed randką, nie? Że się rozrosła czy coś... Ja wciąż wyglądam jak w liceum, ale ona...

– Pozwól, że ci przerwę – weszłam mu w słowo.

– Czyli uważasz, że zachowała się nie fair, bo nie przyznała, że od licealnych czasów się zmieniła?

– No raczej – burknął słuchacz.

– Rozumiem, że ty wyglądasz dokładnie tak samo jak w klasie maturalnej? Zero zakoli, piwnego brzucha, zmarszczek wokół oczu. Ile masz lat, jeśli można zapytać?

– Czterdzieści sześć, ale...

– Więc twierdzisz, że masz czterdzieści sześć lat i nadal jesteś gorącym towarem, podczas gdy ona wygląda jak hipopotam? Zrób coś dla mnie i przejrzyj się dziś w lustrze. Ale tak naprawdę uważnie, jakbyś się widział pierwszy raz, okay? – zapytałam kąśliwym tonem.

– No jasne, bronisz jej! Bo wy, baby, niby nagle takie solidarne jesteście? – prychnął dzwoniący, zanim się rozłączył.

– Sami słyszeliście. To była koszmarna randka w ciemno, z tym że koszmarem okazał się tym razem pusty jak słój po korniszonach, narcystyczny facet – skwitowałam rozmowę i w eter poleciał jeden z moich ulubionych kawałków Macy Gray.

Do końca programu odebrałam jeszcze kilka mniej lub bardziej sympatycznych telefonów od słuchaczy, którzy dzielili się ze mną swoimi randkowymi historiami i w końcu, jak zawsze nakręcona, wyszłam ze studia.

W naszej niewielkiej kuchni było pusto. Teraz, tuż po północy, część osób tkwiła w *newsroomie*, ale nie było nikogo, żeby plotkować przy kawie czy herbacie. Zaparzyłam sobie melisę i skubnęłam jedno z leżących na stole ciastek. Wyglądało na bezpańskie, a ja byłam głodna. Sprawdzałam moją włączoną przed momentem komórkę, kiedy w pomieszczeniu pojawiła się Sylwia, jedna z naszych stażystek. Lubiłam ją. Od jakiegoś czasu kręciła się po rozgłośni w najprzeróżniejszych porach dnia i nocy i była bardzo sympatyczna.

– Hej, piękna – powitała mnie jednym ze swoich stałych tekstów i wyjęła z szafki opakowanie zbożowych herbatników.

– Cześć – uśmiechnęłam się do niej i usiadłam na jednym z rozchybotanych krzeseł. – Jak leci?

– Spać mi się chce, a poza tym okay – uśmiechnęła się krzywo koleżanka. – Widziałaś już? – podsunęła w moją stronę gazetę.

– Nie. Co się dzieje?

– Znowu zaatakował.

– Skurwiel – zaklęłam, sięgając po lokalny dziennik. „Kolejna brutalnie zgwałcona kobieta! Krwawy Romeo poluje w Bibicach!" – krzyczał nagłówek.

– Przeniósł się pod miasto – zauważyłam.

– Za każdym razem wybiera inne miejsce – powiedziała Sylwia. – Boję się, prawdę mówiąc. Wiem, że prawdopodobieństwo zostania jego ofiarą jest pewnie znikome, ale i tak...

– Ja też marnie sypiam – przyznałam. – Wyobrażasz sobie taki koszmar? On dopada te dziewczyny w ich własnych domach!

– A policja jak zawsze bezradna! Jak to możliwe, że ten koleś grasuje po całym mieście i jest nieuchwytny?!

– Nie wiem, Sylwia – szepnęłam. – Na pociechę powiem ci, że żadna z nas nie pasuje do profilu ofiar. Do tej pory wybierał tylko i wyłącznie samotne, bezdzietne trzydziestokilkulatki.

– Myślisz, że powstrzyma go dziecko?

– Nie o to mi chodzi. Po prostu zazwyczaj takie typy działają według stałego schematu.

– Jakoś mnie to jednak nie pociesza – mruknęła Sylwia. – A w kwestii wszelkiej maści zboczeńców... Widziałaś się ostatnio z Julkiem?

– Nie, czemu pytasz?

– Miał do ciebie dzwonić, ale widzę, że nadal się miga od rozmowy.

– Ale co się dzieje? – zdziwiłam się, bo rzadko miałam do czynienia z naszym dwudziestokilkuletnim marketingowcem, który prowadził facebookową stronę *Randki w ciemno*.

– No więc, masz wielbiciela... Jakiś facet, z różnych „lewych" kont na Facebooku, wypisuje pod twoim adresem naprawdę świńskie kawałki. O tym, jak by cię ruchał do nieprzytomności i takie tam. Wybacz dosadność – powiedziała Sylwia. – Julek uważa, że powinniśmy cię chronić i o niczym ci nie mówić, ale moim zdaniem powinnaś wiedzieć. Chociażby po to, żeby mieć się na baczności. Blokujemy te fałszywe profile, a on ciągle zakłada kolejne... Totalny świr.

– Kurwa, czy w tym mieście są sami zboczeńcy? – zaklęłam.

– Zgłosiliśmy to już policji, ale póki co koleś jest nieuchwytny. Jeśli nadal będzie wypisywał te bzdury, chwilowo zablokujemy możliwość prywatnego kontaktu ze stroną.

– Chcę to zobaczyć – powiedziałam.

– Te wpisy? Anka, nie chcesz, uwierz mi!

– Chcę! I dzięki, że mi powiedziałaś.

– Nie ma za co. Na twoim miejscu chciałabym wiedzieć.

– Dzięki. – Posłałam jej blady uśmiech i zerknęłam na wiszący na ścianie zegar. – Trzymaj się, muszę jechać. Tamar siedzi już pewnie jak na szpilkach i marzy o wyjściu do domu.

– Jasne, buziaki. – Sylwia przesłała mi w powietrzu całusa i zalała wrzątkiem swoją kawę.

Na zewnątrz, na pustawym i marnie oświetlonym parkingu, trwożliwie obejrzałam się przez ramię. Oczywiście, jak każda osoba prowadząca tego typu programy, dostawałam czasem pogróżki, tym bardziej, że na antenie bywałam złośliwa i sarkastyczna. Z drugiej jednak strony czcze pogróżki to jedno, ale wypisywanie wulgarnych świństw to zupełnie inna bajka, pomyślałam, otwierając moją kilkuletnią hondę. W drodze do domu, jadąc przez puste i ciche miasto zaczęłam się zastanawiać, czy za wypisywaniem pikantnych tekstów mógł stać Irek, student, z którym miałam krótki romans.

Doszłam jednak do wniosku, że nawet taki dupek jak on nie zniżyłby się do czegoś podobnego.

W domu, po tym jak już pożegnałam się z Tamar i wsadziłam ją w taksówkę, włączyłam laptopa i weszłam na Facebooka. Konto programu prowadzili ludzie z marketingu rozgłośni, z tego, co się orientowałam, głównie Julek. Jako profilowe było ustawione moje zdjęcie. Ponieważ prowadziłam *Randkę w ciemno*, tutaj, w internecie, byłam twarzą rozgłośni. Na fotce stałam wbita w obcisłą czarną bluzkę z dekoltem i różową tiulową spódnicę, z dużym królikiem na rękach, szeroko uśmiechnięta. Nie znosiłam tej fotki, ale taką wizję miał zarząd, a ja czasem wolałam nie wdawać się w zbędne spory i po prostu ustąpić. Weszłam na stronę i przejrzałam kilkanaście ostatnich postów, nie zauważyłam jednak pod nimi niczego niepokojącego. Jeśli ktoś wypisywał pod moim adresem świństwa, musiał je przesłać na skrzynkę, do której nie miałam dostępu – o ironio losu, pomimo że prowadziłam program, nie byłam jednym z administratorów fanpage'a.

– Mamo? – Rozespany Dominik zjawił się na dole, kiedy przeglądałam maile.

– Synku, wracaj do łóżka. Jest pierwsza w nocy – powiedziałam.

– Nie mogę spać – poskarżył mi się.

– Na pewno zaraz zaśniesz. Chodź, odprowadzę cię.

– Słyszałem, jak coś trzaska.

– To stary dom, ciągle skrzypi – rzuciłam lekkim tonem, chociaż słowa syna i usłyszane od Sylwii rewelacje sprawiły, że po plecach przebiegł mi dreszcz.

– Ktoś może tutaj wejść? – zapytał Dominik, kiedy wchodziliśmy po schodach.

– Nikt tutaj nie wejdzie. Tylko my mamy klucze.

– I tato.

– I tato. I jeszcze Tamar – uśmiechnęłam się na myśl o Gruzince, której w końcu zaufałam na tyle, żeby wręczyć jej pęk kluczy do drzwi frontowych i tych od werandy.

– A jeśli przyjdzie tu jakiś zły pan? Tak jak w telewizji... – Dominik wyraźnie był czymś zaniepokojony.

Położyłam go do łóżka, okryłam cienką kołdrą i usiadłam na krześle.

– Synku, śpij. Jestem tuż obok, a drzwi są zamknięte – powiedziałam, odgarniając włosy z jego czoła.

– Ale źli panowie z telewizji i tak wchodzą do domów – szepnął Dominik. – Zostawisz światło?

– Nie. Rozmawialiśmy już o tym. Jesteś za duży, żeby przez całą noc w twoim pokoju paliła się lampka.

– Czemu? – zapytał płaczliwym głosem i oczywiście ustąpiłam.

– Ale tylko dziś, okay?

– Okay – zgodził się.

Chwilę później już spał, ale ja jeszcze przez kwadrans siedziałam przy łóżku synka wsłuchana w jego cichy spokojny oddech.

Dominik, pospiesz się – ponagliłam syna, który, niezdecydowany, na przemian wkładał i wyciągał zabawki ze swojego niewielkiego plecaka.

Podniosłam z ziemi porzuconego przez mojego jedynaka pluszowego królika, którego niedawno wyprałam, i zerknęłam na zegarek.

– Powinniśmy już jechać.

– Zaraz, mamo! – Syn pognał na górę po ulubionego dinozaura, a na dole, pakując go do plecaka, przypomniał sobie jeszcze o strażackim wozie. – Nie zmieści się – westchnął.

– To zanieś go do auta w ręku. I pospiesz się, chłopie! – Jako matka raczej rzadko traciłam cierpliwość, tym razem jednak byłam wyjątkowo poirytowana.

Może dlatego, że miałam zawieźć młodego do domu Natalii, a każde spotkanie z obecną żoną Sebastiana przyprawiało mnie o mdłości. Wiem, że ona starała się być dla mnie miła, zresztą nigdy jawnie nie okazywałyśmy sobie wrogości. Jednak sama myśl o spotkaniu z nią sprawiała, że z nerwów wywracał mi się żołądek. Być może po tych kilku latach od mojego rozwodu z Sebastianem powinnam jej już wybaczyć, problem polegał jednak na tym, że nadal nie potrafiłam. Zadra tkwiła w moim sercu głęboko, wbita jak cierń. Za każdym razem, kiedy widziałam Natalię, przypominało mi się odejście męża i tamten dzień, kiedy powiedział mi o tym, że kogoś ma.

– Mamo, jeszcze modelina! – Syn z powrotem pognał na górę, niemiłosiernie tupiąc na starych drewnianych schodach, a ja lekko się wzdrygnęłam, wyrwana z niewesołych myśli.

Zbiegł na dół chwilę później, z pluszowym tygrysem w ręku.

– Nie znalazłeś modeliny?

– Nie.

– To chodź, jedziemy! Tracimy czas. Myślałam, że stęskniłeś się za tatą – powiedziałam, przeczesując palcami wyjątkowo tego przedpołudnia niesforne włosy synka.

– Trochę – przyznał młody, zapinając plecak.

Była sobota, wypadał jego weekend z ojcem. Zazwyczaj to Sebastian przyjeżdżał po Dominika, ale ponoć skręcił nogę i wolał nie prowadzić. Zamknęłam więc dom, załadowałam młodego do samochodu, zamknęłam przerdzewiałą kłódką równie przerdzewiałą bramę wjazdową i wolno ruszyłam w dół naszej uliczki.

– Zabrałeś jakieś książki? – zapytałam, wrzucając dwójkę.

– Nie.

– Czemu?

– Bo nie – uciął dyskusję Dominik.

Na Kalwaryjskiej był korek. Włączyłam radio i nie-fartownie napatoczyłam się na serwis informacyjny.

Po kolejnym brutalnym ataku nieuchwytnego dotąd gwał-ciciela, którego ofiarą padła tym razem trzydziestoczteroletnia mieszkanka podkrakowskich Bibic, policja apeluje o... – Spiker nie dokończył, bo zmieniłam stację.

– Kto to jest gwałciciel? – odezwał się mój syn z tyl-nego siedzenia.

Wyłączyłam radio i zerknęłam we wsteczne lusterko.

– To mężczyzna, który siłą zmusza do czegoś kobiety – odpowiedziałam wymijająco, modląc się w duchu, żeby syn nie podjął dalszej dyskusji.

Niestety...

– Ale do czego? – drążył temat Dominik.

– Do rzeczy, jakich nie powinno się robić.

– Jakich rzeczy?

– Chryste! – syknęłam, gwałtownie hamując, gdy srebrne audi przede mną nagle się zatrzymało.

– Prawie w niego wjechałaś, mamo! – oskarżył mnie dziecięcy głosik.

– Co ty powiesz? – mruknęłam.

– A tato zawsze mówi, że kobiety źle jeżdżą!

– To przekaż tacie, że jeżdżę znacznie lepiej od niego.

– Tato jeździ szybciej.

– A ja bezpieczniej.

– Jak będę duży, kupię sobie bmw!

– Daj ci Boże – powiedziałam, skręcając.

Na Cichym Kąciku jak zawsze w weekend było tłoczno. Z trudem znalazłam miejsce do parkowania i wysiadłam z samochodu. Syn wygramolił się chwilę później. Wzięłam od niego plecak i niewielką torbę z jego ubraniami.

– Wóz strażacki – przypomniałam mu.

– Już go nie chcę. – Wzruszył ramionami i kopnął leżącą na chodniku puszkę po coli.

Przed furtkę Natalii dotarliśmy jakieś dwie minuty później. Mieszkała niedaleko tramwajowej pętli, w jednej z cichych, zabudowanych niewielkimi willami uliczek. Jej dom, otynkowany na biało świeżo odnowiony budynek z niewielkim tarasem i półokrągłym okienkiem nad wejściem, wyróżniał się zadbanym ogrodem i ładną drewnianą altaną na tyłach.

– Ja, ja zadzwonię! – Młody podbiegł do furtki i wcisnął dzwonek.

Przystanęłam na chodniku i nerwowo poprawiłam włosy. Pospiesz się, do cholery! – ponaglałam w duchu byłego męża, jednak na schodach nie pojawił się Sebastian, ale Natalia.

– Wybacz, ale Bastian ledwo chodzi – powiedziała, kiedy do nas podeszła.

Pomimo wolnej soboty miała na sobie wąską krwistoczerwoną sukienkę przed kolano i eleganckie złote sandałki na dość wysokim obcasie. Lśniące ciemne włosy upięła wysoko, a w jej uszach brzęczały ciężkie srebrne kolczyki. Kiedyś nosiłam podobne. Kupiłam je lata temu, podczas studenckiej wyprawy do Turcji. Dziś jeden leżał zapomniany na dnie rzeźbionej drewnianej szkatułki z biżuterią, a drugi przepadł bez wieści. Natalia uśmiechnęła się do Dominika, a mnie lekko skinęła głową. Z zazdrością omiotłam wzrokiem jej nieskazitelną szczupłą figurę i lekko pchnęłam syna w stronę otwartej furtki.

– Wejdziesz? – zapytała, jak zawsze nienaganna w swoich manierach, jednak wyraz jej twarzy jasno i wyraźnie dawał do zrozumienia, że nie życzy sobie żadnych wizyt.

– Spieszę się, wybacz. Zaraz jadę do przyjaciół za miasto – skłamałam.

Sama nie wiem, czemu to wymyśliłam. Może po to, żeby jej pokazać, że ja też mam ciekawe, pełne towarzyskich spotkań życie?

Uśmiechnęła się.

Ironicznie? Nie, nie mogę sobie wmawiać takich rzeczy, zganiłam się w duchu.

– Mamo, ale tato ma nową rybkę! Chodź, musisz ją zobaczyć! – Nieświadomy panującego pomiędzy nami napięcia Dominik pociągnął mnie za rękę.

– Innym razem, syneczku – powiedziałam.

– Czemuuuu? – Był wyraźnie zawiedziony, ale ja chciałam już tylko odwrócić się na pięcie i wrócić do samochodu.

– Bądź grzeczny, dobrze? – Pogłaskałam go po policzku.

– Okay – powiedział i pognał w stronę domu.

– Jego rzeczy. – Podałam Natalii torbę z ubraniami i bez słowa pożegnania ruszyłam w stronę samochodu.

W aucie, kiedy drżącymi rękoma wkładałam kluczyk do stacyjki, pomyślałam, że Sebastian nie mógł wybrać bardziej różnej ode mnie kobiety. Ja zawsze byłam wesoła, energiczna i otwarta, jego druga żona sprawiała wrażenie wyniosłej, niemal sztywnej, nudnej i ostrożnej w wyrażaniu zdania. Z wyglądu również byłyśmy jak ogień i woda. Ja z jasnymi długimi włosami w kolorze dojrzałej pszenicy i dużymi zielonymi oczami, w dodatku dobijająca do metra siedemdziesięciu trzech żyrafa; ona drobna, niemal anorektyczna, ze śniadą cerą, ciemnymi oczami i lśniącymi włosami w kolorze gorzkiej czekolady. Ja miałam praśną rodzimą urodę typowej polskiej dziewoi, ona, ze swoimi nieco egzotycznymi rysami, wyglądała na Włoszkę bądź Hiszpankę.

W drodze do domu wstąpiłam na szybką kawę i przejrzałam się w wiszącym nad kawiarnianym stolikiem lustrze. Był maj, piękny słoneczny dzień, a ja wyglądałam naprawdę nieźle. Czemu więc po spotkaniu z obecną miłością Sebastiana czułam się brzydka i nijaka?

„Nie możesz szukać winy w sobie" – powiedziała mi po jego odejściu jedna z przyjaciółek, ale chociaż wiedziałam, że ma rację, nie potrafiłam przestać się o to wszystko obwiniać...

Wieczorem, z kieliszkiem czerwonego wina w ręku, weszłam do łazienki na parterze i przysunęłam do wanny niewielki stolik, na którym ustawiłam ciężką drewnianą tacę z kilkoma grubymi zapachowymi świecami. Za oknem powoli zapadał wiosenny zmierzch, a mnie zamarzyła się gorąca kąpiel zamiast zwyczajowego prysznica. Zapalając pękate świece, pomyślałam, że powinnam zadzwonić do Sebastiana i zapytać, czy wszystko w porządku u syna, ale szybko przegnałam myśl o dziecku. Potrzebowałam chwili relaksu, chciałam się odprężyć i na jedną chwilę zapomnieć o całym bożym świecie. Świece zamigotały, rzucając trzepoczące cienie na wykafelkowane ściany, a w łazience uniósł się przyjemny zapach cytrusów. Rozpięłam boczny zamek sukienki i zakręciłam kurek nad wanną. Kieckę i bieliznę rzuciłam na podłogę, miały trafić do prania. Woda była przyjemnie ciepła, ale nie gorąca. Zanurzyłam się po samą szyję, czując, jak opada ze mnie całodniowe napięcie. Przymknęłam oczy i przez dłuższą chwilę starałam się nie myśleć o niczym. Po prostu leżałam otulona gorącą wodą i kontemplowałam bieżącą chwilę.

Za oknem o parapet bębnił deszcz, jednak w łazience było ciepło i przytulnie. Nie wiem, jak długo leżałam w tej przyjemnie aromatycznej kąpieli. Mógł minąć kwadrans, może dłużej. Dolałam nieco gorącej wody do wanny i podłożyłam sobie pod głowę zrolowany ręcznik. Nagle w błogiej ciszy pustego domu usłyszałam jakieś szuranie, jakby ktoś kręcił się przy frontowych drzwiach. Gwałtownie się wyprostowałam, rozchlapując dookoła wodę, a do moich uszu doszedł charakterystyczny odgłos przekręcanego w zamku klucza. Po chwili złowrogo zaskrzypiały stare wypaczone drzwi i ktoś wszedł do domu. Zastygłam sparaliżowana strachem, niezdolna do jakiegokolwiek ruchu, naga i bezbronna, tymczasem w korytarzu rozległy się ciężkie, najpewniej męskie kroki. Kimkolwiek był intruz, poruszał się wolno, w całkowitej ciemności. Zerwałam się na nogi i ślizgając się, wyskoczyłam z wanny. Szlafrok wisiał na drzwiach. Złapałam za niego i zatrzasnęłam się w łazience. Intruz przystanął, najpewniej zaskoczony moją obecnością, po czym dopadł frontowych drzwi, wybiegł na zewnątrz i przez skrzypiącą furtkę wymknął się na ulicę. Boso i ociekając wodą, podbiegłam do drzwi, które nadal były uchylone. W zamku nie było klucza, sprawca musiał go zabrać ze sobą. Skąd go miał? Kim był? Nie miałam pojęcia. Furtka nadal była uchylona. Przebiegłam przez ogród i wyjrzałam na ulicę, ale nie zauważyłam żywego ducha – widać napastnik zdążył już umknąć za róg.

Cała się trzęsąc, wróciłam do domu i zapaliłam wszystkie światła na parterze, nawet okap nad kuchenką. Później złapałam za komórkę i wezwałam policję. Czekając na patrol, włożyłam w pośpiechu wygrzebany z kosza na brudną bieliznę koronkowy komplet i narzuciłam na siebie sukienkę. Przypuszczałam, że wyglądam strasznie, ale nie chciałam iść na górę, żeby znaleźć coś czystego; bałam się, że nie zdążę się ubrać przed przyjazdem policji.

Patrol zjawił się po kilku minutach, które wydawały mi się wiecznością.

– Dobry wieczór. Anna Iwańska? – zapytał młodszy z policjantów, kiedy już obaj weszli do środka.

– Tak.

– Pani dzwoniła?

Potaknęłam skinieniem głowy i przysiadłam na starym fotelu w korytarzu, bo nogi trzęsły mi się tak, że nie byłam w stanie ustać.

– Kąpałam się, kiedy wszedł – szepnęłam. – Otworzył sobie drzwi kluczem i zaczął iść w stronę łazienki. Wtedy wyskoczyłam z wanny... Musiał usłyszeć chlupot wody i zorientował się, że ktoś jest w domu – dodałam, a starszy z gliniarzy, postawny łysawy facet, łypnął wzrokiem w mój dekolt, zapewne usiłując odgonić zdrożne myśli o moim nagim ciele w kąpieli.

– Więc podejrzewa pani, że ktoś miał klucz od pani domu i wszedł tutaj, myśląc, że pani nie ma?

– Tak.

– Czemu miałby tak myśleć, skoro była pani w środku? – zapytał ten starszy.

– Było już ciemno. Zanim weszłam do wanny, słuchałam muzyki, a wszystkie światła były pogaszone. Później zapaliłam tylko kilka świec, ale ktoś, kto obserwował dom od frontu, nie mógł dostrzec ich migotania poprzez uchylone łazienkowe drzwi.

– Kto ma klucze od tego domu? – zainteresował się młodszy z gliniarzy.

– Ja, mój były mąż i Tamar.

– Tamar? To jakiś Turek? – zdziwił się ten starszy.

– Tamar to Gruzinka, która od kilku lat przychodzi do mnie co piątek. Zajmuje się moim synem, kiedy ja przygotowuję się do wykładów, gotuje, trochę sprząta – wyjaśniłam.

– Ufa jej pani?

– W stu procentach – odparłam bez wahania.

– Ale możemy założyć, że to ona tu weszła?

– Pod moją nieobecność? Nigdy! Zresztą ona nie pojawia się tutaj w weekendy. Tak jak mówiłam – przychodzi co piątek koło siódmej rano i wychodzi stąd zazwyczaj przed pierwszą w nocy, kiedy wracam z radia.

– Jest pani dziennikarką?

– Prowadzę swój program.

– A pani były mąż? Dzwoniła pani do niego, żeby zapytać, czy nie wpadł tutaj po coś?

– Nie dzwoniłam, ale...

– To proszę zadzwonić – wszedł mi w słowo ten starszy.

Sięgnęłam po leżącą na komodzie komórkę i wybrałam numer Sebastiana.

– Cześć, co jest? – Odebrał niemal od razu.

– Cześć. Słuchaj, byłeś dzisiaj u mnie? Jakieś pół godziny temu.

– Dzisiaj? Nie, no skąd. Przecież wiesz, że ledwo chodzę.

– A Natalia?

– Też nie. Co ci przyszło do głowy? Siedzimy z Dominikiem przed telewizorem i zajadamy się popcornem, a Natalka jest u przyjaciółki. Po co mielibyśmy...

– Nieważne, wybacz – powiedziałam cicho.

– Nie on? – zapytał młodszy z policjantów i zerknął w stronę łazienki. – Możemy się rozejrzeć?

– Jasne – powiedziałam, ciaśniej zawiązując pasek od letniej sukienki, pod którą czułam się nieprzyjemnie wilgotna – przed przyjazdem policji zdążyłam jedynie przetrzeć ręcznikiem plecy i włożyć na siebie bieliznę a teraz, pod obstrzałem spojrzeń dwóch obcych mężczyzn, czułam się co najmniej nieswojo.

– Pani zgasi te świeczki, bo zaraz i straż przyjedzie! – rzucił z łazienki ten młodszy, a ja posłusznie dogasiłam świece i wymknęłam się na korytarz.

– To może jakiś pani były facet się tu wślizgnął? – zasugerował starszy z policjantów, przyglądając się stojącemu na komodzie zdjęciu, na którym miałam na sobie tylko skąpe bikini.

Skrzywiłam się. Miałam ochotę sięgnąć po ramkę i obrócić ją tyłem do korytarza, jednak tego nie zrobiłam.

– Pani Anno? Któryś z pani byłych ma klucze?

– Nie – powiedziałam, chociaż czy mogłam być tego pewna?

Kiedy byłam z Irkiem, spędzałam u niego czasem weekend. Spałam w jego łóżku, piłam wino, drzemałam, podczas gdy on gotował albo wyskakiwał po pizzę. Co, jeśli któregoś dnia dorobił sobie klucz? – zastanawiałam się. Po co jednak miałby to robić?

– Dobra, Jureczku. To dzwoń po techników, a ja się tu jeszcze rozejrzę – zdecydował ten starszy. – Mieszka tu pani sama?

– Z synem.

– Syn ile ma lat?

– Pięć.

– Czyli jeszcze matki nie obroni – zarechotał ten młodszy, wyraźnie ubawiony własnym żartem.

– Okna stare, drzwi liche, nic tylko kopnąć i się rozpadną...

– Bez przesady! – obruszyłam się.

– Mówię, co widzę. – Starszy z gliniarzy obszedł cały dół.

Technicy przyjechali po kilku minutach i zabrali się do pracy. Przyglądając się pędzlom w ich rękach, przypomniałam sobie wyczytaną gdzieś informację, że są robione z włosia wiewiórek amerykańskich, a czasem kanadyjskich bobrów. To naprawdę niesamowite, jak wiele upchniętych w zakamarki umysłu detali przypomina się człowiekowi w takich chwilach...

– Tylko przy drzwiach i korytarz? – upewnił się jeden z techników, młody blondyn o sympatycznej twarzy.

– Tak – potwierdziłam.

– Niczego pani nie widziała? Zarysu sylwetki, czegokolwiek? – zapytał ten młodszy.

– Byłam w łazience, gdzie w panice usiłowałam włożyć szlafrok – syknęłam.

– Zrobiłaby nam pani kawy? – wtrącił ten starszy, nie komentując moich słów.

– Jasne – mruknęłam i weszłam do kuchni.

– Warto by tutaj założyć alarm – poradził mi starszy gliniarz i usiadł za kuchennym stołem. – Tylko jakiś porządny, a nie te tanie zabawki.

– Nie chcę alarmu. U mojej przyjaciółki potrafi się włączyć w środku nocy i wyje tak, że można skonać. Chyba umarłabym ze strachu, gdyby wyrwał mnie ze snu taki odgłos.

– Lepsze to, niż kolejne wtargnięcie – burknął policjant. – Nie muszę chyba pani mówić, że ten ktoś może wrócić? Najwyraźniej czegoś chciał…

– Niech mnie pan nie straszy! Nie dzisiaj – syknęłam, stawiając przed nim kubek z naprędce zapalną rozpuszczalną kawą. – Prawdziwej nie mam, przykro mi.

– Wypije się – gliniarz złapał za kubek i siorbnął. – Niezła – dodał.

Jakiś kwadrans później obaj policjanci z patrolu zaczęli się zbierać. Technicy też już pojechali, a o ich niedawnej obecności świadczył jedynie dziwny zapaszek użytego przez nich proszku i ślady błota na podłodze w korytarzu.

– I już? To wszystko? – zapytałam.

– A czego się pani spodziewała? Na noc nie zostaniemy – powiedział młodszy policjant.

Starszy dopił kawę, grzecznie odstawił kubek do zlewu i podniósł się, ciężko posapując.

– Gdyby coś się działo, proszę śmiało dzwonić na numer alarmowy. A dziś w nocy dobrze by było spać u znajomych – zasugerował.

– Nie zostawię domu! – zarzekłam się.

– To jutro z samego rana dzwonić po ślusarza, a dziś się nie kłaść – doradził mi ten nazwany Jureczkiem i drapiąc się po łysinie, ruszył w stronę drzwi. – Dobrej nocy. Spokojnej – rzucił jeszcze, zanim wyszedł.

Kiedy zostałam sama, oparłam się plecami o frontowe drzwi i przestałam powstrzymywać cisnące się do oczu łzy. Nagle poraziła mnie naprawdę koszmarna myśl. Co, jeśli to ten przeklęty gwałciciel? Jasne, wiedziałam, że w tak dużym mieście szanse na to były raczej znikome, ale jednak, prowadząc własny program, byłam kimś w rodzaju osoby publicznej. Co, jeśli to on? – zadręczałam się, przysuwając do drzwi ciężką drewnianą komodę. Po chwili jednak ta myśl wydała mi się zupełnie idiotyczna. Skąd, do cholery miałby klucze?! Nie, to musi być ktoś z mojego otoczenia. Ktoś, kogo znam i komu może nawet ufam.

Później przytargałam do korytarza wygodny fotel z salonu, opatuliłam się kocem i do piątej nad ranem przesiedziałam pod frontowymi drzwiami, bojąc się iść na górę, żeby samotnie położyć się w pustej sypialni. Dopiero kiedy wzeszło słońce, odważyłam się na moment zdrzemnąć, sny miałam jednak koszmarne i obudziłam się z migreną.

Rano, po tym jak wypiłam już dwie kawy i zadzwoniłam do Sebastiana, żeby zapytać o syna, usiadłam na werandzie i zapatrzyłam się w drewniane drzwi ze starym zamkiem. Może frontowe były trudniejsze do sforsowania, ale te faktycznie wystarczyłoby kopnąć. Zdałam sobie sprawę, że gliniarz miał rację – dom był stary, zaniedbany i z całą pewnością nie przypominał twierdzy. Ale tak naprawdę, czy jakiekolwiek zabezpieczenia są w stanie zatrzymać kogoś, kto wziął sobie daną osobę na cel? I chyba dopiero w tym momencie tak naprawdę dotarło do mnie to, co się stało – ktoś WSZEDŁ do mojego domu, kiedy się kąpałam... Ktoś, kto miał klucz i czuł się na tyle pewnie, żeby zrobić coś takiego. Ktoś, komu chodziło o mnie. Nie o pieniądze, bo przecież ich nie miałam. Nie o obrazy, bo na ścianach wisiały tanie czarno-białe fotografie z Ikei. Nie o sprzęt, bo mieliśmy z synem tylko nowy telewizor, mojego sześcioletniego laptopa i starą wieżę. Chodziło mu o mnie! Chyba że... Myśl, że intruzowi mogło chodzić o mojego Dominika, sprawiła, że przez chwilę nie mogłam oddychać. Tyle się teraz słyszało o aferach pedofilskich i uprowadzeniach małych dzieci. Media od lat bombardują nas tego typu informacjami, straszą, przestrzegają, bez przerwy przyciągają naszą uwagę, a jednak my, rodzice, wolimy nawet nie myśleć o tragicznych scenariuszach. Takie rzeczy zawsze przytrafiają się przecież innym. Nie nam i nie tutaj! O takich koszmarach czyta się w mrocznych skandynawskich thrillerach albo słyszy się w telewizji. Nie, do cholery! Nie! Nie mój Dominik! Tego jednego bym nie zniosła, powiedziałam sobie, nerwowo rozprostowując palce.

Jednak gdzieś w głowie obawa o syna zaczęła się rozrastać, a niepokój kiełkował i przybierał coraz pokaźniejsze rozmiary. I chociaż starałam się nie myśleć o najmroczniejszych scenariuszach, nagle wyobraziłam sobie, co by było, gdyby ktoś uprowadził mojego syna. Gdybym na moment się odwróciła, a on by zniknął. Gdybym, stojąc w tłumie roześmianych matek, na jedną chwilę spojrzała gdzie indziej, a ktoś zabrałby moje dziecko z parku, uprowadził je w biały dzień, na oczach nieświadomych niebezpieczeństwa ludzi. Gdybym poszła z Dominikiem na kopiec Kościuszki, Błonia czy Zabłocie, a ktoś podbiegłby do nas, porwał mojego syna na ręce i zniknął mi z oczu. Gdyby zwabił go do samochodu pod jakimkolwiek pretekstem. Wślizgnął się nocą do jego sypialni i wyniósł go na rękach pogrążonego w głębokim dziecięcym śnie, z głową ufnie opartą o zagłębienie jego ramienia. Gdyby...

Nie, nie mogę wciąż wyobrażać sobie takich rzeczy!
– pomyślałam, wstając.

Zresztą, kiedy intruz pojawił się w moim domu, Dominik był u ojca. Jeśli chodziło mu o dziecko, jeśli od dawna mi się przyglądał, wiedziałby przecież, że małego ze mną nie ma – pocieszyłam się, a jednak strach nie odpuszczał.

W kubku z resztką kawy utonęła mała muszka. Uznałam to za zły omen i lekko się wzdrygnęłam. A przecież nigdy nie byłam przesądna...

W kuchni, chcąc zająć czymś ręce, przejrzałam przyniesioną z przedpokoju korespondencję, ale nie znalazłam niczego ciekawego. Rachunki, wiadomości z banku, przesyłka z ZUS-u, pocztówka z Teneryfy. Na tę ostatnią ledwo spojrzałam, wiedziałam przecież, że nie znajdę tam niczego oprócz przechwałek. Grażyna, mieszkająca po sąsiedzku analityczka medyczna, chwaliła się bez przerwy, odkąd udało jej się złapać wziętego chirurga plastycznego. Wakacje na Bali, weekendowe wypady do Berlina, Sztokholmu i Helsinek, kolacje w najdroższych krakowskich restauracjach – gdziekolwiek była razem ze swoim brzuchatym małżonkiem, musiała mnie o tym poinformować. „Pozdrawiam z Paryża, Kochana!", „Ściskam z Lizbony!", „Całuję z Madrytu" – każda z nadesłanych przez nią kartek wyglądała mniej więcej tak samo. Do tego mnóstwo kwiatków, serduszek i uśmiechniętych buziek oraz obietnice rychłego kontaktu, gdyż koniecznie musiała mi o wszystkim opowiedzieć... Skrzywiłam się, podarłam kartkę i cisnęłam do kosza na śmieci. Nie było mowy, żebym jeszcze kiedyś umówiła się z nią na kawę. Podczas naszego ostatniego spotkania przez bite półtorej godziny prowadziła żywiołowy monolog, niemal nie dopuszczając mnie do słowa. A na koniec zostawiła mnie z rachunkiem, gdyż ponoć nie miała przy sobie gotówki, a karty zapomniała.

To tyle, jeśli chodzi o Grażynę, stwierdziłam, drąc na strzępy ulotkę jakiegoś antykwariatu.

Ślusarz przyjechał tuż przed południem. Zwalisty, mrukliwy facet z siwymi nitkami w ciemnej brodzie i łagodnymi piwnymi oczami. Stare, wgniecione z boku auto, którym podjechał, miało na drzwiach reklamę warsztatu samochodowego.

– Dzień dobry – rzucił, wymijając mnie w furtce i ruszył w stronę domu.

Kiedy weszliśmy do środka, cisnął na podłogę swoją podniszczoną torbę, podrapał się po głowie i pogwizdując, przyjrzał się obu zamkom. Zapaliłam światło w przedpokoju, chcąc rozjaśnić ciemne kąty. Pracował w milczeniu, obojętny na otoczenie. Pomyślałam, że w swojej kraciastej flanelowej koszuli i spranych dżinsach sprawia wrażenie kogoś godnego zaufania, ale przecież bardzo często pozory myliły.

– Napije się pan kawy? – zapytałam po chwili.

– Nie, dzięki – odpowiedział i rozmowa się urwała.

Skończył zaskakująco szybko, uwinął się raz-dwa. Kiedy mu płaciłam, rozejrzał się po przedpokoju i zapytał, jak go znalazłam.

– Ktoś mnie polecił, czy wzięła pani mój numer z sieci? – zainteresował się, pakując narzędzia do torby.

– Jakiś czas temu znalazłam pana ulotkę w mojej skrzynce na listy i na wszelki wypadek wrzuciłam ją do pudełka z wizytówkami – powiedziałam.

Skinął głową i zapiął niewielką czarną torbę.

– Do widzenia – rzucił, nie patrząc na mnie, i wyszedł.

Zamknęłam za nim drzwi, wcześniej kilkakrotnie przekręcając nowe zamki w obie strony. Gerda była ponoć solidna, ten na dole też miał się sprawdzić. Nowy zamek na werandzie równie ładnie działał. Schowałam klucze do torebki, zaparzyłam sobie trzecią kawę i z kubkiem w dłoni obeszłam cały parter. Okno w łazience nie stanowiło problemu. Było małe, umieszczone niemal pod samym sufitem, z matowym szkłem zamiast tradycyjnych szyb. Jednak w salonie i pozostałych pokojach były stare wypaczone ramy, a drewniane drzwi od werandy wydały mi się jeszcze mniej solidnie niż rano. Pomyślałam o kratach. Dom będzie z nimi wyglądał paskudnie, ale czy bezpieczeństwo nie było ważniejsze? Ale właściwie co mi po zabezpieczeniu okien, skoro on wszedł tu sobie frontowymi drzwiami?

Przed trzynastą zgłodniałam i chociaż żołądek wciąż miałam zaciśnięty z nerwów, udało mi się przełknąć kilka kęsów przyrządzonego naprędce tostu z dżemem. Zlizywałam właśnie z noża dżem (Sebastian nienawidził, kiedy to robiłam), kiedy przyszło mi do głowy, że może ślusarz nie jest tym, za kogo się podaje? Namiary

63

na niego znalazłam przecież w skrzynce. Co, jeśli kilka tygodni temu sam je tam włożył, a teraz znowu ma klucz do moich drzwi? – przeszło mi przez myśl i wybuchłam nerwowym śmiechem.

– To ślusarz, dziewczyno. Nie pieprzony Kuba Rozpruwacz – powiedziałam na głos i żeby do reszty rozwiać swoje wątpliwości, włączyłam laptopa, gdzie znalazłam stronę z namiarami na fachowca i kilkanaście pozytywnych opinii.

„Szybki i skuteczny!" – napisała jakaś Beata. „Mrukliwy, ale w miarę tani i punktualny" – pisał Orzeł. Reszty nie chciało mi się czytać.

Przed czternastą jeszcze raz obeszłam dom i sprawdziłam okna, a później pomyślałam o Irku. Co, jeśli to jednak on? Rozstaliśmy się przecież w mało sympatycznej atmosferze, a on kilkakrotnie mi groził, bo najwyraźniej nie mógł się pogodzić z moim odejściem. A jeśli rzeczywiście dorobił sobie kiedyś klucze od mojego domu i chce mnie nastraszyć? Może chwali się teraz kumplom z uczelni, jak to napędził mi stracha? Może nawet inni mu kibicują? Zepsute bogate bachory z prywatnych szkół potrafią przecież niejedno. Może... Nie! Nie mogę wpadać w paranoję! Moi studenci to fajni młodzi ludzie. Znam ich, lubię, szanuję i z całą pewnością nie myślę o nich w ten sposób. Nie stworzyliby przecież grupy stalkerów, żeby wpędzić mnie w obłęd.

Uśmiechnęłam się krzywo, a jednak myśl o Irku nadal mnie prześladowała. W końcu zdecydowałam, że do niego pojadę. Muszę spojrzeć mu w oczy i zapytać wprost, czy ma coś wspólnego z wtargnięciem do mojego domu.

Zanim wyszłam, raz jeszcze posprawdzałam wszystkie okna. Dopiero wtedy zamknęłam drzwi na dwa nowe zamki i wolno ruszyłam w stronę furtki. Stojąc na chodniku, przyjrzałam się okolicznym domom i zlustrowałam wzrokiem zaparkowane rzędem samochody. Nikogo... Moja honda stała kilka metrów od bramki i chociaż uliczka była pusta, miałam ochotę podbiec do samochodu, zatrzasnąć się w środku i ruszyć z piskiem opon. Nie panikuj, dziewczyno, powtarzałam sobie w duchu, jednak serce waliło mi jak oszalałe, a dłonie lepiły się od potu. Wsiadając do auta, myślałam o tym, że cała ta sytuacja przypomina jakiś filmowy seans dla lubiących historie z dreszczykiem. A jeszcze kilka dni temu moim największym problemem wydawało się skombinowanie kasy na planowany w grudniu wypad do Włoch.

Wjeżdżając w Kalwaryjską, doszłam do wniosku, że już nigdy nie prześpię spokojnie całej nocy i nagle poczułam się tak samotna, że po prostu się rozpłakałam. W aucie, pośrodku ruchliwej ulicy. Szybko jednak wzięłam się w garść, znalazłam w torebce chusteczkę, wytarłam oczy i ruszyłam do przodu, bo właśnie trąbił na mnie jadący z tyłu młody koleś w ciemnej terenówce.

Odwal się, pajacu, pomyślałam ze złością, zerkając we wsteczne lusterko i nagle zdałam sobie sprawę, że nie mam pojęcia, co dalej. Co będzie, kiedy odbiorę syna od byłego męża i zapadnie zmrok? Jak zasnę z myślą, że już raz ktoś się wdarł do mojego domu? Czy poradzę sobie, jeśli znowu wydarzy się coś niepokojącego?

W okolicach Wawelu krążyłam strasznie długo, usiłując znaleźć miejsce do zaparkowania. Co za miasto! Byłam coraz bardziej roztrzęsiona. W końcu udało mi się zaparkować na Bernardyńskiej i pieszo wróciłam w stronę Smoczej. Dochodząc do apartamentowca, w którym mieszkał Ireneusz, zorientowałam się, że powinnam do niego zadzwonić i uprzedzić go, że chcę go odwiedzić, ale zrezygnowałam z tego. Może i byłam niekulturalna, ładując się do jego mieszkania bez zaproszenia, ale w momencie, kiedy w grę wchodziło bezpieczeństwo mojego pięcioletniego syna, wszystkie konwenanse przestawały się liczyć. Wciskając przycisk domofonu, pomyślałam, że chciałabym, żeby to był on. Owszem, niesmak by pozostał, ale przynajmniej wiedziałabym, że to tylko szczeniacki żart znudzonego smarkacza, nic groźniejszego…

Ireneusz otworzył mi ubrany w same bokserki, nie-ogolony i wyraźnie skacowany. Nawet tu, gdzie stałam, czułam bijący od niego kwaskowaty odór przetrawionego alkoholu. Odwróciłam wzrok, dziwnie speszona widokiem jego umięśnionego nagiego torsu, a on cofnął się w głąb mieszkania, dając mi do zrozumienia, żebym weszła. Na zachwyconego moją niespodziewaną wizytą jednak nie wyglądał...

– Proszę, proszę, kogo ja widzę? Pani magister Iwańska we własnej seksownej osobie – rzucił złośliwym tonem.

– Chcę pogadać. Masz chwilę? – zapytałam, darując sobie powitanie.

– A jak myślisz, kotku? Rozgość się, zaraz wracam – powiedział, kiedy z niewielkiego przedpokoju weszliśmy do jasnego, ładnie urządzonego salonu.

Usiadłam na ciemnoszarej sofie i zerknęłam w stronę panoramicznego okna z widokiem na rzekę. Ciężkie szare zasłony były do połowy zaciągnięte, widziałam jednak spory fragment Wisły i piękną kojącą zieleń nadrzecznych bulwarów. Zawsze zazdrościłam mu tego widoku i bliskości ścisłego centrum. Ja, żeby dotrzeć na rynek, musiałam wsiąść w tramwaj albo zafundować sobie dość długi spacer. On miał na wyciągnięcie ręki Wawel, urokliwe knajpki z widokiem na Sukiennice i krakowski Salwator, którego okolice od zawsze uwielbiałam.

Rozglądałam się po zaskakująco wysprzątanym wnętrzu, kiedy cicho pisnęła leżąca na niskiej ławie komórka, powiadamiając o nadejściu esemesa. Spojrzałam w jej stronę, nie znalazłam jednak w sobie na tyle odwagi, żeby zerknąć, kto pisze do mojego dawnego kochanka.

Irek wrócił do pokoju chwilę później, z butelką mineralnej i dwiema wysokimi szklankami z grubego szkła.

– Chyba że wolisz coś mocniejszego? Gin z tonikiem? Odrobina whisky? – Zawahał się i łypnął w stronę barku w kształcie globusa, w którym lubił trzymać zapas drogich alkoholi.

– Nie, dzięki – powiedziałam, a on szeroko ziewnął i podrapał się po porastającej policzki szczecinie.

– Więc? Co cię sprowadza w moje skromne progi? Bo jeśli nabrałaś ochoty na bzykanko, to obecnie i chwilowo jestem zajęty – ironizował.

Położyłam dłonie na kolanach i nerwowo przełknęłam ślinę. Nie czułam się swobodnie w jego towarzystwie, a już z całą pewnością nie miałam ochoty na czekającą nas rozmowę, ale skoro już tu byłam...

Ireneusz przypatrywał mi się z nieodgadnionym wyrazem twarzy. Z jego zaciśniętych ust wywnioskowałam, że nadal jest na mnie wściekły za to nagłe wtargnięcie, ale w jego oczach dostrzegłam też ciekawość. Najwyraźniej, pomimo że zastałam go skacowanego i półnagiego, chciał się dowiedzieć, z czym do niego przychodzę po długich miesiącach milczenia z mojej strony.

– Wczoraj po południu ktoś wszedł do mojego domu. Ktoś, kto miał klucze – przeszłam do rzeczy.

– Skoro miał, to wlazł. – Irek nie wyglądał na zszokowanego. Wręcz przeciwnie, ze spokojem rozlał wodę do wysokich szklanek i usiadł naprzeciwko mnie, wygodnie rozwalając się w skórzanym fotelu. Zawsze zazdrościłam mężczyznom tej swobody, z jaką siadali, zajmując całą należną im przestrzeń. My, kobiety, od dzieciństwa byłyśmy uczone siadać prosto, ze złączonymi kolanami. Faceci rozwalali się na sofach, krzesłach i fotelach, jakby cały cholerny świat należał tylko i wyłącznie do nich. Niejednokrotnie, jadąc tramwajem, musiałam przekraczać wyciągnięte beztrosko, blokujące wąskie przejście męskie nogi czy odsuwać się od gościa, który siedział obok i niemal napierał na mnie cielskiem. Czy to była z ich strony arogancja, chęć „zaznaczenia" terenu, czy jedynie objaw pewności siebie, nie potrafię powiedzieć. Wiem tylko, że mnie to irytuje. Takie samcze zachowania drażnią także większość moich koleżanek.

– Przyszłaś zapytać, czy to ja? – mruknął mój były, wyrywając mnie z zamyślenia.

– Misiu, kto to?

Zanim zdążyłam odpowiedzieć, w salonie zjawiła się młodziutka brunetka w rozpiętym satynowym szlafroczku, który odsłaniał jej duże, jędrne i ładnie opalone piersi.

– Wracaj do łóżka – burknął Ireneusz, nie zaszczycając jej nawet jednym spojrzeniem.

– Myślałam, że wyskoczymy coś zjeść – powiedziała płaczliwym tonem rozkapryszonej małej dziewczynki.

– To się doprowadź do porządku, bo wyglądasz jak zmięta dycha znaleziona przy zaszczanym pisuarze! – poradził jej Irek, a ona wydęła usteczka, gniewnie parsknęła i zniknęła w sypialni.

– Ciekawy wybór – mruknęłam, nie komentując jego chamskiej odzywki.

Sposób, w jaki ją traktował, przyprawił mnie o mdłości, ale nie miałam zamiaru robić mu wykładu. Przyszłam tutaj w zupełnie innej sprawie i tego zamierzałam się trzymać.

– Wybór jak wybór... Co się trafiło, to jest. Zeszłotygodniowa gorączka sobotniej nocy zaowocowała spontanicznym bzykaniem, taki lajf... Panna ma może IQ ameby, ale za to nieziemsko się rucha. – Ireneusz podrapał się po nagim torsie i wygodniej umościł się w fotelu. – A wracając do twojego problemu... Mówisz, że ktoś ma klucze do twojego domu i zachodzi tam sobie, jak do siebie?

– Tak. Wczoraj...

– Anka, rozumiem, że nie rozstaliśmy się w jakichś szczególnie romantycznych okolicznościach i może

70

nawet posłałem ci parę chamskich esemesów, ale z całą pewnością nie jestem typem stalkera! Więc bądź tak miła i zabieraj stąd swój tyłek, bo mam kaca i raczej marny nastrój na wysłuchiwanie tego typu insynuacji. I skąd, kurwa, miałbym mieć klucze do twojego domu?! – podniósł głos mój były kochanek.

– Irek, zdajesz sobie sprawę z tego, jak strasznie się wczoraj wkurzyłam i przestraszyłam? – zapytałam cicho.

– Wyobrażam sobie – mruknął Ireneusz.

– Jeśli to ty, przyznaj się teraz i...

– Kurwa, przecież ci mówię, że to nie ja! – warknął. – Zresztą wczoraj przez cały dzień byliśmy z Paulinką za miastem. Chodź tu, kiciu, i powiedz, jak było! – wrzasnął i z sypialni wynurzyła się jego dziewczyna.

Wciąż wyglądała na nadąsaną, jednak usiadła obok niego i pogłaskała go po udzie.

– Opowiedz pani, jak się dymaliśmy w tym lasku pod...

– Nie bądź wulgarny! – syknęłam.

– Myślałem, że takich lubisz – uśmiechnął się krzywo. – Gdybyś nie lubiła, nie lazłabyś do łóżka z dwudziestotrzylatkiem.

– To twoja była? – Dziewczyna zrobiła wielkie oczy, a poły jej szlafroka rozchyliły się jeszcze bardziej, ukazując krągłe piersi i sterczące ciemnoróżowe sutki.

– Idź pod prysznic, później ja idę do kibla – spławił ją Ireneusz, ignorując jej pytanie.

Posłuchała bez słowa sprzeciwu, chociaż widziałam po jej minie, że chętnie by z nami została, żeby przysłuchać się rozmowie.

71

– Gadałaś z psiarnią? – zapytał Irek, kiedy jego panienka zamknęła się w łazience.

– Tak.

– I?

– I nic! Przyjechali i pojechali, a ja nawet się nie łudzę, że kiwną palcem w tej sprawie. Potraktowali mnie, jak rozhisteryzowaną paniusię.

– Nietęgo… Gdybyś chciała, mogę pogadać z ojcem. Zna kilku facetów, którzy…

– Nie chcę, żebyś gadał z ojcem, Irek! – weszłam mu w słowo. – Chcę tylko wiedzieć, czy to nie ty.

– Nie ja – powiedział, patrząc mi prosto w oczy. – Nie ja, Anka. Serio.

– Okay, dzięki. – Wstałam i odstawiłam na stolik szklankę z nietkniętą wodą mineralną. – Pójdę już. I wybacz najście.

– Nie ma problemu – powiedział i wzruszył ramionami.

Sięgnęłam po swoją torebkę i skierowałam się w stronę przedpokoju, kiedy przyszło mi do głowy coś jeszcze.

– A twoi kumple? – zapytałam.

– Jacy kumple? – mruknął.

– Z uczelni.

– Żartujesz?! Nie zadaję się z nikim z tej bandy wymoczków! – żachnął się.

– Nie zadajesz się, ale o naszym romansie im powiedziałeś? Widziałam, jak na mnie patrzą w windzie i na korytarzach!

– No, może coś tam chlapnąłem Erykowi Górskiemu, ale…

– Coś tam chlapnąłeś Górskiemu i nagle wie o nas cały rok, jeśli nie cała cholerna uczelnia! Gnojek z ciebie, wiesz? Zdajesz sobie sprawę, jak teraz się na mnie gapią?! – naskoczyłam na niego.

– To chyba nie tylko moja wina? – uśmiechnął się krzywo Irek. – Powinnaś przewidzieć konsekwencje, zanim puściłaś się ze swoim studentem.

– Puściłam się?! Tak to teraz nazywasz?!

– Wybacz, zanim uprawiałaś ze mną spontaniczny seks. Brzmi lepiej? – Ireneusz nachylił się w moją stronę i wbił wzrok w moje usta. – Czasem o tobie myślę, a ty?

– Ja też czasem o sobie myślę – rzuciłam kąśliwym tonem.

– A o mnie?

– A o tobie nie – skłamałam.

Za ścianą coś trzasnęło.

– Sorry, spadła mi suszarka! – krzyknęła Paulinka zza zamkniętych drzwi.

– Mówiłem? IQ ameby – szepnął Ireneusz i krzywo się uśmiechnął.

Poczułam złość. Kim był ten nadęty gnojek, żeby tak pogardliwie ją traktować?

– Tobie też raczej daleko do Einsteina – powiedziałam na tyle głośno, żeby zamknięta w łazience dziewczyna miała to szansę usłyszeć.

– Nie no, jasne! Za to ty jesteś taka zajebiście inteligentna, co?! – roześmiał mi się w twarz. – Spadaj stąd, zanim zrobi się niemiło – dodał i szeroko otworzył

73

drzwi. – A zanim wyjdziesz... Może i jesteś niegłupia, ale w ruchaniu powinnaś się jeszcze mocno podszkolić – usłyszałam.

– Spieprzaj! – rzuciłam przez zęby, a on zatrzasnął za mną drzwi.

Schodząc po schodach, pomyślałam, że nie powinnam była tu przychodzić. Od jakiegoś czasu Ireneusz nie szukał ze mną kontaktu, a ja obudziłam tylko właśnie wszystkie dawne paskudne wspomnienia... Zresztą czego ja się właściwie spodziewałam po rozmowie z tym troglodytą? Zanim zapukałam do jego drzwi, czułam, że się pokłócimy, i tak właśnie się stało. Ale przynajmniej zaprzeczył moim podejrzeniom, a to już było coś. Nie przepadaliśmy za sobą po rozstaniu i prawdę mówiąc, spodziewałam się po nim każdego możliwego świństwa, jednak w tym wypadku naprawdę chciałam mu wierzyć. Powiedział, że to nie on, a ja nie widziałam powodu, dla którego miałby mnie prześladować. Wyglądało na to, że kompletnie stracił mną zainteresowanie. Ale jeśli to nie on... Nadal błądziłam po omacku, nie mając zielonego pojęcia, kim jest mój prześladowca. To akurat nie było winą Ireneusza...

– Ej, piękna! Tyłek ci urósł! – Byłam już na ulicy, kiedy mój były kochanek posłał ten żenujący tekst i głośno rechocząc, zrzucił z balkonu pustą puszkę po piwie. Upadła na jezdnię jakieś dwa metry ode mnie.

Spojrzałam w górę, ale on zdążył już czmychnąć z powrotem do mieszkania.

– Dupek – syknęłam, upokorzona i zszokowana jego chamstwem, a przechodzący obok mnie facet z labradorem na smyczy, posłał mi zaciekawione spojrzenie kogoś, kto ma okazję być świadkiem niecodziennej ulicznej scenki.

Na co się gapisz? – pomyślałam, wymijając go.

Uśmiechnął się pogardliwie i gwałtownie szarpnął smyczą, ciągnąc nieszczęsnego psa w stronę nadwiślańskich bulwarów.

W samochodzie, połykając łzy upokorzenia, zdałam sobie sprawę, że ostatnio popełniam zbyt wiele błędów jak na kogoś, kto samotnie wychowuje pięcioletniego syna. Muszę myśleć o Dominiku, a nie wikłać się w tego typu żenujące historie, stwierdziłam zdecydowanie… Powinnam skupić się na sobie, zająć się karierą i wykorzystać te lata na zrobienie czegoś ze swoim życiem, zamiast ładować się w romanse, z których wynikały jedynie problemy. Ale samotność też mi przecież doskwierała, a krew nie woda. Ireneusz poderwał mnie w bardzo dogodnym dla siebie momencie, kiedy pogrążona w głębokiej depresji myślałam, że nic dobrego mnie już w życiu nie spotka. Postanowiłam się przejść.

Po wyjściu od Irka spędziłam dwie godziny, samotnie kręcąc się po mieście, ale nawet długi spacer wzdłuż nadwiślańskich bulwarów nie ukoił moich nerwów. Pijąc kawę w Drukarni, zdecydowałam, że tym razem pojadę po Dominika nieco wcześniej. Zazwyczaj odbierałam go od Sebastiana koło dwudziestej, ale nagle tak zatęskniłam za synem, że aż rozbolało mnie serce. Wychodząc z kawiarni, rozejrzałam się po ulicy, ale nie zauważyłam nikogo podejrzanego. Na kamiennym murku naprzeciwko lokalu, wzajemnie się przekrzykując, siedziało trzech młodych Włochów, na chodniku stał starszy brodaty facet z komórką w ręku, poza tym zaskakująco pusto i cicho.

Zanim wsiadłam do auta, wybrałam numer byłego męża.

– Posłuchaj, chciałabym już odebrać Dominika – powiedziałam.

– Teraz? – zdziwił się. – Nie ma nawet siedemnastej. Natalia obiecała mu lody i właśnie po nie pojechała, a ja...

– Sebastian, to wyjątkowa sytuacja – weszłam mu w słowo.

Zapytał, czy coś się stało.

– Nie, skąd – skłamałam. – Po prostu się za nim stęskniłam. Ostatnio jestem ciągle zagoniona i nie spędzam z nim wiele czasu.

– Masz go na co dzień! – żachnął się mój eksmałżonek.

– Tak, ale... Sebastian, pogadamy, jak przyjadę. Będę za kilka minut.

– Jak chcesz – burknął w słuchawkę.

Czułam, że nie jest zachwycony nagłą zmianą planów, ale, prawdę mówiąc, miałam to gdzieś. Chciałam tylko zobaczyć syna, przytulić go, poczuć znajomy dziecięcy zapach, przekonać się, że na pewno nic Dominikowi nie jest. Wiedziałam, że zupełnie niepotrzebnie się zadręczam. Sebastian był dobrym ojcem, a młodemu nic złego się nie stanie pod jego opieką, a jednak myśl, że jest teraz gdzieś z dala ode mnie, była niemal bolesna.

Kiedy zajechałam na Cichy Kącik, Sebastian czekał na mnie przed domem. Miał na sobie szorty, które lata temu kupiliśmy razem w Chorwacji, i pasiasty podkoszulek, którego nigdy wcześniej na nim nie widziałam.

– Cześć – powiedziałam, kiedy otwierał mi furtkę.
– Zawołaj go, nie będę wchodzić – poprosiłam.

– Wręcz przeciwnie, tym razem wejdziesz. – Sebastian szerzej otworzył bramkę i cofnął się, żeby zrobić mi miejsce na wąskim chodniku. – Jakim cudem młody ma się tu poczuć jak w domu, skoro ty nie przekraczasz nawet naszego progu? Podjeżdżasz i natychmiast uciekasz, za każdym razem, od długich miesięcy – wypomniał mi kąśliwym tonem.

– Wybacz, że nie skaczę z radości, zjawiając się w domu twojej obecnej żony – wycedziłam, jednak weszłam do ogrodu.

– Teraz to również mój dom, Anka, i to nie od dziś – powiedział Sebastian.

Nie odpowiedziałam.

Weszłam za nim do środka i schyliłam się, żeby rozsznurować tenisówki.

– Nie wygłupiaj się nawet! Wchodź w butach. – Sebastian zapalił światło w korytarzu i dodał, że młody szuka właśnie ulubionego samochodziku. – Pakuje się, a jak pewnie wiesz, to może chwilę potrwać. Chodź, pokażę ci jego pokój. Udało nam się w końcu ostatecznie go wykończyć. Chociaż może mówiąc „nam", jestem bezczelny, bo większość roboty odwaliła Natalia.

Bo się wzruszę, pomyślałam z niechęcią, tymczasem Sebastian dokuśtykał na piętro i otworzył pierwsze drzwi z lewej.

– Patrz, jak fajnie mu to wszystko urządziła – powiedział.

Weszłam za nim do dużego i jasnego dziecięcego pokoju i rozejrzałam się po pełnym zabawek wnętrzu. Ścianę nad łóżkiem zdobiła fototapeta z kosmonautą, a granatowe zasłony i namalowane na suficie srebrno-złote gwiazdy dodawały wnętrzu „kosmicznego" wyglądu.

– Ładnie – przyznałam, uśmiechając się na widok lampki w kształcie rakiety i pościeli w kosmiczne statki.

– Dominik był zachwycony! – W głosie Sebastiana zabrzmiała triumfalna nutka i nagle poczułam złość.

To, że nie miałam tyle kasy, co nadziana pani doktor, nie czyniło ze mnie złej matki! Może i w moim domu nie miał kosmicznego pokoju i cholernej rakiety z żarówką w środku, ale nie będę się tym teraz zadręczać.

– Spieszę się, zawołaj go – poprosiłam więc byłego męża, który przysiadł na łóżku naszego syna i wbił we mnie uważne spojrzenie.

– Wyglądasz na zdenerwowaną. Co się dzieje? – zapytał.

– Nic – skłamałam.

– Przecież widzę!

– Nic się nie dzieje, Sebastian! Spieszę się!

– Mama! – Na szczęście młody wpadł do pokoju, zanim na dobre skoczyliśmy sobie do gardeł.

– Cześć, Tygrysie! – ucieszyłam się.

– Czemu już jedziemy? Natalia przyniesie lody! Czekoladowe i waniliowe dla mnie, a dla taty bakaliowe! – Syn wyszczerzył się w szerokim uśmiechu i spojrzał na ojca, jakby nie wiedział, kogo właściwie powinien posłuchać...

– Lody zostaną na następne spotkanie, obiecuję. A teraz jedź z mamą, stęskniła się za tobą. – Zupełnie niespodziewanie mój były mąż poszedł mi na rękę.

– Dzięki – powiedziałam bezgłośnie, a on skinął głową.

Kiedy schodziliśmy na dół, zapytałam go, jak noga.

– Nieco lepiej, chociaż nadal spuchnięta. Jutro ma na nią zerknąć znajomy Natalii.

79

Natalia, Natalia, Natalia! – skrzywiłam się, odwracając głowę, żeby nie zobaczył grymasu złości na mojej twarzy.

– Mamuś, a Natalia kupiła mi modelinę! – pochwalił się mój syn i wcisnął mi do ręki jakiegoś pękatego niebieskiego stwora z krzywą trąbą. – Zrobiłem słonia!

– Piękny – skłamałam równie gładko, jak kłamie niemal każda matka, chwaląc coś, co wyszło spod ręki ukochanego dziecka, a nie do końca się udało.

– Anka, gdybyś chciała pogadać... Wciąż mam wrażenie, że o czymś mi nie mówisz – powiedział cicho Sebastian, kiedy młody zbierał swoje rzeczy z salonu.

Spojrzałam mu w oczy. Nadal wyglądał tak, jak miłość mojego życia, facet, w którym zakochałam się niemal od pierwszego wejrzenia, ale to już nie był on... Nawet jeśli miał dobre intencje, należał teraz do innej kobiety, a ja nie chciałam wtajemniczać go w moje sprawy. Zresztą nie chodziło o to, że nie chciałam. Bardziej bałam się jego reakcji. Co, jeśli opowiem mu o wszystkim, a on uzna, że Dominik nie jest ze mną bezpieczny? Że nasz dom nie jest bezpieczny, że ja nie jestem wystarczająco dobrą matką? – przeszło mi przez myśl i po plecach przebiegł mi zimny dreszcz. Nie, Sebastian nigdy nie może się dowiedzieć o tym, co się stało – zdecydowałam.

– Mamo, a Natalia kupiła mi tapetę z kosmonautą! – Dominik uklęknął, żeby włożyć buty, ale szybko się poddał w starciu ze sznurówkami.

– Pomogę ci. – Sebastian przykucnął obok naszego syna i założył mu lewy but. – Uczyłem cię już tyle razy, jak to się robi – powiedział, jednak w jego głosie nie było wyrzutu.

Bardziej czułość...

Przyglądałam się im, czując rosnącą w gardle gulę. Mały był podobny do mnie, ale z ojca też miał całkiem sporo i patrząc na nich, poczułam olbrzymi żal, że już nigdy nie będziemy rodziną... Przynajmniej nie taką, jaką chciałabym mieć na co dzień.

Z mężczyzną kładącym co rano na policzki obłok pianki do golenia, z ciepłem czyjegoś ciała w łóżku i szmerem czyjegoś oddechu nocą. Dziś już bym się nie zżymała na Sebastiana rozrzucającego po domu swoje skarpety, nie wściekałabym się, gdyby nie trafiał ogryzkami do kosza na śmieci i stawiał na parapetach kubki po kawie i herbacie. Ale dziś było za późno... Położyła już na nim łapy ta wychudzona harpia, której swego czasu nie przeszkadzał fakt, że podrywa mężczyznę ze złotą obrączką na palcu i maleńkim dzieckiem w domu... Dziś mogę tu jedynie przyjeżdżać w charakterze gościa i udawać, że wszystko jest w jak najlepszym porządku, bo przecież jawne okazywanie własnej frustracji jest w dzisiejszych czasach niemodne i niegodne, pomyślałam.

– Tata dobrze wiąże sznurówki! – rzucił mój syn radosnym tonem i nie mogłam się nie uśmiechnąć.

– Zdolnego masz tatę, co? – Sebastian wstał, skrzywił się z bólu, kiedy nieopatrznie przeniósł ciężar ciała na skręconą nogę i poklepał młodego po ramieniu. – No, Tygrysie. Teraz możesz ruszać na miasto!

– Przyjedziesz do nas niedługo? – zapytał Dominik.

– Jasne! – obiecał mu Sebastian, chociaż wiedziałam dobrze, że słowa nie dotrzyma. Widywał się z synem w co drugi weekend i bardzo rzadko wpadał do nas pomiędzy tymi terminami, jakby spotkania z nim traktował nie jak okazję do spędzenia czasu z kimś, kogo kocha, ale odfajkowanie kolejnego obowiązku, któremu musi sprostać...

Dziwiło mnie to, tym bardziej że przecież w sumie nie był złym ojcem...

– Mamo, a jeśli Natalia przyniesie lody teraz, to zjemy? – zapytał syn, kiedy szliśmy do drzwi.

– Zjemy – powiedziałam, mając jednak wielką nadzieję, że przeklęta doktor Barska nie zjawi się akurat w chwili, w której wychodzę z synem przez świeżo pomalowaną furtkę jej posesji.

Tym razem Bóg okazał się jednak łaskawy i spełnił moje ciche modlitwy, bo zdołałam wyjechać z uliczki i pomknąć w stronę centrum, nie natknąwszy się na nią i jej szpanerską ciemnowiśniową terenówkę.

Sebastian, któregoś dnia dość mocno podpity, zdradził mi, że kupiła ją, bo chciała mieć takie samo terenowe volvo, jakim jeździła Susan Delfino, jedna z bohaterek serialu *Desperate Housewives*, a mnie do dziś chciało się śmiać na wspomnienie tamtej rozmowy... Jak bardzo trzeba być próżnym, żeby kupić samochód, kierując się gustem serialowej postaci? – pomyślałam, włączając silnik. Ale może zbyt surowo ją oceniałam?

– Mamo, gdzie jest Bambo?

– Kto? – zdziwiłam się.

– Słoń z modeliny! – rzucił syn z tylnego siedzenia.

– Synku, przepraszam... Został u twojego taty, na komodzie w...

– Ale ja go chcę! – krzyknął Dominik. – Mamo, wróćmy po niego! Mamoooo!

– Nie dzisiaj – powiedziałam, ignorując jego protesty. Z wściekłości kopnął w siedzenie, ale szybko się rozchmurzył. Najgorsze zmiany nastrojów miał już dawno za sobą, jednak nadal potrafił dać mi do wiwatu, czego szczególnie nie znosiłam w samochodzie.

– Co ci mówiłam o twoim zachowaniu, kiedy prowadzę? – zapytałam.

– Że mam być grzeczny.

– A byłeś?

– Nie, ale...

– Więc bądź – ucięłam dyskusję. – Pójdziemy na rynek, okay? Chcesz się przejść?

– Może. – Syn nie wykazał wielkiego entuzjazmu, ale przynajmniej z jego ust nie padło kategoryczne „nie", co w obecnej sytuacji było plusem samym w sobie...

Kilka minut później, idąc wzdłuż pełnej turystów Szewskiej, złapałam syna za rękę.

– Puść! – zaprotestował, ale nie wypuściłam jego dłoni.

– Zgubisz mi się – mruknęłam i w końcu przestał się wyrywać.

Na rynku panował zwyczajowy chaos – Japończycy, Włosi, Rosjanie i ciemnoskórzy młodzi ludzie tłoczyli się w okolicach ratusza, żeby pstryknąć sobie zdjęcia z Sukiennicami w tle, a grająca na podeście kapela w tradycyjnych krakowskich strojach wprawiała w podrygiwanie przysłuchujący się piosence tłum przed sceną. Ludzie klaskali, skakali i tańczyli, falując do rytmu, a ja nagle pożałowałam, że nie pojechałam z synem prosto do domu. Moglibyśmy się zaszyć w ogrodzie, w spokoju zjeść kanapki z ogórkiem i żółtym serem, a Dominik siedziałby w trawie u moich stóp, obserwując mrówki wspinające się po szklance z niedopitym pomarańczowym sokiem. Tu było tłoczno, głośno i okropnie obco.

Problem polegał jednak na tym, że od zeszłej nocy miejsce, które od lat nazywałam domem, również przestało być swojskie i bezpieczne.

– Mamo, patrz! – Syn gwałtownie szarpnął mnie za rękę. – Są! – krzyknął, pociągnął mnie w stronę stoiska z błyszczącymi kolorowymi balonami, do których miał słabość i nie ustąpił, dopóki nie kupiłam mu takiego w kształcie Kubusia Puchatka.

W powrotnej drodze do samochodu, kiedy niemal go za sobą ciągnęłam, zmęczonego i ospałego, przeszło mi przez myśl, że ten, kto wszedł do mojego domu zeszłego wieczoru, może się nam teraz przyglądać gdzieś z tłumu i przyspieszyłam kroku. Wiedziałam, że to idiotyczne i mało prawdopodobne, jednak poczucie osaczenia towarzyszyło mi już do końca dnia…

P rzepraszam, że zupełnie niespodziewanie zwalam ci się na głowę o tej porze, ale nagle spanikowałam – powiedziałam, kiedy tuż po dwudziestej drugiej, z sennym Dominikiem na rękach, zjawiłam się w drzwiach Edyty.

– Wchodź i nie wygłupiaj się, żaden problem. Tylko cicho, bo właśnie położyłam Amelkę, a moja księżniczka była dzisiaj wyjątkowo marudna. – Edyta wpuściła nas do środka, zamknęła za nami drzwi i zapaliła światło w korytarzu.

Zauważyłam, że kupiła efektowną mosiężną rzeźbę, którą postawiła u podnóża krętych schodów z kutą metalową barierką w zawiłe, kwiatowe esy-floresy. Zawsze mi się podobały takie poręcze, marzyłam o podobnej. Problem w tym, że kompletnie nie pasowałaby do mojego starego, zaniedbanego domu. Zresztą finansowo też pewnie przekraczała moje możliwości, a ja miałam obecnie większe zmartwienia, niż przerabianie klatki schodowej w imię jakiegoś kaprysu...

– Mamo, puść mnie! – Dominik nagle się ożywił i zaczął się wiercić w moich ramionach, więc postawiłam go na ziemi i oparłam się bokiem o ścianę.

– Anka, co się dzieje? Czemu spanikowałaś? Chyba nie naczytałaś się o gwałcicielu? – zapytała szeptem Edyta. – Albo czekaj. Położymy młodego i później mi opowiesz! Zaraz wam pościelę. Zaśniesz z nim na podwójnym łóżku? Obawiam się, że...

– Edyta, położę się gdziekolwiek. Cieszę się, że nie będę tej nocy sama – powiedziałam ledwie słyszalnym szeptem, nie chcąc, żeby moje słowa trafiły do uszu syna.

Na szczęście Dominik, nagle podekscytowany nowym otoczeniem, podbiegł już do akwarium i zaczął stukać w jedną z jego szklanych ścianek.

– Nie denerwuj rybek i bądź cicho, bo Amelka już śpi – przykazałam mu, ale nawet nie udawał, że mnie słucha.

Zapatrzony w podświetlone akwarium chłonął wzrokiem jego mieniącą się kolorami zawartość.

– Mamo, czy to są skalary?! – krzyknął.

– Ciiicho, synku! – upomniałam go. – Mówiłam ci, że Amelka już śpi!

– To barwniaki czerwonobrzuche – powiedziała Edyta. – Pozostałości po moim byłym mężu – dodała z sarkazmem, którego mój pięciolatek z całą pewnością nie wychwycił.

– Mamo, a czy my kupimy takie rybki? Możemy trzymać je w wannie albo...

– Dominik, idziemy spać – wzięłam go za rękę i pomimo jego protestów, wyszliśmy na piętro.

Tematu rybek wolałam nie podejmować. Mój syn przechodził już fazę fascynacji gekonami, świnkami morskimi, ptasznikami i wężami. Teraz przyszła kolej na akwariowe rybki. Pocieszające było jedynie to, że o swoich pomysłach zapominał równie szybko, jak się do nich zapalał.

– Pościel w kwiatki jest dla dziewczyn – rzucił Dominik, kiedy Edyta ścieliła dla nas łóżko.

– Bo w tym domu mieszkają same dziewczyny – mrugnęła do niego moja sąsiadka, a on ze zrozumieniem pokiwał głową.

– Okay – powiedział i zabrał się za zdejmowanie tenisówek.

– Połóż go. Czekam na dole – dodała i wymknęła się z gościnnej sypialni.

Zagoniłam więc młodego do łóżka, pocałowałam go w czoło, życzyłam dobrej nocy i ruszyłam w stronę drzwi.

– Nie zamykaj na klamkę – poprosił Dominik.

Zostawiłam więc uchylone drzwi i zapaliłam światło w korytarzu, czując, że w przeciwnym wypadku młody prędko nie zaśnie. Nie w nowym miejscu i nie sam w pokoju, nie było takiej opcji.

Na dole, ubrana w nocną koszulę, na którą zarzuciłam sweter, usiadłam na jednym z obitych beżową tkaniną krzeseł i spojrzałam na kręcącą się po kuchni Edytę. Ona też była już w luźnej koszulce na ramiączkach, ubrana swobodnie, po domowemu. Widać, zanim niespodziewanie się u niej zjawiliśmy, planowała wieczorny seans filmowy – z miską lodów na kolanach i śpiącą piętro wyżej córką – to jedna z niewielu atrakcji, na jakie mogą sobie pozwolić samotne matki.

– Mam teraz wyrzuty, że wciągam cię w moje problemy – powiedziałam cicho, kiedy już obie usiadłyśmy za niewielkim stołem.

– A ja mam wyrzuty, że nie mam w barku ani kropli alkoholu, ale w ten weekend byli u mnie znajomi i...

– Edyta, nieważne. Chcę tylko pogadać i spokojnie przespać noc.

– Ale co się dzieje? Mieliście jakąś próbę włamania? – zapytała koleżanka, a ja o wszystkim jej opowiedziałam.

– Ktoś otworzył sobie drzwi kluczem i po prostu wszedł?! – Edyta wyglądała na wstrząśniętą. – Jesteś pewna, że to nie Sebastian?

– To nie on – stwierdziłam.

– A Tamar? Jesteście dość blisko, powiedziałabym nawet, że ona czuje się u ciebie zbyt swobodnie – zauważyła Edyta, która nie przepadała za pracującą u mnie Gruzinką i raczej się z tą niechęcią nie kryła.

– To nie ona, zresztą do niej też już dzwoniłam...

– Czyli ktoś ma klucz od twojego domu?

– Miał, bo zmieniłam zamki, ale i tak nie czuję się tam bezpieczna. Zresztą frontowe drzwi to jedno, ale weranda od ogrodu... Wiesz przecież, jak to wygląda. Zamki też tam wymieniłam, ale to nadal ciemny zaułek na samym skraju uliczki i stare, drewniane drzwi... Postanowiłam, że zadzwonię po pana Antka i znacznie przytniemy rosnące tam krzewy, ale to nadal będzie problematyczny, mroczny kąt. Gdyby ktoś wskoczył tam w nocy, żaden z sąsiadów nie zauważyłby pewnie, że intruz majstruje w drzwiach od werandy.

– Zgłosiłaś to policji? – zapytała Edyta.

– Owszem. Przyjechali gliniarze, za nimi technicy i tyle...

– Może powinnaś pomyśleć o opłaceniu firmy ochroniarskiej? To spory komfort psychiczny wiedzieć, że przyjadą po kilku minutach, jeśli tylko będzie się działo cokolwiek niepokojącego.

– Pewnie tak w końcu będę musiała zrobić, chociaż nigdy nie chciałam montować w domu alarmu. – Wzruszyłam ramionami.

– Jadłaś coś? – zapytała Edyta, a ja zdałam sobie sprawę, że od wypitej w Drukarni kawy nie miałam niczego w ustach.

– Nie – przyznałam. – Młodemu zrobiłam na kolację parówki, bo to dziś szczyt moich kulinarnych możliwości, a sama nie byłam w stanie niczego przełknąć. Na szczęście tym razem nie grymasił. – Uśmiechnęłam się krzywo na wspomnienie Dominika ze smakiem pałaszującego naprędce przyrządzoną i sowicie polaną keczupem kolację.

Kiedy wróciliśmy do siebie, starałam się zachowywać tak, jakby nic się nie stało, ale strach był przemożny. Nagle dom wydał mi się wrogi, pełen dziwnych odgłosów i szelestów, a w ciemności korytarza wyraźnie słyszałam czyjeś kroki. Oczywiście wszystko to działo się jedynie w mojej wyobraźni, a szurały jedynie gałęzie drapiące łazienkowe okno, ale i tak nie potrafiłam się uspokoić. Dopóki syn był ze mną na parterze, grzecznie siedząc przy kuchennym stole, wszystko było jeszcze w porządku, ale kiedy samotnie wbiegł na górę, moja wyobraźnia wykreowała obraz zamaskowanego mężczyzny, który zatyka mu usta dłonią, bierze go pod pachę i wymyka się tylnymi drzwiami, zanim w ogóle zdążę się zorientować, co się dzieje. Dlatego pognałam za nim na piętro, przebrałam go w piżamę i paplając o spontanicznej przygodzie i nocy w domu sąsiadki, wyszłam z nim na ulicę. Przebiegaliśmy jezdnię, w drodze do domu Edyty, kiedy młody zapytał, czemu uciekamy. Skłamałam mu, że po prostu chcę pogadać z przyjaciółką i będę u niej spać, tak jak on czasem śpi u kolegów z przedszkola, ale czułam, że mi nie uwierzył. Wyczuł mój strach i nawet jeśli nie do końca zdawał sobie sprawę, jak bardzo jestem przerażona, musiał wiedzieć, że coś jest nie w porządku. I o to też byłam na siebie zła – o to, że nie potrafiłam uchronić syna przed atakiem własnej paranoi. Z drugiej jednak strony, która samotna matka nie byłaby na moim miejscu przerażona?

– W kwestii kolacji – mam jeszcze resztkę szarlotki i zapewniam cię, że wchodzi gładko. – Edyta mrugnęła do mnie i wstała zza stołu. – Naprawdę się nie domyślasz, kto to mógł być? – zapytała, krojąc ciasto.

– Początkowo myślałam, że Irek i nawet się do niego wybrałam, ale to chyba nie on…

– Chyba? – Edyta oblizała nóż dokładnie tak, jak zwykłam to robić ja, wyjęła z lodówki bitą śmietanę w sprayu i wycisnęła z niej dwa białe, wysokokaloryczne „pagórki".

– Anka, nie chcę cię dobijać, ale na twoim miejscu umarłabym ze strachu. Przecież to brzmi jak fabuła jakiegoś thrillera! Bierzesz kąpiel, naga i całkowicie bezbronna, a ktoś tak po prostu włazi sobie do twojego domu?!

– Co mogę dodać? Też jestem w szoku – przyznałam, a ona postawiła przede mną talerzyk z porcją ciasta.

– Rozmawiałaś o tym z byłym mężem? Może mógłby na jakiś czas z wami zamieszkać? No, a przynajmniej co jakiś czas się tu pojawić, żeby…

– Nie ma takiej opcji – weszłam przyjaciółce w słowo.

– A Majka? – zapytała Edyta, nabierając na widelczyk pierwszą porcję szarlotki. – Wybacz, że tak po prostu siedzę i się opycham, kiedy ty opowiadasz o takich rzeczach, ale sama też dziś nie jadłam kolacji…

– Jedz, w niczym mi to nie przeszkadza. – Posłałam jej uśmiech i sama spróbowałam ciasta. – Pyszne.

– Sama piekłam, gdyż jak na kobietę wielu talentów przystało, świetnie radzę sobie i w kuchni, i w… Dobra, żarty na bok. Majka jest prawniczką i może mogłaby ci coś poradzić? – zasugerowała sąsiadka.

– Majka zajmuje się rozwodami i nie sądzę, żeby specjalizowała się w temacie tajemniczych wtargnięć do cudzych domów.

– Tak, ale… – Edyta nie dokończyła, bo za oknem ktoś głośno zatrąbił i obie drgnęłyśmy.

– Zobacz, jak niewiele trzeba, żeby śmiertelnie wystraszyć kobietę – szepnęłam. – Jeden incydent i nie potrafię przejść kilku kroków, nie oglądając się za siebie…

– Wcale ci się nie dziwię, Anka! Ja na twoim miejscu nie odważyłabym się pewnie wyściubić nosa za próg! Jezu Chryste, co za koszmar! Co zamierzasz zrobić?

– Nie mam pojęcia – przyznałam i w kuchni zapadła cisza.

– Może powinnaś wynająć detektywa? Wiesz, jakiegoś mrukliwego przystojniaka w ciemnym płaszczu, który przefiltruje całe otaczające cię towarzystwo i znajdzie tego bydlaka?

– To jedna z opcji. Jestem teraz co prawda w lekkim finansowym dołku, ale jeśli będzie trzeba...

– Kasę zawsze mogę ci pożyczyć – powiedziała Edyta, tłumiąc ziewanie.

– Wybacz, robi się późno, a ty pewnie rano wstajesz...

– Przed ósmą, ale źle spałam tej nocy.

– Kładźmy się – powiedziałam, świetnie jednak wiedząc, że pewnie przeleżę noc obok spokojnie śpiącego syna i będę nasłuchiwać...

– Pogadamy jutro, na spokojnie. – Edyta włożyła talerzyki do zlewu i zgasiła światło nad kuchennym blatem. – Nie wiem, czy dziś zasnę, tak mnie nastraszyłaś – roześmiała się nerwowo, a ja zrozumiałam, że przyjście tutaj było błędem.

Sąsiadka też była przecież samotną matką, zupełnie bezbronną w starciu z ewentualnym napastnikiem. Ja miałam przynajmniej ponad metr siedemdziesiąt wzrostu i dość krępą budowę; ona była szczuplutka i drobna, prawdziwa kruszyna. Gdyby ten, kto się na mnie zawziął, zaatakował nas dziś w nocy w jej domu, nie miałabym szans tak samo jak u siebie, pomyślałam, wychodząc za nią z kuchni.

– Przypominam ci, że tuż obok mamy przystojnego samotnego mężczyznę – powiedziała Edyta, zerkając w stronę ściany dzielącej jej połówkę bliźniaka od połowy domu Artura, sympatycznego rozwodnika. – Kilka dziewczyn z sąsiedztwa ostro zagięło na niego parol, ale on chyba nadal kocha byłą żonę. Jeździ do niej niemal co weekend. Niby do syna, ale kto go tam wie? – dodała teatralnym szeptem.

– Fajny facet, lubię go. – Uśmiechnęłam się. – A Dominik za nim przepada.

– Moja Amelka też! Ostatnio napompował jej rower i chociaż raz nie musiałam się szarpać z cholerną pompką.

– Ostatnio wspomniał mi, że jego syn jest dokładnie w wieku mojego Dominika, też jakoś niedawno skończył pięć lat – przypomniałam sobie.

– Zawsze powtarzałam, że najfajniejsi są rozwodnicy. Przynajmniej mają podejście do dzieci, czego nie można powiedzieć o kawalerach.

– Tutaj bym polemizowała – nie zgodziłam się z sąsiadką, która szeroko ziewnęła.

– Wybacz, zasypiam na stojąco. Sprawdzę jeszcze alarm i wchodzę pod prysznic. Gdybyś potrzebowała jakichś kosmetyków, mów!

– Nie, makijaż zmyłam w domu, a szczotkowanie zębów nie należy dzisiaj do moich priorytetów – powiedziałam, a Edyta weszła do łazienki na dole, otworzyła jedną z szuflad pod umywalką i podała mi „gościnną" szczoteczkę.

– Bierz i myj, bo próchnica nie wybiera – zaśmiała się.

– Dzięki – uśmiechnęłam się blado. – I, Edyta, dziękuję za wszystko.

– Nie ma za co, dziewczyno. Domyślam się, jak fatalnie musisz się czuć. Śpij dobrze, jesteście tu bezpieczni. Chłopaki z firmy ochroniarskiej są naprawdę skuteczni – zapewniła mnie przyjaciółka, zanim zamknęła się w łazience.

Kiedy zostałam sama, podeszłam do frontowych drzwi i przyjrzałam się zamontowanemu w ścianie plastikowemu panelowi z alarmem.

– Bądź niezawodny – szepnęłam i cicho, żeby nie obudzić śpiących na górze dzieciaków, weszłam na piętro.

Kiedy wślizgnęłam się do gościnnego pokoju na górze, Dominik smacznie spał – wykończony pełnym wrażeń dniem zasnął pewnie niemal od razu. Pościel, którą Edyta założyła zaraz po naszym przyjściu, przyjemnie pachniała kwiatowym płynem zmiękczającym tkaniny, ale pomimo że łóżko było szerokie i wygodne, czułam, że prędko nie zasnę... Nagle, z głową tuż obok głowy syna, który rozwalił się pośrodku łóżka, pomyślałam o Alicji. A jeśli za tym, co się działo, stoi jej Patryk? – przeszło mi przez myśl. Jeśli to on zafundował mi cały ten koszmar? – zastanawiałam się, bezsennie leżąc w przyjemnie pachnącej pościeli. Zadzwonię do niej jutro – zdecydowałam, naciągając kołdrę na odkryte plecy Dominika, który jak zawsze ją skopał.

Zadzwonię i szczerze z nią pogadam! Że też od razu o nim nie pomyślałam, zdziwiłam się, przewracając na drugi bok.

Edyta wślizgnęła się do gościnnej sypialni kilka minut później.

– Śpisz? – zapytała szeptem. – Chodź na chwilę, coś ci powiem!

Odrzuciłam na bok kołdrę i wsunęłam stopy w baleriny, w których przyszłam.

Usiadłyśmy na półpiętrze, na najniższym stopniu schodów na górę; obie w nocnych koszulach, pozornie gotowe do snu, a jednak przepełnione lękiem. Czułam, że Edycie udzielił się mój strach, wyglądała na mocno zaniepokojoną i znowu pożałowałam, że ją w to wszystko wciągnęłam. Ale na odwrót było już za późno. Zresztą, jakaś egoistyczna część mnie cieszyła się, że ma w kimś wsparcie. Zawsze dobrze się wygadać, nawet jeśli przyjaciele w żaden sposób nie mogą nam pomóc.

– Słuchaj, tak sobie myślę... Tylko się nie wściekaj, ale uważam, że może powinnaś się z kimś umówić? – szepnęła Edyta.

Parsknęłam krótkim urywanym śmiechem i spojrzałam na nią jak na wariatkę.

– Nie patrz tak, Anka! Pomyśl, jakie poczucie bezpieczeństwa dałby ci nowy facet! Widok jego auta na podjeździe czy suszących się na ogrodowym sznurku gaci od razu zniechęciłby paru zboczeńców! Wyobraź sobie – on u ciebie nocuje, rano robi ci śniadanie, wynosi śmieci, sprawdza na noc drzwi. Duży, świetnie zbudowany koleś, w którego po prostu się wtulasz i śpisz, jak zabita.

– Ale się rozpędziłaś… Opcja z wynoszeniem śmieci przemawia do mnie chyba najbardziej, ale co mogę zrobić? Dać ogłoszenie do „Gazety Krakowskiej"? Niby skąd nagle wytrzasnę faceta? – zapytałam rozbawionym tonem.

– Nie wiem, umów się z kimś. Prowadzisz program *Randka w ciemno*, do cholery! Daj dobry przykład, a może nawet opowiedz o tym na antenie!

– Jasne, i co jeszcze? Może po prostu ogłoszę casting na mojego nowego gacha?

– Czemu nie? – Edyta cicho się zaśmiała i odgarnęła do tyłu wilgotne po prysznicu włosy. – Umów się z kimś, dobrze ci radzę. Jest teraz tyle randkowych portali, tyle stron z ogłoszeniami.

– Towarzyskimi? Nie, dziękuję! Tam są pewnie sami dziwkarze, którzy…

– Anka, niekoniecznie! Moja kuzynka poznała męża w sieci, a koleżanka z…

– Zastanowię się. – Tym razem ja weszłam jej w słowo.

– To już brzmi lepiej. – Edyta wstała i przeczesała palcami włosy. – Dobranoc – szepnęła.

– Dobranoc – uśmiechnęłam się do niej i samotnie wróciłam do gościnnej sypialni.

Poniedziałek wstał rześki i pogodny, czego nie można było powiedzieć o mnie. Noc przespałam fatalnie, pomimo że w domu Edyty czułam się w miarę bezpiecznie. A jednak niepokój pozostał, przyczaił się jedynie na trochę, złagodniał...

Po siódmej, kiedy już wróciliśmy do siebie, a rozespany Dominik zabrał się za szukanie swojej ulubionej pasiastej koszulki, nastawiłam wodę na kawę i samotnie usiadłam na kuchennym taborecie. „Powinnaś sobie kogoś znaleźć" – chodziły mi po głowie słowa przyjaciółki. Rada brzmiała w tych okolicznościach nieco niedorzecznie, z drugiej jednak strony sama niedawno zachęcałam Majkę, żeby się z kimś umówiła. I nagle, siedząc samotnie przy kuchennym blacie, wyobraziłam sobie, jak fantastycznie byłoby znowu mieć pod dachem mężczyznę. Kogoś, kto przytuli, pocieszy, pogłaszcze po plecach, jeśli wyrwie mnie ze snu zły sen. Kto naprawi cieknącą uszczelkę, z którą za cholerę sobie nie radziłam, zabierze młodego na mecz, zrobi dla nas ociekające musztardą hot dogi. Znałam kobiety, które w facecie szukały przede wszystkim finansowego wsparcia, ale dla mnie zawsze najbardziej liczyły się takie codzienne drobne rytuały, jak wspólne słuchanie muzyki, wypijane na werandzie piwo czy nocne pogawędki w cichej i ciemnej kuchni. Tego brakowało mi najbardziej. I seksu, oczywiście – uśmiech-nęłam się pod nosem.

– Mamo, patrz! Modelina była pod łóżkiem! – Dominik, jak zawsze mocno podekscytowany przed porannym wyjściem do przedszkola, wpadł do kuchni jak burza, a mnie zrobiło się głupio na myśl, że chyba z tydzień nie odkurzałam jego pokoju...

Tamar też najwyraźniej omijała przepastne czeluście pod łóżkiem młodego, ale czy mogłam ją winić? Każdego piątku ogarniała nasz dom na tyle, na ile mogła.

– Zaraz zrobię smoka!

– Odłóż ją, pobawisz się po południu – powiedziałam.

– Będziesz to piła? Takie czarne? – zdziwił się mój jedynak, z niedowierzaniem wpatrując się w moją kawę.

– Tak, będę to piła – uśmiechnęłam się. – I nie udawaj, że w życiu nie widziałeś kawy.

– Tata wlewa tam mleko!

– Każdy pije, jak lubi. I, do twojej wiadomości, ja też zazwyczaj wlewam do kawy mleko. O ile jest...

– Mamo, a czy ty jeszcze wrócisz do taty? – zapytał nagle mój syn, a mnie na moment dosłownie stanęło serce.

Młody poruszał ten temat wielokrotnie, zawsze z rozbrajającą nadzieją w głosie, ale choćbym nie wiem ile razy z nim o tym rozmawiała, zawsze liczył na to, że usłyszy ode mnie: „tak, twój tato niedługo do nas wróci"...

– Mamo? Czy tato może z nami zamieszkać? – Dominik wdrapał się na jedno z wysokich krzeseł przy kuchennym blacie i posłał mi wyczekujące spojrzenie.

– Synku, co ty mówisz? – żachnęłam się, z trudem panując nad emocjami. – Twój tato ożenił się z Natalią, przecież wiesz. Mają ślub, są małżeństwem i on już nie może tutaj mieszkać.

– Ale czemu? – zapytał Dominik płaczliwym tonem. – Przecież to ty byłaś jego żoną!

– Tak, ale... – nie dokończyłam, bo ciszę poranka rozdarł dźwięk dzwonka.

– To tato?! – młody zeskoczył z taboretu, na który wdrapał się ledwie chwilę przedtem i pognał do drzwi.

– Czekaj, ja otworzę! – krzyknęłam chyba zbyt ostrym tonem, bo syn zatrzymał się na środku korytarza i posłał mi niepewne, lekko przestraszone spojrzenie.

Przed furtką czekał kurier. Był młody, na oko dwudziestoletni, i nigdy wcześniej nie widziałam go w okolicy.

– Pani Anna Iwańska? – zapytał, kiedy otworzyłam bramkę.

– Tak.

– Dla pani. – Chłopak podsunął mi tabliczkę i rysik, którym nakreśliłam mój niewyraźny podpis, po czym wręczył mi imponująco duży bukiet purpurowych róż.

– Mamo, to od taty?! Od taty?! – Podekscytowany syn pociągnął za rękaw mojej kwiecistej sukienki, a kurier lekko się uśmiechnął.

– Pomiędzy kwiatami jest karteczka – dodał, zanim w wyraźnym pośpiechu wsiadł do żółtej furgonetki.

– Mamo, od kogo to?! – Dominika wyraźnie zaciekawiła poranna przesyłka.

– Wracajmy do domu! – powiedziałam.

– Ale od kogo...

– Zaraz zobaczymy, nie marudź!

W środku, kiedy już zatrzasnęłam za sobą frontowe drzwi i usiadłam na schodach, wyjęłam małą, beżowozłotą karteczkę, na której ktoś dużymi drukowanymi literami napisał tylko jedno krótkie zdanie.

LUBIĘ NA CIEBIE PATRZEĆ, KIEDY ŚPISZ...

Przeczytałam bilecik i karteczka wyleciała mi z ręki, a w ślad za nią kwiaty.

– Mamo? – Syn, który momentalnie wyczuwał moje zmiany nastrojów, tym razem też natychmiast zauważył, że jestem zdenerwowana.

– To nic, synku. Takie bzdury od kolegi, głupi żart. – Przyciągnęłam go do siebie i pocałowałam w czubek głowy. – Chodź, pomogę ci znaleźć tę koszulkę, bo niedługo musimy jechać – wykrztusiłam, z trudem panując nad głosem.

– Ale co tam pisze?

– Co tam jest napisane – poprawiłam go i podniosłam kartkę z podłogi.

„Lubię na ciebie patrzeć, kiedy śpisz..." Czy ten, kto to napisał, wchodził do mojego domu już wcześniej, zanim się zorientowałam, że ma klucze? Czy stał nad moim łóżkiem, kiedy spałam, przyglądał mi się i może nawet Dominikowi? – zastanawiałam się. Czy bezszelestnie wślizgiwał się nocami do mojej sypialni, kręcił się po domu, grzebał w moich rzeczach? Myśl, że przez długie tygodnie, miesiące, a może nawet lata śledził mnie tajemniczy intruz, sprawiła, że dosłownie zesztywniałam i przez dłuższą chwilę nie mogłam się poruszyć.

– Mamo, chooodź! – Dominik pociągnął mnie za rękę i w końcu znalazłam w sobie na tyle siły, żeby wstać ze schodów. – A kwiatki? – zapytał mój pięciolatek.

Zerknęłam na podłogę, gdzie leżał, ciśnięty przeze mnie, olbrzymi bukiet purpurowych róż. Kwiaty były piękne, ale w pierwszej chwili miałam ochotę wynieść je za dom i wrzucić do kubła na śmieci. Dopiero myśl o synu ostudziła emocje. Nie chciałam go jeszcze bardziej niepokoić, dlatego podniosłam nieszczęsne kwiaty, zaniosłam je do kuchni i upchnęłam do olbrzymiego wazonu z kolorowego szkła.

Kwadrans później obeszłam cały dom, sprawdziłam okna i drzwi i wyszłam z synem na uliczkę.

– Mamo, a pójdziemy dziś do parku? – zapytał Dominik, kiedy zamykałam furtkę.

– Nie wiem, synku. Chodź, musimy jechać! – ponagliłam go i otworzyłam hondę.

Kiedy wsiadał do środka, omiotłam wzrokiem fasady sąsiednich domów i pusty zaułek na samym skraju ulicy. Nikogo nie zauważyłam, a jednak serce nadal biło mi nierównym, nerwowym rytmem.

Do przedszkola dotarliśmy kilka minut po ósmej i chociaż w dużym korytarzu kłębił się tłumek matek i ojców, znalazłam wychowawczynię syna, którą poprosiłam o rozmowę.

– Sama nie wiem, jak zacząć – zawahałam się.

– Najlepiej od początku. – Hanna Dębińska, szczupła ładna kobieta o pełnych ustach i pięknych gęstych włosach koloru cynamonu posłała mi zachęcający uśmiech, ale mnie głos na dobre ugrzązł w gardle.

– Pani Anno, co się dzieje? Ma pani jakieś problemy z byłym mężem, czy...

– Ktoś mnie nęka – szepnęłam, a kobieta lekko zmarszczyła brwi, jakby nagle zaczęła się zastanawiać, czy aby przypadkiem nie ma do czynienia z wariatką.

– Nęka? – powtórzyła, zapewne z nadzieją, że się przesłyszała.

– Tak, nęka. Ktoś miał klucze od mojego domu i kręcił się koło mnie, a ja zaczęłam się bać o Dominika. Dlatego proszę, żeby szczególnie miała pani na niego oko i...

– Jak na każde dziecko. – Młoda wychowawczyni nagle zrobiła się bardzo oficjalna.

– Tak, ale...

– Pani Anno, ta placówka istnieje ponad piętnaście lat i nigdy nic złego nie przydarzyło się tu żadnemu naszemu podopiecznemu. Nie licząc rozbitych kolan i nosów, rzecz jasna. Mamy monitoring, furtka jest zamykana, a...

– Rozumiem. Mówię tylko, że...

– Proszę mi wierzyć, Dominik jest u nas całkowicie bezpieczny. – Dębińska na jedną chwilę musnęła dłonią moje ramię i dodała, żebym się niczym nie zadręczała.

– A sprawę nękania proszę jak najszybciej zgłosić policji. Na to są już przecież paragrafy, a nikt nie powinien się czuć bezkarny – poradziła mi jeszcze.

Skinęłam głową i pocałowałam syna, który przybiegł, żeby dać mi buzi na pożegnanie.

– Bądź grzeczny – poprosiłam, ale już mnie nie słuchał. Zauważył Olka Kamińskiego i pognał w kierunku przyjaciela, nie zwracając na mnie uwagi.

Dębińska podeszła do mnie, kiedy wychodziłam z budynku przedszkola.

– Pani Aniu, proszę zaczekać – poprosiła.

Przystanęłam, a przez głowę przebiegały mi dziesiątki niepokojących wizji. Co, jeśli ona teraz nagle mi powie, że faktycznie ktoś się przyglądał mojemu synowi? Ktoś, kto kręcił się za wysokim drewnianym parkanem i zerkał przez szpary w ogrodzeniu? Ktoś o wąskich, zaciśniętych ustach i gadzim spojrzeniu – przeszło mi przez myśl, ale wychowawczyni Dominika powiedziała tylko, że wszyscy będą na niego uważać i życzyła mi miłego dnia.

– Chyba potraktowałam panią zbyt ostro – tłumaczyła się.

– Nic się nie stało – zapewniłam ją i ruszyłam w stronę furtki, przez którą przechodziła właśnie znana mi z widzenia jasnowłosa kobieta w zaawansowanej ciąży.

Jej syn, drobny i szczupły chłopiec z usianą piegami buzią, ciągnął ją za rękę, jakby nie mógł się doczekać, aż znajdzie się wśród zaprzyjaźnionych dzieciaków i ten widok dodał mi otuchy. To pewne, przyjazne miejsce i tutaj Dominik jest bezpieczny – powiedziałam sobie, idąc w stronę hondy.

Wtedy go zauważyłam.

Stał naprzeciwko przedszkola i wpatrywał się w wejście do budynku. Wysoki, dobrze zbudowany szatyn w ciemnej skórzanej kurtce i spranych dżinsach. Kiedy go mijałam, zmierzył mnie wzrokiem, wsunął sobie do ust papierosa i ponownie spojrzał w stronę ozdobionej kolorowymi balonami przedszkolnej furtki. Zacisnęłam palce na kluczykach od samochodu i pospiesznie do niego wsiadłam. Szatyn nadal nieruchomo tkwił na swoim miejscu, ja cała się roztrzęsłam. Wiedziałam, że wpadam w paranoję. Czułam przecież, że to tylko przypadkowy facet, który z jakichś powodów kręci się przed budynkiem, a jednak panikowałam. Może czekał na którąś z młodych matek, która weszła z dzieckiem do środka? – pocieszałam się, jednak zanim odjechałam, przyglądałam mu się jeszcze przez dłuższą chwilę. W końcu przekręciłam kluczyk w stacyjce i włączyłam się do ruchu, ale twarz nieznajomego szatyna na dobre wryła mi się w pamięć. Czy teraz będzie tak już zawsze? – zastanawiałam się. Każdy kręcący się obok przedszkola mężczyzna, każda nieznajoma twarz w naszej uliczce, wszystko będzie budzić mój niepokój? A może tak było, odkąd urodziłam Dominika, chociaż dopiero teraz w pełni zdałam sobie z tego sprawę?

Nawet jeśli Alicję zaskoczył mój telefon, w żaden sposób tego nie okazała. Co prawda długo się nie widziałyśmy, ale chętnie zgodziła się na spotkanie i umówiłyśmy na jednej z rzecznych barek zacumowanych wzdłuż Bulwaru Kurlandzkiego. Kiedy przyszłam, już czekała. Zmieniła się, ledwo ją poznałam. Przytyła i napuchła na twarzy, a długie jasne włosy, które swego czasu farbowała na platynę, obcięła i znacznie przyciemniła. Zaczęła też palić. Podczas naszej znajomości nigdy nie widziałam jej z papierosem; teraz siedziała na górnym pokładzie i zaciągała się dymem. Na mój widok uniosła rękę na powitanie i zdusiła w popielniczce niedopalone marlboro.

– Cześć! Dziękuję, że przyszłaś – powiedziałam, przewieszając torebkę przez poręcz krzesła.

– Cześć! – Alicja uśmiechnęła się nieco krzywo i wyjęła z torebki słoneczne okulary w ciemnobordowych oprawkach. – Przyszłam, czemu nie? Chociaż nie ukrywam, że mocno mnie twój telefon zaskoczył. W końcu to ty przestałaś się nagle odzywać – wypomniała mi.

Pokiwałam głową, czując, że się czerwienię. To prawda – jakieś cztery lata temu po prostu przestałam odbierać od niej telefony i odpisywać na esemesy. Ale nie znała sytuacji i nie miała pojęcia, czemu zrezygnowałam z naszej znajomości. Zresztą to nawet nie była przyjaźń… Poznałyśmy się na kursie salsy. Dobrze nam się rozmawiało, więc może ze trzy razy przyjęłam jej weekendowe zaproszenie i zostałam na noc w jej domu na Klinach. Ale później wynikła cała ta żenująca sprawa z jej Patrykiem i…

– Co u ciebie? – Alicja wyjęła z opakowania kolejnego papierosa i obracała go w palcach, śledząc wzrokiem płynącą wzdłuż Wisły barkę, na której odbywała się jakaś głośna, alkoholowo-taneczna impreza.

– W zasadzie niewiele – powiedziałam.

– Kupiłam sobie niedawno twoją najnowszą książkę. Tę o kreowaniu wizerunku firmy w sieci. – Alicja sięgnęła po zapaliczkę, jednak po chwili wahania odłożyła ją na stolik.

– Od kiedy palisz? – zapytałam.

– Od jakiegoś roku. – Moja dawna znajoma lekko wzruszyła ramionami i zmierzyła wzrokiem przechodzącego akurat obok młodego kelnera. – Niezły – szepnęła.

– Nie mój typ – powiedziałam, chociaż musiałam przyznać, że chłopak był świetnie zbudowany.

– Jak twój synek? Ile on już ma?

– Niedawno skończył pięć lat – uśmiechnęłam się.

– A twój Patryk? – zapytałam, starając się mówić lekkim, niezobowiązującym tonem.

– Studiuje socjologię, ma nową dziewczynę. Pokażę ci fotkę, niedawno mu zrobiłam! – Alicja wyjęła z torebki tandetny portfel w czarno-różową panterkę i pokazała mi zdjęcie swojego jedynaka. – Zmężniał, co? – dodała z dumą w głosie.

– Mieszka jeszcze z wami czy w centrum? – zapytałam.

– Wynajmuje kawalerkę w okolicach Warszawskiej. Czemu pytasz? – Alicja nagle spoważniała i wyraźnie zrobiła się czujna.

– Bez powodu – skłamałam, jednak ona nabrała już podejrzeń.

– Anka, nie odzywasz się do mnie przez jakieś cztery lata, aż tu nagle dzwonisz, nalegasz na spotkanie i wypytujesz mnie o mojego syna?! Co jest grane?! – zapytała ostrym tonem i zapaliła papierosa.

Przez dłuższą chwilę milczałam. W końcu wzięłam głęboki wdech i spojrzałam jej prosto w oczy. Miała lekko rozmazany tusz, który osiadł jej na lewym policzku, i turkusowe cienie na powiekach. Dziwne, na jak wiele nieistotnych szczegółów człowiek zwraca uwagę nawet w tak stresującej sytuacji, pomyślałam.

– Więc? – zapytała Alicja po tym, jak wydmuchała dym nosem i zabębniła palcami o blat naszego stolika.

– Okay, pogadajmy szczerze. Od niedawna ktoś mnie nęka. Ktoś, kto miał klucze do mojego domu i zjawił się w nim któregoś wieczoru, kiedy brałam gorącą kąpiel. Usłyszałam go, bo zostawiłam uchylone drzwi do łazienki – wyrzuciłam z siebie, a Alicja wbiła we mnie zimne, niemal lodowate spojrzenie.

– Współczuję, ale co to ma wspólnego z moim synem?! – wycedziła.

Zauważyłam, że nagle zaczęła dygotać. Gwałtowne emocje wzięły ją we władanie tak wyraźnie, że przez moment wyglądało to wręcz groteskowo. Drżały jej dłonie i lekko drgała broda, jak u dziecka, które zaraz ma się rozpłakać i zrozumiałam, że boi się rozmowy o synu, przeraża ją myśl, że usłyszy coś, czego nigdy usłyszeć by nie chciała...

– Być może wiele – odpowiedziałam cicho.

– Słucham?! O czym ty w ogóle mówisz?! – podniosła głos, na szczęście na barce głośno grała muzyka i nikt nie zwracał na nas uwagi.

Teraz była już tylko wściekła; zdołała zdusić w sobie niepokój i zastąpić go czystą furią.

– Pamiętasz tego grilla, na którego zaprosiłaś mnie na początku lipca? – zapytałam, ignorując jej wzburzenie.

– Prawie cztery lata temu? Owszem. Wyglądało na to, że świetnie się bawiłaś, a później zniknęłaś. Zero kontaktu, żadnej odpowiedzi na moje telefony! – wypomniała mi.

Głos miała nieprzyjemny. Zjadliwy, ostry, niemal nienawistny. Takim tonem nie mówi się do przyjaciół, ale przecież my dwie nigdy tak naprawdę się nie przyjaźniłyśmy...

– Napisałam ci esemesa, że jestem zajęta – broniłam się.

– Esemesa! Śpisz u mnie w domu, pijesz z naszymi sąsiadami, planujesz z nami weekendowy wypad do Zakopca i nagle znikasz bez słowa, jakbyś się pod ziemię zapadła! Wiesz, ile razy zadawałam sobie pytanie, w jaki sposób mogłam cię urazić bądź obrazić?!

– Coś się tamtej nocy wydarzyło, Alicja – powiedziałam.

– Niby co? Ryszard cię podrywał? No więc, wybacz, ale mój mąż próbuje tych swoich żenujących sztuczek z niemal każdą moją koleżanką, zwłaszcza kiedy za dużo wypije – parsknęła.

– Nie on... – szepnęłam.

Alicja milczała, jakby zupełnie nie ogarniała tego, co do niej mówię, nagle jednak zrozumiała, a na jej szyi i policzkach wykwitły czerwone plamy.

– Chyba nie mówisz o Patryku?! Przecież on miał wtedy piętnaście lat!

– Prawie szesnaście – sprostowałam.

– Więc? Rzucił ci kilka odważnych komplementów? Wyjechał z jakimś niestosownym tekstem? O to tak się obraziłaś?! – krzyknęła Alicja.

– Wślizgnął się do łazienki, kiedy brałam prysznic, i usiłował się do mnie dobierać. Mieliście zepsuty zamek w tej gościnnej, na dole, pamiętasz? Powiedziałaś, że jeśli przez szybkę w drzwiach widać światło, nikt nie wejdzie do środka, ale twój syn był innego zdania... Prawie mnie tamtej nocy zgwałcił, Alicja! Udało mi się mu wyrwać tylko dzięki temu, że walnęłam go w głowę rączką od prysznica. Trafiłam go pod okiem, musiało go zaboleć. Rano miał na policzku sporego siniaka, prawda?

– Nie pamiętam! I nie wierzę ci! Nie wierzę ci, słyszysz?! Byłaś wtedy kompletnie pijana i zachowywałaś się jak dziwka! – syknęła.

– Może! Może zachowywałam się jak dziwka, bo jakieś dwa miesiące wcześniej zostawił mnie mąż, a ja zdołałam się wyrwać na imprezę, bo zawiozłam dziecko do kuzynki i uprosiłam, żeby zajęła się nim przez weekend! Może za dużo wypiłam i może byłam kokieteryjna, ale to nie znaczy, że twój syn miał prawo wślizgnąć się do łazienki, wejść za prysznicową zasłonkę, zdjąć szorty, koszulkę i zacząć mnie całować! Prawie mnie tamtej nocy zgwałcił, słyszysz?! Nie zadzwoniłam na policję tylko dlatego, że było mi cię żal. Lubiłam cię, byłyśmy w przyjacielskich stosunkach, a on był wtedy niemal dzieciakiem. Dlatego wywaliłam go z łazienki, zabarykadowałam się w gościnnym pokoju i bezsennie leżałam na łóżku, aż czyjaś sylwetka nie zamajaczyła za przeszklonymi tarasowymi drzwiami. Była pełnia i świetnie widziałam czyjś cień kręcący się za szybą. Usiłował zajrzeć do środka przez wąską szczelinę w zasłonach, a później opuścił spodnie i zabawiał się sam ze sobą! Miał jednak pecha, bo niechcący wpadł na donice z lawendą, a ja, korzystając z hałasu, jakiego narobił, wyszłam na taras i go przepłoszyłam. Przyłapałam go tam z fujarą w ręku i opuszczonymi do kostek szortami, Alicja! Po tym, jak niemal mnie zgwałcił w łazience, miał jeszcze czelność przyjść pod moje okno i zabawiać się ze sobą!

Właśnie dlatego myślę, że może mieć coś wspólnego z tym, co się dzieje teraz! Bywałam u ciebie wiele razy. Mógł wyjąć klucze z mojej torebki i je dorobić! Jeździł tamtego lata na rowerze, nie byłoby problemu, gdyby...

– Jesteś obrzydliwa! – Alicja zerwała się krzesła, złapała za swoją torebkę i oskarżycielsko wyciągnęła w moją stronę palec. – Obrzydliwa i zakłamana! A robienia z mojego syna jakiegoś napalonego zboczeńca nigdy ci nie wybaczę, słyszysz?! Myślisz, że jesteś taką wielką gwiazdą, bo masz gówniany program w jakiejś marnej rozgłośni? Myślisz, że jesteś taka piękna, że nawet młodzi chłopcy się w tobie kochają?! Wierzysz, że mój syn nie ma nic lepszego do roboty, jak nachodzenie cię w tej rozpadającej się ruderze, w której mieszkasz?!

– Posłuchaj, dla mnie to też trudna rozmowa – powiedziałam, starając się nie dać wytrącić z równowagi, ale ona nie chciała dłużej rozmawiać.

– Odpierdol się od nas, Anka, słyszysz?! – warknęła.

Teraz jej wykrzywiona złością twarz przypominała gniewną maskę groźnego starożytnego bożka, a radosny turkus na jej powiekach tylko podkreślał groteskowość jej mimiki. Furia, w jaką wpadła, zaskoczyła nawet mnie. Spodziewałam się, że mogę ją zdenerwować, ale ona dosłownie wpadła w szał...

– Alicja, posłuchaj... – zaczęłam, ale nie dała mi skończyć.

– Nie, to ty posłuchaj! I zapamiętaj sobie jedno – jeśli nadal będziesz oskarżać mojego syna o takie rzeczy, zadzwonię do prawnika! – zagroziła mi.

– Alicja, rozumiem, że go bronisz, sama jestem matką, ale...

– Ja go nie bronię, Anka! Ja mówię, że coś ci się kompletnie popierdoliło we łbie! Mój syn w życiu by czegoś takiego nie zrobił, słyszysz?! Więc albo coś ci się wtedy przyśniło po tym, ile wychlałaś, albo...

– Okay, nie było rozmowy – weszłam jej w słowo.

– Powiem ci jeszcze tylko jedno: pogadaj ze swoim synalkiem, bo następna kobieta nie musi już być tak wyrozumiała! A za gwałt bądź jego usiłowanie można trochę posiedzieć – wycedziłam, a Alicja jeszcze bardziej poczerwieniała. Teraz była niemal purpurowa na twarzy.

– Ty suko! Żałuję, że cię poznałam! – rzuciła mi w twarz i nie oglądając się za siebie, ruszyła w stronę wyjścia.

Z trapu niemal zbiegła i pomimo że miała buty na obcasach, pędem pognała w stronę schodów wiodących z nadrzecznego bulwaru na ulicę.

Siedząc samotnie przy stoliku, pomyślałam, że my, kobiety, nie potrafimy być wobec siebie lojalne. Uwierzyła mi, widziałam to w jej oczach. Ten niepokój na jej napuchniętej twarzy, zaciśnięte usta, drżąca powieka. Uwierzyła mi i być może nawet domyślała się już, że jej syn ma co nieco na sumieniu, a jednak w żaden sposób nie usiłowała przeprosić mnie za to, co się stało i jeszcze nazwała mnie dziwką... Jako matka oczywiście ją rozumiałam. Wszystkie pragniemy bronić naszych dzieci, nawet jeśli dopuszczą się czegoś, co przekracza nasze wyobrażenie. Jednak jej wulgarna, agresywna reakcja na moje słowa mocno mnie ubodła. Powinnam była wtedy zgłosić to na policję – zrozumiałam, samotnie siedząc nad kawą. Teraz było za późno, żeby cokolwiek mu udowodnić. Było tylko moje słowo przeciwko jego. Ale w tej sytuacji nie tylko ja byłam zagrożona. Kto wie, czy on nie poczuł się na tyle bezkarnie, żeby molestować inne kobiety? – przeszło mi przez myśl i poczułam się naprawdę fatalnie. Nie zrobiłam wtedy afery, bo chciałam być lojalna wobec znajomych, pod których dachem spałam. Uznałam zachowanie Patryka za szczeniacki wybryk nakręcony alkoholem – sama przecież widziałam, że podczas wieczornego grilla krążył pomiędzy nami, ukradkiem dolewając sobie wódki do niewinnie wyglądającego ceramicznego kubka. Jednak niezależnie od tego, że nie miał jeszcze wtedy szesnastu lat, usiłował mnie zgwałcić, a ja zachowałam się jak ostatnia idiotka, nie zgłaszając tego policji…

W środę lało tak, jakby nagle nad Krakowem roz-warło się niebo, wypluwając z siebie hektolitry wody. Deszcz szumiał za oknem, pluskał w rynnach, chlupotał, bębnił o parapet i zostawiał łzawe zacieki na szybach. Niekiedy lubiłam takie dni, nastrajały mnie melancholijnie. Czasem, z kubkiem gorącej czekolady w dłoni, w wełnianych skarpetach na nogach, można było wygodnie zasiąść w fotelu z dobrą książką i zapomnieć o całym świecie. Tym razem jednak deszcz nastroił mnie depresyjnie, przygnębił i sprawił, że poczułam dziwne, wszechogarniające zmęczenie.

Na szczęście tego akurat dnia zaczynałam wykłady dopiero o trzynastej, mogłam więc spokojnie odwieźć syna do przedszkola i z rozłożonym na blacie kawiarnianego stolika laptopem przez chwilę popracować. Pisałam właśnie krótki artykuł o mediach społecznościowych, jednak ciężko mi było skupić się na pracy. Moje myśli nieustannie krążyły wokół tajemniczego mężczyzny, który mnie nękał. Kim jesteś, sukinsynu? Dlaczego akurat ja? Znasz mnie dobrze czy wybrałeś przypadkowo? I skąd, do cholery, wziąłeś klucze od mojego domu? – zastanawiałam się, wędrując wzrokiem po twarzach obecnych w kawiarni mężczyzn.

Facet przy stoliku pod oknem wyglądał niewinnie. Typ naukowca bądź wykładowcy. Okulary w cienkich oprawkach, krótko przycięte ciemne włosy, gładko ogolone policzki. Serdeczny palec jego prawej dłoni zdobiła wąska złota obrączka, co zresztą wcale mnie nie zaskoczyło – z daleka wyczułam w nim żonkosia. Starannie odprasowany, w krawacie idealnie pasującym odcieniem do prążkowanej koszuli, wyglądał na mężczyznę, o którego ktoś dba. Oczywiście to tylko uproszczenie, jeden ze stereotypów, którymi uwielbiamy myśleć. Znałam przecież kilku flejtuchowatych żonkosi i paru naprawdę zadbanych samotnych kolesi.

Gość pijący kawę przy barze nie zwracał na mnie uwagi. Czytał gazetę, co jakiś czas drapiąc się po brzydko zaognionej egzemie na szyi. Zauważyłam, że ma na ręku tandetny sygnet z purpurowym oczkiem i mocno znoszone buty na nogach. On? – przeszło mi przez myśl. Bywałam w tej knajpce bardzo często, zwłaszcza przedpołudniami, kiedy odwiozłam syna do przedszkola i miałam trochę czasu dla siebie. Ktoś, kto od dawna mi się przyglądał, mógł świetnie o tym wiedzieć. Nagle zrozumiałam. Muszę zmienić przyzwyczajenia! Nie powinnam przychodzić zawsze w te same miejsca, jeździć tymi samymi trasami, wpadać do sklepów dokładnie o tej samej porze, po wykładach. Nie mogę ułatwiać mu zadania!

– Podać coś jeszcze? – Głos młodego kelnera wyrwał mnie z zamyślenia.

– Nie, dziękuję. – Posłałam mu blady uśmiech.

Skinął głową i wrócił za swój kontuar. Kiedy pytał, czy coś jeszcze zamawiam, zerknął mi w dekolt i znowu ogarnęła mnie paranoja. A jeśli to on? – pomyślałam, chociaż przecież wiedziałam, że to idiotyczna myśl. Skąd miałby mieć klucz? Chyba że… Wyglądał na studenta. A jeśli Ireneusz mnie okłamał? Jeśli to jednak on maczał w tym wszystkim palce? On albo któryś z chłopców z mojej uczelnianej grupy? Jeśli to Irek dorobił sobie klucze od mojego domu i dał je któremuś ze swoich kumpli? Jeśli zamierzali urządzić sobie moim kosztem zabawę, wciągnąć mnie w jakąś chorą grę w klimatach ponurych psychologicznych thrillerów? Boże, ja wariuję!

Zanim wyszłam, schowałam laptopa do dużej torby z ciemnozielonej skóry i ruszyłam w stronę damskiej toalety. W łazience było chłodno, niemal lodowato – ktoś na oścież otworzył okno, przez które ukośnie zacinał deszcz, zachlapując podłogę. Zatrzasnęłam je i zamknęłam się w jednej z dwóch kabin, starając się nie myśleć o niedorzecznych scenariuszach, takich jak atak jakiegoś intruza tutaj, w przytulnej kawiarence na krakowskim Kazimierzu. Podciągając cieniutkie rajstopy, zbyt mocno szarpnęłam i puściło oczko.

– Kurwa mać – zaklęłam.

Ostatnio klęłam zdecydowanie zbyt często i zbyt mocno.

Kiedy umyłam ręce i strząsnęłam z nich wodę nad nowoczesną okrągłą umywalką, zerknęłam w zawieszone nad nią lustro. Włosy tego dnia wyjątkowo udało mi się zdyscyplinować, jednak pomimo nałożonego rano starannego makijażu byłam blada i wymizerowana – stres i brak snu zaczęły zbierać żniwo. Do łazienki weszła jakaś młoda kobieta, stukot jej obcasów rozbrzmiał echem pośród wąskich wykafelkowanych ścian, trzasnęły drzwi od jednej z kabin. Sięgnęłam do torebki, w której miałam zapasowe rajstopy. Zawsze je ze sobą nosiłam – ot, jeden z nawyków, jaki wypracowałam sobie w ostatnich latach na uczelnianej posadce. Prowadzenie wykładów bywało wystarczająco stresujące nawet bez pogardliwych spojrzeń studentek, które momentalnie zauważyłyby oczko w rajstopach. A mało kto był surowszym sędzią niż jedna kobieta dla drugiej...

Wychodząc z kawiarni, zmierzyłam wzrokiem faceta przy barze i wybiegłam na deszcz. Szarpiąc się z parasolką, zupełnie niespodziewanie pomyślałam o ojcu, który od lat mieszkał w Denver. Powinnam w końcu do niego lecieć, odwiedzić go w tych Stanach, zainteresować się nim. Ale czy ta droga nie była dokładnie taka sama w obie strony? – przeszło mi przez myśl.

Na uczelnię dotarłam znacznie przed czasem, w przemoczonych butach i z poskręcanymi przez wilgoć włosami. Zanim weszłam na górę, samotnie usiadłam w kącie z kupioną w studenckim barze bułką w dłoni. Sałata

117

była tradycyjnie przywiędła, a szynka najtańsza, ale nagle zrobiłam się tak głodna, że nie zwracałam na to uwagi. Jedząc, przyglądałam się rozgadanym, pełnym energii „dzieciakom" zajmującym sąsiednie stoliki, jednak nikt nawet nie spojrzał w moją stronę. Byłam samotną wyspą pośrodku szmeru głosów i wymienianych nad plastikowymi kubkami z herbatą zwierzeń, plotek i opowieści z nocnego życia miasta.

– Byłam wczoraj tak nieziemsko najebana, że prawie wpadłam pod tramwaj! Te pod Galerią Krakowską jeżdżą, kurwa, tak że w ogóle ich nie słychać! Pieprzone gąsienice na szynach! – powiedziała siedząca przy sąsiednim stoliku dziewczyna z pomarańczowymi pasemkami w jasnych włosach i kolczykiem w nosie.

Znałam ją z widzenia, bywała dość głośna i często klęła.

Jej koleżanka, chuda, wręcz anorektyczka brunetka w czerni, rzuciła w odpowiedzi coś, czego nie dosłyszałam i dziewczyny zniżyły głosy, wymieniając uwagi o jakimś Hiszpanie, z którym nocą paliły trawę na Plantach.

Dojadłam bułkę, wytarłam dłonie w chusteczkę i sprawdziłam telefon. Ostatnio robiłam to niemal stale, zupełnie jakbym się bała, że ktoś usiłuje się do mnie dodzwonić z naprawdę złymi wiadomościami…

W windzie, kiedy wsiadłam do kabiny razem z dwoma wysokimi, ciemnowłosymi chłopakami, zdałam sobie sprawę, że obaj co chwilę na mnie zerkają, wymieniając przy tym porozumiewawcze spojrzenia.

– Jakiś problem? – zapytałam, starając się nadać głosowi oficjalne i „profesorskie" brzmienie.

– Skąd – mruknął ten nieco niższy.

Wyższy chrząknął i wbił wzrok w ścianę, jednak wyglądał tak, jakby chciało mu się śmiać. I faktycznie – kiedy tylko wysiadłam na drugim piętrze, obaj chłopacy parsknęli śmiechem. Zapiekły mnie policzki, a rumieniec wstydu rozlał się po szyi i dekolcie. Romansując z Ireneuszem, nie myślałam o konsekwencjach. Rzuciłam się w ten niedorzeczny związek, żeby chociaż na chwilę zagłuszyć samotność i przez jakiś czas balansowałam gdzieś na granicy totalnego szaleństwa. Dopiero teraz, kilka miesięcy po naszym rozstaniu, zaczęło do mnie docierać, jakie głupstwo zrobiłam. Cała uczelnia wiedziała, że zabawiałam się ze studentem, teraz byłam już tego pewna. Widziałam to w ich oczach, wyczuwałam. Dziewczyny spoglądały na mnie z wyraźną zazdrością bądź, dla kontrastu, z nienawistną pogardą. Chłopcy na mój widok wymieniali porozumiewawcze spojrzenia albo obcinali mnie wzrokiem, jakby szacowali, co ukrywam pod kwiecistymi sukienkami i kolorowymi bluzkami, które lubiłam zakładać do pracy.

– Lola, cipeńko! *Good to see you!* – wrzasnął ktoś za moimi plecami i przez korytarz przeszła fala śmiechu.

Po chwili ktoś inny, zapewne Lola zwana cipeńką, zachrypniętym głosem kazała komuś spierdalać i na piętrze znowu zrobiło się w miarę spokojnie. Skrzywiłam się. Za „moich" czasów studenci mieli chyba jednak znacznie więcej szacunku do siebie nawzajem i miejsca, w którym przyszło im się uczyć. A może tak mi się tylko wydawało, w myśl powiedzenia: „nie pamięta wół, jak cielęciem był?". – Uśmiechnęłam się krzywo i przysiadłam na jednej z ławek pod oknem. Dopijając colę, pomyślałam o synu. Najchętniej zadzwoniłabym do przedszkola, żeby zapytać, czy wszystko jest w porządku, nie chciałam jednak wyjść na jakąś histeryczkę. Wyrzuciłam więc tylko „zmiętą" puszkę do kosza, wytarłam ręce w chusteczkę i weszłam do auli, w której za kilka minut miałam rozpocząć wykład. W środku było jeszcze pustawo, na samym tyle siedziała tylko jedna z moich studentek i żując gumę, pisała esemesa.

– Cześć, Karolina – powiedziałam.

– Bry, pani magister – mruknęła, nie odrywając wzroku od telefonu.

Wyjęłam z torebki laptopa, chcąc przygotować wszystko do planowanej prezentacji, kiedy mój wzrok padł na leżącą na biurku kartkę. Ktoś złożył ją na pół i wsunął jej róg pod niewielką doniczkę z kaktusem, która chyba od zawsze stała z brzegu profesorskiego biurka. Zerknęłam na Karolinę, ale dziewczyna nadal była zajęta swoim telefonem. Papier tkwił pod doniczką poruszany delikatnym podmuchem idącym od uchylonego okna. Zerknęłam w stronę drzwi i przesunęłam roślinę. Złożona na pół kartka była postrzępiona na brzegach; ktoś musiał naprędce wyrwać ją z zeszytu. Rozłożyłam ją w momencie, w którym do sali weszło trzech chłopaków z mojego roku i ugięły się pode mną nogi. „Zaliczenie u magister Iwańskiej!" – głosił nabazgrany czarnym flamastrem tekst, a pod spodem, dość nieporadnie i niedbale ktoś narysował nagiego mężczyznę z olbrzymim sterczącym członkiem i leżącą na plecach kobietę z rozłożonymi szeroko nogami, dużymi piersiami i gąszczem łonowych włosów. Rysunek był czarno-biały, tylko loki na głowie kobiety ktoś podkolorował ciemnożółtym pisakiem. Trzasnęły drzwi i do auli weszła kolejna grupka studentów. Zmięłam szkaradny malunek w dłoni, złapałam za moją torebkę i wybiegłam z sali. W łazience niemal zwymiotowałam, udało mi się jednak zapanować nad żołądkiem. Kartka wciąż tkwiła pomiędzy moimi palcami, niemal wypalała mi dziurę w dłoni, bo czułam się tak, jakby paliła mnie żywym ogniem. Podarłam ją na strzępy i spuściłam w toalecie, a później ochlapałam twarz zimną wodą, poprawiłam włosy i pomalowałam usta krwistoczerwoną szminką, którą znalazłam na dnie torebki. Jeśli te gnojki chcą się zabawić moim kosztem, nie dam im tej satysfakcji – zdecydowałam.

Wykład poprowadziłam tak, jakby nic się nie stało. Zwyczajowo przechadzałam się po sali, stukając obcasami, mówiłam głośno i wyraźnie, zadawałam studentom pytania i tylko jeden Bóg wie, jak wielkiej siły woli wymagało ode mnie wejście na katedrę.

Na koniec poprosiłam studentów o wypełnienie przygotowanej przeze mnie ankiety i rozdałam im skserowane dzień wcześniej listy z pytaniami. Kiedy zaznaczali właściwie odpowiedzi, usiadłam za biurkiem i przyglądałam się ich twarzom. To ktoś z nich, czy może dzieciaki z innego rocznika? – zastanawiałam się. Tomek Chmielarz, jeden z przystojniejszych chłopaków na roku, siedział w pierwszym rzędzie, żując końcówkę ołówka. Wyglądał niewinnie, ale czy na pewno? Igor Adamik, syn wpływowego lokalnego biznesmena, miał opinię chuligana i z całą pewnością zbyt wiele pił. Często widywałam go na kacu, nie jego jednego zresztą. Jednak wszyscy ci chłopcy, siedząc tu, w zaciszu uczelnianej auli, sprawiali wrażenie niewiniątek. Rafał Fijał, Jasiek Gurgul, Adaś Opaliński – wszyscy wyglądali mi na niewinnych i cholernie winnych jednocześnie. Zastukałam końcówką długopisu o blat biurka i Tomek Chmielarz podniósł wzrok znad swojej ankiety. Spojrzałam mu w oczy. Lekko się uśmiechnął i wrócił do wypełniania formularza. On? Nie on? – zastanawiałam się. Nagle pomyślałam o dziewczynach. Co, jeśli to one? Może Karolina specjalnie przyszła wcześniej, żeby zobaczyć moją reakcję? Przecież zazwyczaj się spóźniała. Nie mogła przewidzieć, że wyciągnę kartkę spod doniczki, chociaż pewnie jakieś osiemdziesiąt procent ludzi zrobiłoby na moim miejscu dokładnie to samo. Ciekawość wszyscy nosimy niemal w genach, pomyślałam, przyglądając się wyraźnie skupionej nad ankietą dziewczynie. Kiedy w końcu zorientowała się, że się ją obserwuję, wyglądała na lekko speszoną. Ale czy to świadczyło o jej winie? Z całą pewnością nie. Pewnie po prostu poczuła się nieswojo, zdając sobie sprawę, że przygląda jej się wykładowca.

Zbierając ankiety, unikałam wzroku studentów. Przed oczami nadal miałam obsceniczny obrazek i szeroko rozłożone nogi nabazgranej niedbale kobiety, którą ktoś przedstawił w wyuzdanej pornograficznej pozie. Zajęcia zakończyłam cztery minuty przed czasem i odwróciłam się twarzą do okna, czekając, aż wszyscy wyjdą z auli.

– Pani magister? – kiedy ktoś stanął za moimi plecami, drgnęłam zaskoczona.

– Tak? – odwróciłam się gwałtownie, zbyt gwałtownie.

Gosia Cieślik, jedna z moich najbardziej bystrych studentek, przyglądała mi się z nieodgadnioną miną kogoś, kto chciałby powiedzieć znacznie więcej, niż mu wypada. W końcu zapytała tylko, czy dobrze się czuję, a ja skłamałam, że od rana męczy mnie migrena.

– Chciała pani czegoś konkretnego? – zapytałam ją.

– Tak. Chciałam powiedzieć, że wyjeżdżam i nie będzie mnie do końca czerwca. Zjawię się dopiero na egzaminy, ale...

– To nie podstawówka, nie musi się pani tłumaczyć – powiedziałam i dziewczyna wyraźnie się zaczerwieniła.

– Tak, ale...,

– Jeśli chodzi o mnie, nie ma problemu – zapewniłam ją i w pośpiechu włożyłam laptopa do torebki.

– Moja mama też miewa migreny i wiem, jak to może utrudniać życie – powiedziała Małgorzata pełnym współczucia tonem i poczułam się niemal fatalnie z tym, że ją okłamałam.

Z drugiej jednak strony w tym akurat momencie miałam gdzieś jej matkę i cały cholerny świat. Chciałam tylko wrócić do domu, wejść pod prysznic i stać w strugach gorącej wody, dopóki nie poczuję, że schodzi ze mnie cały brud minionego dnia.

W drodze do auta, kuląc się pod targaną wiatrem parasolką, pomyślałam, że może powinnam zgłosić incydent dziekanowi, szybko jednak zrozumiałam, że wolałabym umrzeć, niż pokazać profesorowi Szarskiemu tę ohydę i tym samym otwarcie, albo pomiędzy wierszami, przyznać się do niedawnego romansu ze studentem. Zresztą kartki już nie było, a ja nie zamierzałam szargać sobie opinii świetnego wykładowcy. Ktokolwiek brzydko się bawi moim kosztem, znajdzie sobie w końcu inne zajęcie – pocieszyłam się w duchu. O tym, że obsceniczny rysunek może się jakoś łączyć z osobą nękającego mnie mężczyzny, wolałam nawet nie myśleć.

Zanim odebrałam Dominika z przedszkola, podjechałam do Bonarki. Wciąż byłam mocno podenerwowana incydentem na uczelni, jednak udało mi się zepchnąć wszystkie ponure myśli gdzieś na sam tył głowy... Nie mogłam się rozsypać teraz, kiedy musiałam jechać po dziecko, zorganizować szybki podwieczorek i pokazać synowi pogodną, beztroską twarz. W całej tej sprawie bałam się oczywiście o siebie, ale przejmowałam się też tym, żeby Dominik w żaden sposób nie poczuł się zagrożony. Nie chciałam, żeby wyczuwał kłębiące się we mnie emocje i robiłam wszystko, żeby ich nie uzewnętrzniać. Auchan był tego popołudnia wyjątkowo zatłoczony, a mnie nagle rozbolała głowa, zupełnie jakby zemściło się na mnie sprzedane mojej studentce kłamstwo... Ograniczyłam się więc do najważniejszych sprawunków i ruszyłam w stronę kas. Mijając stojak z prasą, zauważyłam nagłówek w jednej z lokalnych gazet: „Zboczeniec wciąż grasuje, terroryzując miasto!" – przeczytałam, sięgnęłam po gazetę i włożyłam ją do koszyka.

W domu, kiedy już nakarmiłam mojego jedynaka przygotowaną naprędce zapiekanką i znalazłam mu zajęcie (wyrywanie chwastów z podjazdu należało ostatnio do jego ulubionych „zabaw"), usiadłam z gazetą na leżaku pośrodku trawnika i przez jeden sielski moment udało mi się wyobrazić sobie, że spędzamy właśnie z synem najnormalniejsze późne popołudnie w ogrodzie. Słońce grzało, pieszcząc moje odkryte ramiona, po moich bosych stopach przechadzały się mrówki, a ja wygodnie siedziałam ze szklanką mrożonej herbaty w dłoni. Jednak już dochodzący zza ogrodzenia klakson wyrwał mnie z błogiego nastroju. To może być ktoś stąd, z mojej okolicy – przyszło mi do głowy i przypomniałam sobie niedawno widziany francuski film, którego bohaterkę brutalnie zgwałcił mieszkający naprzeciwko młody mężczyzna, mąż zaprzyjaźnionej sąsiadki. To się musi skończyć, inaczej zwariuję, pomyślałam i nagle zachciało mi się płakać.

– Mamo, patrz! – Dominik wyrwał spomiędzy betonowych płytek kępkę trawy i cisnął ją na pakę swojej plastikowej wywrotki.

– Super! – udałam zachwyt.

Chwilę później sięgnęłam po leżącą w trawie gazetę.

Krwawy Romeo, jak ochrzciły brutalnego gwałciciela media, znowu zaatakował! Tym razem w Bibicach, jednak mieszkanka podkrakowskiego osiedla nie jest jego pierwszą ofiarą. Pierwsza była trzydziestojednoletnia nauczycielka z Ruczaju, którą podczas nieobecności męża zaatakował w jej własnej sypialni zamaskowany sprawca. Kobieta trafiła do szpitala, jednak jej życiu nie zagrażało niebezpieczeństwo. Druga z ofiar, trzydziestotrzylatka z Krowodrzy, nie miała już tyle szczęścia – z rozległymi obrażeniami głowy trafiła prosto na operacyjny stół. Trzecią kobietę zwyrodnialec dopadł, kiedy pilnowała domu rodziców na krakowskich Bronowicach. Dziewczynie udało się uciec i podać policji przybliżony opis sprawcy, któremu zerwała z twarzy kominiarkę. Mężczyzna na kilka tygodni się przyczaił, jednak powrócił – kolejna ofiara, trzydziestolatka z Bieżanowa, została znaleziona przez narzeczonego. Zalana krwią i nieprzytomna leżała na betonowej podłodze własnego garażu. Lekarzom udało się uratować jej życie, jednak młoda kobieta nadal jest w śpiączce. Policja apeluje o ostrożność i prosi o udostępnianie portretu pamięciowego sprawcy, jednak, jak wynika z naszej redakcyjnej ankiety, mieszkanki Krakowa twierdzą, że śledztwo utknęło w martwym punkcie, a miasto się boi. Tegoroczna końcówka wiosny to rzadkie o tej porze roku upały i męczące korki, ale też strach, który paraliżuje nie tylko kobiety – przeczytałam i odłożyłam gazetę na bok.

Kimkolwiek jest ten bydlak, włamuje się do domów i dopada te kobiety pod ich własnym dachem – zrozumiałam. Wyobrażenie sobie szoku i strachu ofiar sprawiło, że pomimo panującej na zewnątrz duchoty, przeszedł mnie zimny dreszcz.

– Mamo, zobacz! – Głos syna wyrwał mnie z kłębowiska naprawdę ponurych myśli. – Odjeżdżam z trawą!

– Chodź tutaj, synku – poprosiłam, kiedy już opróżnił pakę ciężarówki zabawki i wrócił na podjazd.

– Co? – młody, z upaćkanym ziemią policzkiem, podszedł do mnie i klapnął w trawie obok leżaka.

127

– Mówi się „proszę" – poprawiłam go.

– Ale ja o nic nie proszę – mruknął.

– To taka forma, jak…

– Jak foremka do piasku? – roześmiał się, a ja nie mogłam mu nie zawtórować.

– Pamiętasz, jak powiedziałeś mi którejś nocy, że boisz się złego pana? – zapytałam cicho.

– Nie – burknął i zaczął odrywać strupa na kolanie.

– Zostaw, masz brudne ręce – zganiłam go.

Posłuchał, chociaż nie wyglądał na zachwyconego.

– Źli panowie są tylko w telewizji? – zapytał w końcu Dominik po dłuższej chwili ciszy, kiedy zaabsorbowany pełznącymi przez trawę ślimakiem, przestał zwracać na mnie uwagę.

Przygryzłam usta, przez dłuższy moment zastanawiając się nad odpowiedzią. Nie chciałam go straszyć, ale nie chciałam też, żeby przez dziecięcą beztroskę zbyt ufnie podchodził do ludzi. Każda matka ma za sobą pogadanki na temat rozmawiania z nieznajomymi i tego typu sytuacji, chociaż czasem boję się, że dzieci wpuszczają to jednym uchem, a wypuszczają drugim. Ostatnio obejrzałam w sieci filmik, który totalnie mnie zszokował – młody, bardzo sympatycznie wyglądający chłopak robił przed kamerą pewien eksperyment. Podchodził do matek bawiących się w parku kilkuletnich dzieciaków, prosił o pozwolenie na rozmowę z nimi i pytał: „Jak myślisz, czy twoje dziecko pójdzie ze mną, kiedy je zagadnę?". Matki były pewne, że nie. Twierdziły, że często z dziećmi rozmawiają i wyraźnie zakazują im kontaktów z nieznajomymi. Niestety rzeczywistość wyglądała zupełnie inaczej... Na widok uroczego szczeniaka, którego miał na ręku mężczyzna, zachęcone spotkaniem z innymi pieskami, dzieciaki ufnie brały nieznajomego za rękę i na oczach zszokowanych matek ruszały z nim w stronę wyjścia z parku...

– Mamo, boisz się złego pana? – zapytał mój syn, a ja zdałam sobie sprawę, że chłopiec nadal czeka na odpowiedź.

– Wszyscy powinni się bać złych panów.

– Policjanci też? – Młody zrobił oczy jak spodki.

Czasem też – miałam na końcu języka, wyczułam jednak, że to nie byłaby najlepsza odpowiedź.

– Nie, oni nie – skłamałam. – Policjanci są odważni.

– A my nie? – zdziwił się Dominik.

– My nie potrafimy z nimi walczyć – powiedziałam, wściekła na siebie, że nie przygotowałam się do tej rozmowy, która nagle zaczęła dryfować w zupełnie nieodgadnionym kierunku...

– Czy zły pan przyjdzie w nocy?

– Nie przyjdzie – powiedziałam, nie zabrzmiało to jednak zbyt przekonująco nawet w moich uszach. – Ale musisz pamiętać, żeby nigdy, pod żadnym pozorem nie otwierać drzwi obcym, słyszysz? Czasem ludzie kłamią. Zły pan może powiedzieć, że źle się czuje albo że szuka psa, ale ty musisz zawołać wtedy mnie albo Tamar. A najlepiej w ogóle nie podchodzić do drzwi.

– Lubię otwierać drzwi! Czasem przyjeżdża tato! – Młody momentalnie spochmurniał.

– Zawsze ci mówię, kiedy ma się zjawić twój tato.

– Tak, ale... Mamo, a czy zły pan może cię zabrać?

– zapytał nagle mój syn, a ja drgnęłam, przejęta jakimś złym przeczuciem.

– Nie, syneczku. Żaden zły pan mnie nie zabierze

– zapewniłam go, jednak coś ścisnęło mnie w gardle.

– To dobrze – mruknął tymczasem młody i wrócił na podjazd, do zabawy w załadunek plastikowej ciężarówki.

Podniosłam z trawy gazetę i cisnęłam ją na murek przy wjeździe do garażu. Nie będę więcej czytać takich rzeczy – obiecałam sobie. Wystarczająco się boję...

Nocą długo nie mogłam zasnąć. Dawno minęła północ, a ja nadal bezsennie przewracałam się w wymiętej, skotłowanej pościeli. Kiedy w końcu zapadłam w sen, śniłam jeden z najgorszych koszmarów, jakie kiedykolwiek wykreowała moja podświadomość. Leżąca w purpurowej kałuży Tamar, rozciągnięta na kuchennej podłodze, z zakrzepłą krwią na twarzy i szklanym spojrzeniem. Obok niej, z olbrzymim nożem w dłoni, Ireneusz – z twarzą wykrzywioną złością i nienawistnym spojrzeniem. „Nie chciałaś mnie, dziwko!"

– krzyknął, ruszając w moją stronę. Rzuciłam się do ucieczki, ale nogi miałam ciężkie, jak idące prosto na dno ofiary włoskiej mafii w betonowych „butach". Był tuż za mną, kiedy dopadłam frontowych drzwi. Nie zdążyłam jednak ich otworzyć. Złapał mnie za włosy, odchylił moją głowę i poderżnął mi gardło, a krew chlusnęła na moje stopy i jasne kafelki w przedpokoju.

Obudziłam się, gwałtownie łapiąc oddech i od razu zapaliłam nocną lampkę przy łóżku. W domu panowała sielska, kojąca cisza, a jednak przez dłuższą chwilę nasłuchiwałam – ostatnimi czasy na okrągło wsłuchiwałam się we wszelkie dochodzące zza okna odgłosy, jakbym łudziła się, że zdołam w porę uniknąć czyhającego gdzieś zagrożenia.

Wiedziałam jednak, że tylko się oszukuję. Jeśli dojdzie do konfrontacji z tym, który się na mnie zawziął, moje szanse są znikome. Ale każdy człowiek potrzebuje cienia nadziei, inaczej dawno by zwariował. Dlaczego kurczowo uczepiłam się myśli, że wszystko będzie dobrze, zeszłam na dół, wypiłam szklankę soku i wróciłam do łóżka.

Noc spędziłam na naprzemiennym czuwaniu i zapadaniu w płytki, pełen koszmarów sen. Syn spał spokojnie w swojej sypialni naprzeciwko mojego pokoju, a ja chyba z piętnaście razy wstawałam, żeby sprawdzić frontowe drzwi, wyjrzeć przez okna i upewnić się, że nikt podejrzany nie kręci się po uliczce. W końcu, chyba koło piątej nad ranem, zapadłam w głębszy sen, jednak nie pospałam długo. Kilka minut po siódmej obudził mnie dzwonek leżącej na nocnej szafce komórki. Dawniej, zanim zaczął się cały ten koszmar, odkładałam ją na noc byle gdzie, teraz nie byłabym w stanie zasnąć, nie mając jej pod ręką. Nie znałam numeru, który pojawił się na wyświetlaczu, co od razu mnie zaniepokoiło. Do niedawna nie zwracałam uwagi na takie rzeczy i beztrosko odbierałam każde połączenie, jednak teraz, na widok niezidentyfikowanego ciągu cyfr, przeszedł mnie zimny dreszcz.

– Halo? – szepnęłam do słuchawki rozespanym głosem.

Cisza…

Strząsnęłam z siebie resztki snu i usiadłam na łóżku, żałując, że w ogóle odebrałam ten przeklęty telefon. W słuchawce nadal panowała głucha cisza, w tle słychać było jedynie szmer czyjegoś oddechu. Zacisnęłam palce na obudowie aparatu i przez dłuższą chwilę trzymałam go przy uchu, w końcu się rozłączyłam. Kimkolwiek jest nękający mnie człowiek, ma numer mojej komórki – zdałam sobie sprawę i znowu pomyślałam o Ireneuszu. Patrząc mi prosto w oczy, przysiągł, że to nie on wszedł tamtego wieczoru do mojego domu, ale przecież obsceniczna karteczka podrzucona do auli i głuchy telefon świadczyły o czymś zupełnie innym. To musiał być on! – zrozumiałam. Bawi się ze mną, jak spasiony kot z przerażoną myszą, wciąga w wir kłamstw, perfidnie mną manipuluje i bezlitośnie mnie osacza. Zawsze był mściwy, to jedno akurat świetnie o nim wiedziałam... A teraz chciał mi pokazać, że nigdy nie powinnam była z nim zrywać. Ot, samcza logika, nic nowego. Facet może w każdej chwili zostawić kobietę i nie dzieje się nic wielkiego. Kilka łez, może jakaś histeryczna scena... Ale kiedy to my z nimi kończymy, musimy stawić czoła ich wściekłości, przebłagać wręcz urażone męskie ego i przekonać ich, że pomimo rozstania, nadal są najfantastyczniejszymi mężczyznami na całej kuli ziemskiej.

Wstawałam z łóżka, kiedy telefon zawibrował sygnałem nadchodzącej wiadomości głosowej. Tym razem jednak to nie był on. Odezwała się do mnie stara znajoma, pytała, czy znajdę czas na ciastko i kawę. Wymówiłam się od spotkania nawałem obowiązków, a Ilona nie odpisała. Pewnie się obraziła, w końcu nie pierwszy raz ją spławiałam. Tyle że kto by się przejmował fochem jakiejś wieki niewidzianej koleżanki, kiedy na jego oczach wali się w gruzy całe jego życie? – pomyślałam, szukając pod łóżkiem kapci.

– Mamo? Kto dzwonił? Tato? – Dominik, w piżamie, z potarganymi po nocy włosami, zjawił się w mojej sypialni, kiedy zakładałam szlafrok.

– Moja koleżanka – skłamałam.

– To czemu nic nie mówiłaś?

– Coś nam przerwało – brnęłam dalej w kłamstwo.

– Chodź, musimy się zbierać. W przedszkolu nie lubią spóźnialskich...

– Nie chcę dziś iść do przedszkola. – Syn wskoczył na moje łóżko i wtulił buzię w poduszkę. – Nie chcę, mamooo! Przecież nie musisz iść do pracy!

– Muszę pisać. Wiesz, że kończę książkę, a w Warszawie już na nią czekają – powiedziałam.

– Czemu w Warszawie?

– Bo tam ma siedzibę mój wydawca.

– Co to jest siedziba? – zapytał Dominik.

Rozmasowałam skronie, odsłoniłam ciężkie zasłony i uchyliłam okno.

– To miejsce, gdzie mieści się firma albo instytucja. Wstawaj, spieszymy się. – Podeszłam do łóżka i delikatnie poklepałam syna po pupie.

– Nie bij mnie – wymruczał z twarzą wciśniętą w poduszkę, ale tego ranka nie miałam w sobie zwyczajowych pokładów cierpliwości.

– Dominik, wstawaj! – podniosłam głos i pociągnęłam go za rękę.

– Nie chcę! – zaprotestował płaczliwym głosem, ale po chwili wygramolił się z mojego łóżka i z miną skazańca powędrował do łazienki.

– Płatki czy kanapki?! – krzyknęłam, rozglądając się za sukienką.

Nie odpowiedział, ale nie było czasu na wybrzydzanie. Na dole zalałam mlekiem resztkę kukurydzianych płatków i postawiłam na stole ulubioną miskę syna. Dla mnie już nie wystarczyło, ale nie byłam głodna. Słodka kawa z mlekiem to też nie najgorszy początek dnia.

– Jedz! Ja muszę wziąć szybki prysznic – powiedziałam, kiedy młody pojawił się na dole.

Włosy spięłam w biegu wyjętą z kieszeni szlafroka gumką, rozebrałam się „w locie" i weszłam do prysznicowej kabiny. Kilka minut później, kiedy w pośpiechu się wycierałam, z sypialni doszedł do mnie dźwięk dzwoniącej komórki. Kurwa! – zaklęłam w duchu i sięgnęłam po stanik. Syn samotnie tkwił na dole, dłubiąc zapewne łyżką w coraz bardziej rozmiękłych płatkach, jednak było niewielkie ryzyko, że pogna na górę, chcąc odebrać mój telefon. Czasem tak robił z nadzieją, że dzwoni Sebastian... Tym razem jednak został w kuchni – kiedy weszłam do sypialni, pokój był pusty. Zerknęłam na telefon, na którego wyświetlaczu widniał ten sam nieznany numer.

– Mamo, pospiesz się! – krzyknął z dołu mój syn.

Uśmiechnęłam się pod nosem. Nasza poranna zwyczajowa krzątanina nadawała pozory normalności koszmarowi, w którym nagle się znalazłam.

– Idę! – odkrzyknęłam, zakładając kwiecistą kieckę w łososiowe róże.

Do przedszkola dotarliśmy w ostatnim momencie. Ci, którzy przychodzili po ósmej trzydzieści, musieli dzwonić do wychowawczyni, czego serdecznie nie znosiłam.

– Pa! – syn pomachał mi i pognał w stronę szatni.

Wychodziłam z budynku, kiedy wpadłam na Hannę Dębińską.

– Dzień dobry, pani Anno! Mam nadzieję, że wszystko u pani w porządku? – zagadnęła mnie wychowawczyni mojego jedynaka, a ja zaczęłam żałować, że zdradziłam jej cokolwiek.

Patrzyła teraz na mnie z mieszaniną litości i zaciekawienia w oczach, ja jednak nie miałam ochoty na żadne rozmowy. Ale jeśli miała mieć oko na mojego syna, nie mogłam też kłamać. Powiedziałam jej więc, że sytuacja się nie zmieniła, życzyłam miłego dnia, bąknęłam, że wyjątkowo się spieszę i pognałam w stronę wyjścia.

W drodze do domu pomyślałam o Ireneuszu. Teraz, po dwóch porannych telefonach, byłam już niemal pewna, że to on mnie nęka. Tak samo przecież do mnie wydzwaniał, kiedy się rozstaliśmy – dzwoniąca komórka budziła mnie wtedy rano, czasem w środku nocy... Dzwonił, wysyłał dziesiątki esemesów, pisał maile, na przemian groził mi i błagał, żebym zmieniła zdanie i do niego wróciła. A teraz robił to samo...

Może właśnie dlatego postanowiłam zajechać na Smoczą? Tym razem szybko znalazłam miejsce do zaparkowania i już kilka minut później byłam przed jego kamienicą. Początkowo miałam zamiar wcisnąć guzik domofonu i czekać, aż mi otworzy, ale wpadłam na lepszy pomysł. Ciemnoszafirowe subaru stało na chodniku. Podniosłam z ziemi ukruszony kawałek krawężnika, podeszłam do samochodu byłego kochanka i rąbnęłam kamieniem w reflektor, a błogą ciszę majowego poranka rozdarł pulsujący dźwięk alarmu.

– Teraz szybko cię wypłoszę z domu, dupku! – mruknęłam pod nosem i czmychnęłam pod ścianę kamienicy, żeby Irek nie mógł zobaczyć mnie z okna.

Nie pomyliłam się. Nic lepiej nie wyciąga mężczyzn na zewnątrz, jak troska o ukochane auto. Nie minęły dwie minuty, a Ireneusz wybiegł z klatki i ruszył w stronę wyjącego subaru.

Podeszłam do niego, kiedy usiłował wyłączyć alarm.

– Odbiło ci?! – warknął na mój widok.

– Może – uśmiechnęłam się krzywo. – Może zadarłeś z niewłaściwą kobietą?

– Zamknij się w końcu! – wrzasnął na samochód Ireneusz, a nieszczęsny wóz jak na komendę ucichł. – To ty rozbiłaś mi reflektor?! – zapytał.

– Skąd, tylko tędy przechodziłam – powiedziałam kpiarskim tonem i cisnęłam na chodnik ukruszony kawałek krawężnika. – Ohydna pornograficzna karteczka w auli, mówi ci to coś? Goła baba z gołym chłopem, okraszeni moim nazwiskiem!

Ireneusz milczał.

– Pytam cię o coś! – krzyknęłam.

Spojrzał mi w oczy. Był wściekły, a złość dosłownie z niego buchała.

– Okay, narysowałem tę parkę. To miał być taki wredny żarcik, tylko dla twoich oczu – przyznał.

– Tylko dla moich oczu?! Położyłeś ją na moim biurku, idioto! Każdy mógł tam zajrzeć!

– Ale nie zajrzał. – Chłopak wzruszył ramionami i nerwowo poprawił cisnący go węzeł eleganckiego, jedwabnego krawata – rzadko ubierał się aż tak oficjalnie, więc pewnie miał jakieś ważne służbowe spotkanie w firmie swojego ojca, któremu pomagał w interesach. – Podrzuciłem to tuż przed twoim wykładem, wiedziałem, że tylko ty siądziesz za tamtym biurkiem. Gdybyś tego rysunku nie znalazła, zabrałbym go stamtąd zaraz po twoich zajęciach, bo akurat kręciłem się po uczelni – wzruszył ramionami.

– I tyle masz mi do powiedzenia?! Nic więcej, żadnego przepraszam?! Wiesz, co by było, gdyby tę szmatławą karteczkę zobaczyli studenci?! – wybuchłam.

– Przecież i tak o nas wiedzą. – Ireneusz uśmiechnął się krzywo i ruszył w stronę wejścia do klatki. – A samochodu prędko ci nie wybaczę! – zaznaczył jeszcze.

– Ty nie wybaczysz mnie?! – roześmiałam się urągliwie. – Znieważasz mnie, upokarzasz, nękasz i opowiadasz o naszym romansie, chociaż wielokrotnie prosiłam cię o dyskrecję, ale to ja jestem tą złą?!

– Rozpierdoliłaś mi wóz! – warknął.

– I dopiero się rozkręcam, więc uważaj! – zagroziłam mu.

– Ty chyba nie wiesz, z kim zadzierasz, Anka! Mój ojciec...

– Wiem, kim jest twój ojciec! A teraz wyobraź sobie, że umawiam się z nim na krótką pogawędkę i mówię mu, co odpierdalasz! Myślisz, że byłby tym wszystkim zachwycony?! Nękasz mnie, dupku! Na to są paragrafy! I może nawet, jeśli zagrożę, że pójdę z tym na policję, ojciec przytnie ci nieco kieszonkowe? Ciężko by się żyło bez tatusiowych pieniędzy, co? – wycedziłam, a on dosłownie spąsowiał na twarzy.

– Mówiłem ci, to miał być wredny żarcik, nic więcej! Wkurwiłaś mnie ostatnimi oskarżeniami, przez twoją wizytę pokłóciłem się z Pauliną! Narysowałem to dla jaj i wrzuciłem pomiędzy moje notatki. Dopiero po południu przypadkiem zauważyłem grafik wykładów i pomyślałem, że podrzucę to do auli...

– Nie wierzę ci! – powiedziałam. – To ty wtedy wlazłeś do mojego domu, prawda?!

– Nie ja, ale myśl sobie, co chcesz – warknął, kopnął leżącą na chodniku puszkę po piwie i nie żegnając się ze mną, wszedł do klatki.

– Dupek! – mruknęłam pod nosem i ruszyłam w stronę mojego samochodu.

Coś mi jednak mówiło, że złożenie nieszczęsnego subaru na ofiarnym ołtarzu naszej podjazdowej wojny przyniesie efekty – szłam o zakład, że Ireneusz zostawi mnie w końcu w spokoju. Chyba że to rzeczywiście nie on – przeszło mi przez myśl i z niepokojem obejrzałam się przez ramię.

Zanim wsiadłam do auta, zaszłam do pobliskiego kościoła. Nie byłam jakoś szczególnie wierząca, jednak czasem zdarzało mi się prosić świętych o opiekę, zwłaszcza nad synem. W środku było chłodno i pachniało kadzidłem. Lubiłam ten zapach, kojarzył mi się z uroczystymi mszami w kościele Mariackim, na które lata temu zabierała mnie babcia. Usiadłam w jednej z ławek i przez dłuższą chwilę siedziałam, starając się skupić myśli, w końcu zmówiłam krótką, bezgłośną modlitwę i wyszłam z kościoła prosto na rozświetlony porannym słońcem plac przed świątynią. Po mojej lewej, dostojny i majestatyczny, górował nad centrum Wawel i przypomniałam sobie, że obiecałam synowi wycieczkę do smoczej jamy. Dominik uwielbiał krakowskiego smoka, czasem wyciągał mnie na spacer tylko po to, żeby móc się przyjrzeć zionącej ogniem rzeźbie. Sebastian śmiał się czasem, że syn nam rośnie na piromana, ale jakoś mnie ten żart nie bawił.

Majka zadzwoniła do mojej furtki kilka minut po osiemnastej. Musiała jechać prosto z kancelarii, bo miała na sobie oficjalną szarą sukienkę, która ładnie podkreślała jej figurę i eleganckie czarne szpilki. Umawiając się z nią na naleśniki, spacer po parku Bednarskiego czy przedpołudniową kawę, nigdy nie widziałam jej w tak wysokich butach. W weekendy nosiła sandałki na niewysokim słupku bądź po prostu tenisówki. Teraz jednak prezentowała się oszałamiająco, chociaż na jej twarzy wyraźnie widać było zmęczenie.

– Hej, Maja! Wchodź! – Ucieszyłam się na jej widok i otworzyłam furtkę.

– Cześć, dziewczyno. Nie będę wchodzić, padam z nóg. Chciałam tylko zapytać, czy nie wybrałabyś się dziś ze mną do Teatro Cubano?

– Dzisiaj? Szalona, co cię nagle wzięło? – roześmiałam się.

– Szczerze? Moje zbliżające się urodziny. Czwartego czerwca skończę trzydzieści dziewięć lat, więc sama rozumiesz…

– Kryzys wieku? Myślałam, że to domena facetów.

– Nie bądź złośliwa. – Majka lekko się skrzywiła i przygładziła włosy. – Za jakąś godzinę powinna się u mnie zjawić moja matka. I, nie uwierzysz, powiedziała, że bez problemu zajmie się też twoim Dominikiem. A my mogłybyśmy wyskoczyć na kilka drinków.

– Maja, nie jestem pewna, czy...

– No nie daj się prosić! Zasiedziałyśmy się na dupach, przyznaj mi rację! Nic tylko praca, dzieci, dzieci, praca, w najlepszym wypadku spacer po bulwarach albo pobliskim parku. – Majka zdjęła z nóg szpilki i wrzuciła je do swojego auta przez uchylone drzwiczki samochodu, po czym, bosa, stąpając na czubkach palców, otworzyła bagażnik i wyjęła z niego baleriny. – Kurewskie buty – zaklęła, jak zawsze rozbrajająco dosadna.

Pomyślałam o Dominiku. Po tym, co się ostatnio wokół mnie działo, nie chciałam zostawiać go pod opieką obcej kobiety. A przecież matkę Majki znałam jedynie z widzenia. Wiedziałam, że pracuje w szpitalu Jana Pawła, jest w miarę sympatyczna i w przeciwieństwie do córki mocno zaokrąglona, ale ta wiedza bynajmniej nie pomagała mi w podjęciu decyzji o powierzeniu jej mojego syna... Jednak Majka czekała, wyraźnie nakręcona.

– Proszę, Anulka! Please, pleaseeeee. – Złożyła ręce jak do modlitwy i dodała, że ma nieziemską ochotę na mojito. – Błagam, chodźmy zaszaleć!

– Okay – zgodziłam się w końcu.

Zasłużyłam na odrobinę szaleństwa, poza tym nie sądziłam, żeby Ireneusza interesował mój syn. Jeśli nadal coś knuł, z całą pewnością chciał uderzyć we mnie. O tym, że to może nie być on, wolałam teraz nie myśleć...

– To co? Dwudziesta pierwsza? Potrzebuję tylko czasu, żeby doprowadzić się do stanu używalności i pojedziemy do centrum jedną taryfą – zdecydowała Maja.

– Ciężki dzień? – zapytałam.

– Ciężki to mało powiedziane. Rozwodzę właśnie nadętego buca przed pięćdziesiątką, który nie dość, że wystawił do wiatru chorą na raka jajnika żonę i związał się z dwudziestosiedmiolatką, to jeszcze chce swoją ślubną oskubać z kasy. Rzadko kiedy kieruję się w pracy emocjami, ale uwierz mi, na widok tego brzuchatego knura chce mi się rzygać. Żałuję, że wzięłam tę sprawę...

– Reprezentujesz jego? – zdziwiłam się.

– Tak wyszło. – Majka lekko wzruszyła ramionami i dodała, że widzimy się o dziewiątej. – Pa, piękna! – pomachała mi i wsiadła do swojego lexusa.

– Pa – powiedziałam, chociaż nie mogła już tego słyszeć.

Kiedy odjechała, wróciłam do domu i zawołałam syna.

– Zostaniesz dziś z babcią Kamila i Niny czy mam cię zawieźć do Tamar? – zapytałam, chociaż nie miałam pewności, czy Gruzinka znajdzie czas na niańczenie mojego syna poza ustalonym przez nas grafikiem.

Zazwyczaj w ciągu tygodnia pomagała córce w prowadzeniu restauracji, a o tej porze miała pewnie pełne ręce roboty.

– Idziesz sobie gdzieś? – zapytał Dominik, stawiając kolejnego drewnianego klocka na chwiejącej się już nieco wieży.

– Idę sobie gdzieś – przytaknęłam.

– Nie chcę jechać do Tamar – mruknął młody.

Zdziwiłam się. Przecież zawsze ją uwielbiał, traktował niczym „przyszywaną" babcię.

– Czemu? – zapytałam.

– Bo nie! – młody jednym gwałtownym ruchem strącił wieżę z klocków i podciągnął kolana pod brodę.

Usiadłam obok niego na dywanie i pogłaskałam go po włosach.

– Coś się stało, kiedy byłam w radio? Pokłóciłeś się z Tamar? Nakrzyczała na ciebie? – zasypałam go pytaniami.

– Nie, ale był tu ten pan...

– Jaki pan? – zdziwiłam się, zaskoczona, że ktokolwiek przychodził do Tamar podczas mojej nieobecności.

Czyżby Tamar kogoś miała? Nie, na pewno nie. Wiedziałabym.

– Ten, który zawsze na nią krzyczy – wyjaśnił Dominik, a ja zrozumiałam, że młody musi mówić o jej synu.

– Krzyczeli na siebie? – zapytałam.

– Tak. Spałem, a on przyjechał i się kłócili. A później on uderzył w drzwi i Tamar też na niego krzyczała, ale niczego nie rozumiałem – wyżalił mi się młody.

Poczułam złość.

Tamar nawet słowem mi nie wspomniała o tym, że kiedy byłam w radio, jej syn wrócił tu jeszcze raz, z kolejną awanturą. Kiedy zjawiał się tu w ciągu dnia, nie miałam nic przeciwko. Był w końcu jej synem, miał prawo zajrzeć do matki, tym bardziej że w każdy piątek spędzała u mnie długie godziny. Jednak późnowieczorne wizyty i wrzaski, straszenie mojego dziecka i urządzanie tutaj karczemnych awantur?! Nie, to przestało mi się podobać!

– Mamo, jesteś na mnie zła? – zapytał mój wyraźnie zaniepokojony syn, a ja zdałam sobie sprawę, że nagle zamilkłam.

– Nie, syneczku. Nigdy w życiu – pocałowałam go w szyję i połaskotałam, a on zaniósł się wysokim śmiechem.

– A na Tamar jesteś zła? – zapytał po chwili, wciąż jeszcze rozbawionym głosem.

– Też nie – skłamałam, chociaż to, co właśnie mi powiedział, nieco podniosło mi ciśnienie.

Nie chciałam, żeby był mimowolnym świadkiem jakichkolwiek awantur. Wystarczyło, że czasem kłóciłam się przy nim z Sebastianem, o co później zawsze miałam do siebie żal. Oglądać cudzych dramatów zdecydowanie nie powinien, pomyślałam.

– Kamil ma nowe zabawki, tata mu kupił – zmienił temat Dominik, a ja odetchnęłam z ulgą.

Skoro tak, nie będzie problemu z odprowadzeniem go do mieszkania Majki – uśmiechnęłam się pod nosem.

– Przebierz się, okay? Nie pójdziesz w gości w bluzce poplamionej keczupem – poprosiłam.

– Czemu? – mój jedynak najwyraźniej nie widział problemu.

– Bo wyglądasz jak prosiak – uśmiechnęłam się do niego, wstałam i sięgnęłam po swoją komórkę.

Niestety numer Tamar był zajęty, ale może to i dobrze? Wolałam ochłonąć, niż powiedzieć jej coś, czego później bym żałowała. Tym bardziej że przecież nigdy wcześniej w żaden sposób nie nadużyła mojego zaufania. Zawsze była lojalna, uczciwa i otwarta, a ja ufnie powierzałam jej nie tylko dom, ale i syna. Nigdy wcześniej nie pracowała jako niania, ale sama wychowała przecież własne dzieci, a mojemu jedynakowi poświęcała całe swoje serce i uwagę.

– Mamo, ten? – Po chwili mój syn zjawił się w salonie z prążkowanym podkoszulkiem w dłoni.

– Może być – powiedziałam, chociaż nie znosiłam tej koszulki.

Pewnie dlatego, że kupiła mu ją Natalia...

– Okay! – Syn pobiegł z powrotem na górę, żeby się przebrać, a ja jeszcze raz wybrałam numer Tamar i tym razem udało mi się do niej dodzwonić – odebrała niemal od razu.

– Coś się stało? – zapytała zaniepokojonym głosem. – W piątek mam nie przychodzić?

– Przyjdź, oczywiście. Chciałam cię tylko o coś zapytać.

– To mów, Anulka, bo zaraz muszę wracać na kuchnię – ponagliła mnie Gruzinka.

– Czy twój syn był u mnie w domu w zeszły piątek? Nie wtedy, kiedy go widziałam, ale później? – zapytałam, przypominając sobie przy okazji, że chłopak Tamar ma na imię Tornike.

– Czemu o to pytasz? – zdziwiła się Tamar.

– Pytam, bo Dominik twierdzi, że krzyczeliście na siebie i go obudziliście – wyjaśniłam.

– Wpadł tylko na chwilę, chciał…

– Tamar, wiesz, że zawsze ci ufałam, prawda? Jesteś dla mnie kimś więcej niż pracownicą i to zawsze było jasne. Mój syn cię kocha, ja nie wyobrażam sobie funkcjonowania tej rodziny bez ciebie, ale proszę, nie ukrywaj przede mną takich rzeczy – powiedziałam cicho, bo w salonie pojawił się przebrany w czystą koszulkę Dominik.

– Niczego przed tobą nie ukrywam, Anulka! Tornike wpadł i zaraz poszedł, nie było jeszcze nawet dwudziestej drugiej, a ja…

– Tamar, nie musisz się teraz tłumaczyć. Proszę tylko o to, żeby twój syn nie urządzał w moim domu awantur. Zwłaszcza późnymi wieczorami, podczas mojej nieobecności – weszłam jej w słowo i w słuchawce zapadła cisza.

– Powiem mu, żeby więcej nie przyjeżdżał tak późno – stwierdziła w końcu Tamar, a w jej głosie usłyszałam z trudem tłumioną urazę.

– Posłuchaj, nie gniewaj się na mnie. Chciałam tylko…

– Nie mogę teraz rozmawiać, przepraszam. Widzimy się w piątek, o ile jeszcze u ciebie pracuję – rzuciła Gruzinka chłodnym tonem, którym zwróciła się do mnie pierwszy raz, odkąd ją znałam.

– Oczywiście, że nadal u mnie pracujesz – powiedziałam, ale ona zdążyła się już rozłączyć.

W Teatro Cubano jak zawsze były tłumy. Lubiłam tę knajpę za klimatyczny wystrój; przy odrobinie wyobraźni i po paru głębszych można się tu było poczuć niemal jak w Hawanie. Tym razem przeszkadzał mi jednak ścisk i nieprawdopodobny hałas – tego akurat wieczoru przekrzykująca się w wielu językach ludzka masa przelewała się przez lokal wte i wewte. Przedarłyśmy się przez pierwszą salę i ustawiłyśmy się w kolejce po drinki.

– Gorąco tu! – wrzasnęła mi do ucha Majka.

Skrzywiłam się. Mnie też było duszno, za grubo się ubrałam. Ciemnoszara sukienka z długimi rękawami bardziej się nadawała na jesień niż na duszny majowy wieczór. Ale tak bywa, kiedy przed wyjściem ma się czas jedynie na szybki prysznic i poprawienie makijażu.

– Co zamawiasz?! – zapytała Maja, grzebiąc w swojej eleganckiej, szaroniebieskiej torebce z logo Bvlgari.

Zanim udało się nam zwrócić na siebie uwagę barmana, zaczepiło nas jakichś dwóch gości; okazało się, że jeden z nich jest prawnikiem i studiował kiedyś z Majką. Jego kumpel, wysoki, szeroki w ramionach szatyn, wyglądał na nieśmiałego. Kiedy jakimś cudem udało nam się znaleźć stolik, Maja wdała się w pogawędkę ze swoim znajomym, a mnie pozostało zagadywanie jego kolegi. Przedstawił się jako Mateusz. Pomyślałam, że z wyglądu przypomina mi nieco Bena Afflecka i zachciało mi się śmiać. Ben Affleck, jasne! Przez pierwsze pół godziny rozmowa raczej się nam nie kleiła. Głównie piliśmy i słuchaliśmy sączących się z głośników latynoskich rytmów. Majka wysłała kilka esemesów, a mnie nagle ogarnął niepokój i tęsknota za synem. Wolałabym być teraz w domu – przeszło mi przez myśl. W salonie rozświetlonym słabą poświatą niewielkiej bocznej lampki, ze szklanką mrożonej herbaty w dłoni i świadomością, że na górze spokojnie śpi Dominik.

Kiedy aż tak wypadłam z imprezowego obiegu? – zastanawiałam się, przyglądając się kręcącym się dookoła „dzieciakom". Większość wyglądała rozbrajająco młodo, mogli mieć najwyżej dwadzieścia kilka lat. Dziewczyny w sukienkach z odsłoniętymi plecami, kokieteryjnie oblizujące przeciągnięte błyszczykiem usta i potrząsające głowami tak, żeby wokół ich twarzy podskakiwały starannie wymodelowane loki. Chłopacy raczej ubrani na sportowo, jednak zupełnie inni od tych z „mojego" pokolenia. Ci, których pamiętałam z młodości, byli bardziej szorstcy w obejściu i chyba odrobinę bardziej męscy. Nie obwieszali się biżuterią, nie zlewali wodą kolońską, nie nosili markowych ciuchów. Ci tutaj, młodzi, rozkrzyczani, mocno podpici, sprawiali wrażenie ludzi, którzy głośnym zachowaniem maskują brak pewności siebie. Jedna z dziewczyn łudząco przypominała moją dawną studentkę i przez dłuższą chwilę zastanawiałam się, czy to aby nie ona. Siedziała przytulona do postawnego chłopaka z ciemną karnacją i kilkudniowym zarostem na twarzy. Przed nią, równiutko ustawione w rządek, stały kieliszki po shotach z wódki. Odwróciłam głowę, kiedy jej facet nachylił się nad nią i musnął wargami jej usta. Siedząca naprzeciwko mnie Majka krzyknęła do mnie coś, czego nie dosłyszałam. Co?! – wymówiłam bezgłośnie, ale tylko machnęła ręką.

Mateusz milczał.

Siedział po mojej lewej i zapatrzony w swój kufel z piwem sprawiał wrażenie kogoś, kto trafił tu zupełnie przypadkiem. W końcu, kiedy już zaczęłam się zastanawiać, czy w ogóle się do mnie odezwie, zapytał, czym się zajmuję.

– Jestem specjalistką od PR! – krzyknęłam, starając się przebić przez lecący z głośników kawałek.

Nie dodałam niczego więcej. Nie wspomniałam ani o moim programie w radio, ani o posadzie wykładowcy na prywatnej uczelni. O tym, że piszę książki, też mu nie powiedziałam. Zrobiłam się ostrożna, pewnie po tym, co mi się ostatnio przytrafiło.

– A ty?! – zapytałam.

Mateusz odstawił na bok kufel z niedopitym piwem i powiedział, że jest księgowym.

– Wiem, brzmi raczej mało seksownie – zażartował.

– Czy ja wiem? Księgowi pracują czasem dla bardzo złych chłopców i samo to jest cholernie pociągające! – rzuciła wyraźnie podpita Majka.

– Lubisz złych chłopców? – zapytał jej znajomy prawnik i położył jej rękę na kolanie.

W pierwszej chwili byłam pewna, że moja przyjaciółka strąci jego dłoń, ale nie, wręcz przeciwnie – wtuliła się w niego i szepnęła mu coś na ucho, a ja zdałam sobie sprawę, że flirtują już na całego i raczej prędko się stąd zmyją. Nie miałam pojęcia, czy zakończą ten wieczór w łóżku, ale wyglądało na to, że poważnie przypadli sobie do gustu. Chciałam coś powiedzieć, kiedy przez muzykę przedarł się brzęk tłuczonego szkła.

– *Joder!* – zaklął jeden z młodych Hiszpanów, którzy siedzieli niedaleko nas, i bezradnie przyglądał się stłuczonej szklance po drinku.

Jego kumpel zarechotał, poklepał go po plecach i czubkiem buta przesunął odłamki szkła pod stolik.

– Masz ochotę na spacer?! – zapytał Mateusz, kiedy Majka wyszła na papierosa, a jej amant poszedł do baru.

– Poczekamy, aż wrócą do stolika, i moglibyśmy...

– Jasne, czemu nie? Strasznie tu głośno! – krzyknęłam.

– Głośno to mało powiedziane. To jeden z kręgów piekła! – zażartował Mateusz.

– Starzejemy się?! – rzuciłam rozbawionym tonem.

Wzruszył ramionami.

– Może po prostu nie chcemy stracić słuchu?! – wrzasnął.

Roześmiałam się. Zazwyczaj nie bywałam zbyt ufna w kontaktach z nieznajomymi, ale on miał w sobie coś, co sprawiło, że z miejsca poczułam do niego sympatię. Może właśnie ta jego początkowa nieśmiałość tak mnie ujęła? – zastanawiałam się, zerkając na jego profil. Miał ładny nos. Prosty, idealny. Ciemnobrązowe, lekko kręcone włosy sięgały kołnierzyka jego koszulki, trochę jak u latynoskich piłkarzy. Uśmiechnęłam się pod nosem i sięgnęłam po szklankę, w której zagrzechotał lód.

– Zamówić ci coś jeszcze?! – krzyknął Mateusz.

– Nie, dzięki! Chodźmy stąd! – odpowiedziałam głośno, kiedy podeszła do nas Majka.

– Jakiś koleś zaczepiał mnie przy kiblu! Miał na oko dziewiętnaście lat i proponował, że zabierze mnie do siebie! – powiedziała, wyraźnie rozbawiona.

– Trzeba go było adoptować! – parsknęłam śmiechem i zapytałam, czy ma coś przeciwko, żebyśmy na moment wyszli.

– Idźcie, jasne! Jest taka opcja, że my też niebawem się stąd zmyjemy! – krzyknęła i wyjęła z torebki lusterko, w którym się przejrzała.

– Widywaliście się po studiach?! – zapytałam.

– Z Jackiem?! Czasem, na sądowych korytarzach, ale... – Maja nie dokończyła, bo Jacek postawił przed nią kolejne mojito.

Był jednym z tych mężczyzn, którzy niemal rozsiewali wokół siebie aurę sukcesu. Niewysoki i raczej szczupły, nadrabiał pewnym tonem głosu i ubiorem – nawet teraz, późnym wieczorem w klubie miał na sobie świetnie skrojony garnitur, jedwabny krawat i elegancką prążkowaną koszulę. Dla kontrastu, Mateusz był ubrany w beżową koszulkę polo i sprane dżinsy. Pomyślałam, że pewnie jakieś osiemdziesiąt procent kobiet by się teraz ze mną nie zgodziło, ale zawsze wolałam typ chłopaka z sąsiedztwa, niż nadętych bufonów z grubymi portfelami. Z wyjątkiem chwilowego zauroczenia Ireneuszem, oczywiście – skrzywiłam się na tę myśl.

– Idziemy? – Mateusz podał mi torebkę i wstał.

– Wrócisz sama czy... – zapytałam Majkę.

– Wrócę sama! – krzyknęła w odpowiedzi, a siedzący obok niej Jacek objął ją ramieniem i lekko do siebie przyciągnął.

Zdążył już zdjąć marynarkę i podwinąć rękawy koszuli, a jego mocno zaczerwienione policzki i kroplący się na czole pot świadczyły o tym, że on też nie wylewał tego wieczoru za kołnierz.

– Jesteś pewna?! – zapytałam, a Majka lekceważąco machnęła ręką, jakby opędzała się ode mnie niczym od natrętnej muchy.

– Tak! – wrzasnęła, niemal rozlewając przy tym drinka.

– Chodź, chyba rzeczywiście chcą być sami! – powiedział Mateusz, kiedy przeciskaliśmy się w stronę baru i wyjścia na drugą salę.

Na zewnątrz, kiedy już wyminęliśmy rzygającego prosto na chodnik chłopaka i grupkę wrzeszczących po niemiecku młodych dziewczyn, wzięłam głęboki wdech i zeszłam z krawężnika na ulicę.

– Chryste, jak tam było głośno! – powiedziałam. – Dawniej mi to nie przeszkadzało, a dziś niemal dostałam migreny...

– Też wolę spokojniejsze miejsca – powiedział Mateusz. – Zadzwonić ci po taryfę, czy masz ochotę się przejść? – zapytał, zerkając na moje buty.

– Spokojnie, szpilki zostały w domu, a spacer to zawsze dobry pomysł.

– W której części miasta mieszkasz?

– Na Podgórzu, a ty?

– Na Zabłociu, więc można powiedzieć, że jesteśmy sąsiadami.

– Masz ochotę wrócić pieszo? – zapytałam.

– Skoro twoje szpilki zostały w domu, czemu nie?

– Długo znasz Jacka? – zainteresowałam się.

– Szmat czasu, chodziliśmy razem do liceum.

– Niech zgadnę, Nowodworek? – uśmiechnęłam się nieco złośliwie.

– Pudło. Chodziłem do czwórki, na Krzemionkach. Mieszkaliśmy wtedy w mieszkaniu dziadka, w starej kamienicy na Kalwaryjskiej. Kaflowe piece w każdym pokoju, zimą ziąb i kwiatowe szlaczki ze szronu na szybach, a latem przyjemny chłód. Nie znosiłem schodzić do piwnicy po węgiel, migałem się od tego, jak mogłem. A wracając do Jacka – był w tamtych czasach jednym z moich najlepszych kumpli. Dzięki niemu zdałem chemię, ja z kolei pomagałem mu w niemieckim. Ale to cholernie stare dzieje, a nasza szczenięca przyjaźń zamieniła się w coś w rodzaju luźnej, nieregularnie odnawianej znajomości. Kiedy był żonaty, niemal się nie widywaliśmy. Dopiero po jego rozwodzie co jakiś czas wyskakujemy na miasto – powiedział Mateusz, kiedy weszliśmy na Rynek.

Piękny wieczór, pomyślałam, przyglądając się skąpanym w księżycowym świetle Sukiennicom. Kiedy byliśmy w klubie, musiał lunąć deszcz, bo gdzieniegdzie na bruku zalegały kałuże, w których odbijały się rzęsiście oświetlone krakowskie kamienice.

– Też jesteś rozwiedziony? – zapytałam, zbyt późno gryząc się w język.

Nie chciałam wyjść na wścibską ani, broń Boże, napaloną... Ale on nie widział w tym pytaniu nic złego. Szczerze przyznał, że tak i dodał coś o sądowej batalii, w której co nieco doradza mu Jacek.

– Aneta robi wszystko, żebym nie mógł regularnie się widywać z córką. Ale nie będziemy teraz o tym rozmawiać – uciął dyskusję.

Mijaliśmy ratusz, kiedy on zapytał, czy dałabym się kiedyś zaprosić na kolację. Spodobała mi się jego szczerość i to, że nie bawił się w żadne gierki. Zapytał wprost, a ja się zgodziłam.

– Uważaj – objął mnie, kiedy mijała nas dorożka.

Opiekuńczy, pomyślałam. Ale może to tylko złudny czar pierwszego zauroczenia?

Przechodziliśmy przez kładkę na Wiśle, kiedy zaczął siąpić deszcz i Mateusz, pomimo moich protestów, narzucił mi na ramiona swoją marynarkę.

Kilka minut później, przed moją furtką, nadszedł odrobinę niezręczny moment rozstania. Oddałam mu marynarkę i zerknęłam w stronę domu, żałując, że nie zostawiłam zapalonego światła chociaż w jednym z okien od frontu. Nigdy nie lubiłam wchodzić do pogrążonych w ciemnościach pomieszczeń, a teraz wydawało mi się to szczególnie przerażające.

– Wejść z tobą? – Mateusz albo zauważył mój niepokój, albo szukał pretekstu do przedłużenia naszego spotkania, ale w tym momencie, bez względu na jego intencje, przyjęłam propozycję z wdzięcznością.

– Wejdź, proszę – powiedziałam, kiedy już otworzyłam bramkę.

Metalowe zawiasy nieprzyjemnie zaskrzypiały i przeszedł mnie dreszcz. Kiedy stałam się aż takim tchórzem? – pomyślałam, kiedy szliśmy przez ogród. Otwierając drzwi frontowe, zdałam sobie sprawę, że Mateusz stoi tuż obok, może odrobinę zbyt blisko. Wyraźnie czułam przyjemny korzenny zapach jego wody kolońskiej i bijące od jego ciała ciepło. W przedpokoju, zanim zdążyłam wyciągnąć rękę do włącznika światła, on zatrzasnął nogą frontowe drzwi i przyciągnął mnie do siebie.

– Rzadko całuję dziewczyny na pierwszej randce, ale dla ciebie zrobię wyjątek – wyszeptał mi na ucho.

Oparłam się plecami o ścianę i rzuciłam moją torebkę na podłogę, a on cisnął na ziemię swoją marynarkę i objął mnie w pasie. Przymknęłam oczy i wsunęłam palce w jego gęste włosy. Wszystko to działo się zbyt szybko i zbyt intensywnie, ale błogość, jaka mnie ogarnęła, sprawiła, że poddałam się pieszczotom jego ust, dłoni i języka. Całował mnie namiętnie, głęboko, z zapamiętaniem. Jego wargi napierały na moje usta, smakowały je, muskały. Sięgnęłam do jego paska i rozpięłam mu spodnie. Wsuwając dłoń pod gumkę jego bokserek, lekko się zawahałam, ale on już szarpał się z bocznym zamkiem mojej sukienki.

– Czekaj – szepnęłam i zdjęłam ją sama.

Mateusz ściągnął koszulkę i pozbył się spodni, które niedbale rzucił na podłogę. Zdjęłam stanik i osłoniłam piersi rękoma. Złapał mnie za nadgarstki, odchylił moje ręce w tył i wyszeptał, że jestem piękna. Po chwili poczułam na sutkach delikatne muśnięcia jego warg. Kiedy przygryzł mocniej, obejmując jeden z sutków zębami, cicho jęknęłam, a on podniósł głowę i spojrzał mi w oczy. Stanęłam na palcach i pocałowałam go w usta. Całowaliśmy się przez dłuższą chwilę, w końcu sięgnął do moich majtek i zsunął je, a sam przyklęknął. Lekko ugięłam kolana i rozchyliłam nogi, a jego język zaczął krążyć wokół mojej nabrzmiałej pożądaniem łechtaczki. Pierwsza fala rozkoszy nadeszła tak niespodziewanie, że na moment totalnie odpłynęłam. Drżały mi kolana, serce biło jak szalone. Mateusz wstał, złapał mnie za rękę i pociągnął w stronę pogrążonego w ciemności salonu. Opadłam na sofę, on cicho zaklął.

– Wybacz, muszę znaleźć portfel – mruknął.

Pomyślałam o nienaruszonym opakowaniu Durexów, które bezużyteczne od paru miesięcy leżało w szufladzie mojej komody na piętrze, ale słowem nie wspomniałam, że mam prezerwatywy. Żadna kobieta nie chce w takich okolicznościach wyjść na łatwą. Nie tak, nie na pierwszej randce. Mateusz wrócił do pokoju chwilę później, niemal wpadł na stolik z lampą i zębami rozdarł opakowanie kondoma. Wyciągnęłam do niego rękę. Pocałował wnętrze mojej dłoni i położył się obok. Kolejny orgazm nadszedł chwilę po tym, jak poczułam go w sobie; wystarczyło kilka jego głębszych pchnięć i krzyknęłam, czując rozlewającą się w dole brzucha gorącą falę rozkoszy, jakby coś eksplodowało w moim wnętrzu. On doszedł niemal w tym samym momencie, a kiedy się ze mnie wysuwał, wyszeptał, że chciałby zatrzymać czas. Przesunęłam się nieco i zrobiłam mu miejsce obok, gdzie lepcy i spoceni, wtuliliśmy się w siebie ciasno, przywarliśmy do siebie ciałami, a nasze przy-

spieszone oddechy na dłuższą chwilę zlały się w jeden...
Mateusz pocałował mnie w szyję i samym koniuszkiem
języka musnął płatek mojego ucha.

– Zostaw, łaskoczesz – roześmiałam się.

– Jesteś piękna – szepnął z ustami tuż przy moim
policzku.

– Już to mówiłeś – pocałowałam go w czubek nosa
i pogładziłam rękoma jego plecy.

– Wiesz, że nawet nie miałem dziś iść na tego drinka?
Jacek wyciągnął mnie w ostatnim momencie – powiedział.

– Szczęśliwie dla nas obojga – uśmiechnęłam się, a on
zamknął w dłoni moją prawą pierś, pieszcząc kciukiem
sutek.

Tamtej nocy kochaliśmy się jeszcze dwa razy – na
górze, w mojej sypialni, i nad ranem pod prysznicem.
Przed siódmą powiedział, że musi się zbierać.

– Za dwie godziny mam ważne spotkanie, powinienem się przebrać – powiedział, kiedy piliśmy w kuchni
kawę. – Spałaś chociaż trochę?

– Może ze trzy godzinki – uśmiechnęłam się.

– Obiecaj mi jedno – poprosił, wsypując do swojej
kawy drugą łyżeczkę cukru.

– Co takiego? – zapytałam.

– Że nie będziesz niczego żałować. Fakt, trochę nas
poniosło, ale...

– Oboje jesteśmy dorośli, Mateusz – uśmiechnęłam
się krzywo. – Zresztą, jaka to różnica? Pierwsza randka,
piąta, osiemnasta? Czasem jest się z kimś przez długie
lata i nadal się go nie zna. – Wzruszyłam ramionami.

Kawa była gorąca i cudownie pachniała. Upiłam pierwszy łyk, lekko parząc sobie podniebienie, a on wsunął dłoń w moje włosy i nawinął sobie na palce ich kosmyk.

– Więc jest szansa, że jeszcze się zobaczymy? – zapytał cicho.

Uśmiechnęłam się i pogładziłam go po nieogolonym policzku.

– Chciałabym – przyznałam szczerze.

Powiedział, że też by chciał, i pocałował mnie w ramię.

– Mateusz, przestań. Muszę lecieć po syna, poza tym...

– Wiem, wybacz. – Tym razem pocałował mnie w szyję, dopił kawę i nerwowo zerknął na wiszący nad blatem kuchenny zegar. – Też muszę lecieć. Mamy dziś zebranie z zarządem, więc powinienem się doprowadzić do porządku.

– Idę o zakład, że będziesz najseksowniejszym księgowym w mieście – zażartowałam.

– W mieście? W całej naszej galaktyce. – Mrugnął do mnie i tym razem pocałował mnie w usta. – Dziękuję. To była niesamowita noc – dodał.

Odprowadzając go do furtki, rozejrzałam się po uliczce, ale nie zauważyłam niczego podejrzanego.

– Dasz mi swój numer? – zapytał, kiedy na moment przystanęliśmy na chodniku.

– Najpierw seks, później numer? – roześmiałam się.

– Takie czasy. – Uśmiechnął się, a ja podyktowałam mu namiary na moją komórkę. – Zadzwonię. Cześć.

– Mateusz ostatni raz pocałował mnie w usta i szybkim krokiem ruszył w dół uliczki.

Przez jedną krótką, niedorzeczną chwilę miałam nadzieję, że obejrzy się za siebie, żeby jeszcze raz na mnie spojrzeć, jednak tego nie zrobił. Z rękoma w kieszeniach marynarki zniknął za rogiem, a ja samotnie wróciłam do pustego domu.

Pół godziny później, odbierając marudnego i wyraźnie zaspanego Dominika, wpadłam na szykującą się do pracy Majkę.

– I jak? Zaszalałaś tej nocy, czy rozstaliście się już na postoju? – szepnęła, żeby nie usłyszała jej matka szykująca w kuchni śniadanie.

Uśmiechnęłam się wymownie i również szeptem dodałam, że rozstaliśmy się rano.

– Żartujesz?! A ja myślałam, że przegięłam, bo dałam się konkretnie wymacać mecenasowi N. – Majka uśmiechnęła się odrobinę złośliwie i zerknęła w stronę kuchni. – I jak?

– Nieźle – mruknęłam.

– Warto było...

– Majka, gdzie masz pieprz?! – krzyknęła z kuchni starsza pani, a my wymieniłyśmy rozbawione spojrzenia.

– Zdzwonimy się! – obiecała mi przyjaciółka, a ja pomogłam synowi zawiązać buty, jeszcze raz podziękowałam pani Anieli za opiekę nad nim i pociągnęłam go w stronę wyjścia.

Przez całą drogę do przedszkola był wyjątkowo marudny, co, zważywszy na to, że moje myśli krążyły wokół minionej nocy, było mocno irytujące.

Esemes od Mateusza przyszedł o dziesiątej dwadzieścia. „Nie potrafię przestać o Tobie myśleć" – napisał. Odpisałam godzinę później, żeby nie myślał, że warowałam przy telefonie, wypatrując wiadomości od niego. „Też o Tobie myślę" – napisałam, czego pożałowałam zaraz po tym, jak poszło w świat. Zbyt szczerze, zbyt otwarcie, zbyt desperacko – wyrzucałam sobie. Odpisał po półgodzinie. „Więc może kolacja? Pasuje Ci sobota? Czy wolisz jutro?" – pytał. Wolałabym jutro, ale zdecydowałam, że sobota zabrzmi lepiej. Napisał, że zadzwoni i telefon na dobre ucichł, a jednak przez resztę dnia co chwilę zerkałam na jego wyświetlacz, sprawdzając, czy nie nadeszły kolejne wiadomości.

P o południu, korzystając z pięknej pogody, postanowiłam zadbać o ogród. Dawniej, będąc żoną Sebastiana, nie zajmowałam się ani koszeniem trawy, ani całą resztą niezbędnych prac ogrodowych, jednak sytuacja się zmieniła i musiałam stawić jej czoło. Nie lubiłam grzebania w ziemi, rujnowałam sobie przy tym paznokcie, nie chciałam jednak zaniedbać otoczenia, więc regularnie walczyłam z chwastami i dbałam o rośliny. Tamtego dnia przycinałam żywopłot od frontu, kiedy z bliźniaka naprzeciwko wyszedł Artur, mój sąsiad. Odłożyłam sekator i podeszłam do płotu.

– Cześć! – krzyknęłam, osłaniając oczy od słońca.

Pomachał mi i ruszył w moją stronę.

– Artuuuur! – wrzasnął mój syn na widok „kumpla". Ostatnio dość często grywali razem w piłkę i mój Dominik dosłownie oszalał na punkcie sąsiada.

– Cześć! – Artur przeszedł przez ulicę i podszedł do naszego ogrodzenia. – Porządki? Gdybyś kiedykolwiek potrzebowała pomocy i tak zwanej męskiej ręki w ogrodzie, daj mi znać, okay?

– Będę pamiętać – uśmiechnęłam się, a on zerknął w stronę naszego domu.

– Przepaliła ci się żarówka nad wejściem. Zauważyłem wczoraj. Mogę wymienić, gdybyś chciała – zaoferował.

– Byłoby nieźle. Nie przepadam za włażeniem na drabinę – powiedziałam i od razu poczułam złość na samą siebie.

Od kiedy, do cholery, zrobiłam się aż tak bezradna? A później faceci śmiali się z naszej nieporadności, uważając, że kroku nie potrafimy postawić bez ich pomocy – pomyślałam.

– Pogramy w piłkę?! – Dominik, który porzucił samotną zabawę przed domem, pojawił się obok mnie, zacisnął palce na metalowych sztachetach ogrodzenia i wbił w sąsiada błagalne spojrzenie. – Pogramy teraz?

– Dominik, pan Artur na pewno się spieszy – powiedziałam, ale sąsiad tylko wzruszył ramionami.

– Parę minut znajdę.

– W takim razie wchodź – uśmiechnęłam się.

Kiedy wszedł do naszego ogrodu, mój syn pognał do garażu po piłkę.

Brakuje mu ojca, a Sebastian nie robi nic, żeby ukoić jego tęsknotę, pomyślałam i poczułam cisnące się do oczu łzy.

– Wszystko okay? – Artur, który stał tuż obok, wyglądał na przejętego.

– To nic, tylko trochę wspomnień… – Machnęłam ręką lekceważąco, a on ze zrozumieniem pokiwał głową.

– Gdybyś kiedyś chciała pogadać, możemy wyskoczyć na piwo albo... – nie dokończył, bo mój syn wypadł z garażu z piłką pod pachą i zaczął wrzeszczeć, że chce już grać.

– Dominik, zachowuj się ciszej! – krzyknęłam, świetnie wiedząc, jak mieszkająca za płotem emerytowana historyczka nie znosi dziecięcych wrzasków, ale syn był już na trawniku za domem.

Przycięłam więc resztkę żywopłotu, starannie zamiotłam obcięte pędy i weszłam do domu, żeby zrobić mrożoną herbatę. Wyjmując z kredensu krakersy, pomyślałam, że muszę pogadać z Sebastianem. Młody tak rozpaczliwie ostatnio za nim tęsknił, a on poświęcał mu coraz mniej czasu.

– Mamo, patrz! – Kiedy z tacą w dłoni pojawiłam się na trawniku za domem, syn odbijał właśnie piłkę kolanem.

– Mrożona herbata i krakersy. Częstujcie się – powiedziałam, kładąc tacę na starym drewnianym stole.

– Wybacz, ale ja muszę już lecieć. – Artur, który zazwyczaj miał czas dla mojego syna, tym razem wyglądał na kogoś, kto nagle zaczął się spieszyć.

– Coś się stało? – zapytałam, zerkając na komórkę, którą trzymał w dłoni.

– Nie. Wszystko w porządku. Po prostu mam jeszcze dziś trochę do załatwienia, a lecę do Tel Awiwu – wyjaśnił.

– Super – uśmiechnęłam się. – Na długo?

– Na dwa, może trzy tygodnie. Długość pobytu nie zależy ode mnie.

– Czyli służbowo? – zapytałam.

– Jak najbardziej – uśmiechnął się.

– Już idziesz? – Młody był wyraźnie zawiedziony.

– Dominik, nie wypada się tak narzucać – przyciągnęłam syna do siebie i zmierzwiłam jego wilgotne od potu włosy.

– Co to znaczy? – zdziwił się młody, a Artur skinął mi głową na pożegnanie i ruszył w stronę furtki.

– Artur, czekaj! – krzyknęłam.

Przystanął i posłał mi zdziwione spojrzenie.

– Baw się dobrze! – powiedziałam.

– Dzięki! – uśmiechnął się i wyszedł na uliczkę.

– Mamo, a dlaczego Artur ma takie brzydkie ręce? – zapytał mój syn chwilę później.

– Co ty wygadujesz? Nie możesz mówić takich rzeczy – obruszyłam się.

– Ale przecież to prawda! Ma taką pomarszczoną skórę, a przecież nie jest stary.

– To blizny, musiał się gdzieś oparzyć.

– Ogniem? – Mój syn zrobił wielkie oczy i sięgnął po krakersa.

– Nie wiem, synku. Może wrzątkiem. Zawsze ci powtarzam, że trzeba uważać.

– A Artur nie uważał? – zdziwił się Dominik.

– Czasem coś się nam przytrafia, nawet jeśli na siebie uważamy – powiedziałam. – A ty nie możesz rzucać takich uwag.

– Rzucać uwag? – Syn najwyraźniej nie zrozumiał, o co mi chodzi, więc westchnęłam i rozłożyłam sobie leżak.

– Nie powinieneś z nim o tym rozmawiać. Być może ma jakieś złe wspomnienia, rozumiesz?

– A to bolało?

– Na pewno.

– Babcia też się kiedyś oparzyła!

– Rozgrzanym olejem – mruknęłam, przypominając sobie nieszczęsną, wyjącą z bólu teściową, której rozgrzana patelnia z wigilijnym karpiem upadła prosto na stopę.

– Mamo, a czy ty lubisz Artura? – zainteresował się nagle mój syn.

– Lubię, a czemu pytasz?

– Bo on nas lubi. – Dominik włożył sobie do ust krakersa i chwilę później wypluł przeżutą masę na tacę.

– Co ty wyprawiasz?! – wkurzyłam się.

– To jest słone! – Syn wyglądał tak, jakby miał się rozpłakać.

– To są krakersy, jadasz je przecież czasem u taty!

– Te są niedobre – mruknął mój jedynak i usiadł w trawie obok mojego leżaka.

Rozlałam do szklanek mrożoną herbatę i podałam synowi.

– Napij się.

– Nie chcę! – Odsunął moją rękę i zapatrzył się na swój palec, na którym widniało świeże skaleczenie.

– Kiedy to sobie zrobiłeś? – zapytałam.

– Niedawno – wzruszył ramionami.

– Musimy to przemyć spirytusem.

– Później. – Syn wyrwał kępkę trawy i zaczął drzeć źdźbła na strzępy. – A Artur mógłby być twoim chłopakiem? – zapytał nagle.

167

– Moim chłopakiem? – zdziwiłam się.

– No – uśmiechnął się Dominik. – Chyba że tato do nas wróci...

– Twój ojciec do nas nie wróci, tłumaczyłam ci to już – powiedziałam zmęczonym głosem, a młody wyraźnie posmutniał i na moment zamilkł.

– A Artur? Mógłby z nami zamieszkać? Lubię go – zapytał chwilę później, znowu ożywiony i najwyraźniej zachwycony własnym pomysłem.

– Dominik, Artur to tylko sąsiad – uśmiechnęłam się blado, rozbawiona wizją wprowadzającego się do nas rozwodnika z przeciwka.

– Ale nie ma żony i jest tak samo stary jak ty – palnął Dominik z właściwą dla dzieci szczerością.

– Tak samo stary jak ja? Dzięki, syneczku – parsknęłam śmiechem.

– No. Ma siwe włosy! Tutaj! – Syn przyłożył palec do skroni.

– Mówi się, że siwieje na skroniach albo jest szpakowaty – powiedziałam.

– Szpakowaty? Jak szpaki?

– Chryste – szepnęłam, z trudem tłumiąc śmiech, a młody położył się w trawie i zapatrzył na przesuwające się po niebie postrzępione chmury. – Myślisz, że po drugiej stronie ktoś mieszka? – zapytał.

– Po jakiej drugiej stronie?

– Tam! – syn wskazał palcem niebo. – Myślisz, że oni też na nas patrzą? Duchy? Babcia?

– Nie wiem, syneczku. Chodź, musimy odkazić ten palec.

– Nie chcę! – Młody przewrócił się na brzuch, podłożył sobie dłonie pod głowę i zamknął oczy. – Teraz śpię – mruknął.

– Dominik, proszę cię! Nie bądź taki na „nie"! – podniosłam głos.

Skrzywił się, ale w końcu wstał, otrzepał szorty z trawy i ruszył za mną do domu.

– Mamo, a dlaczego ty nie masz chłopaka? – zapytał, kiedy weszliśmy do łazienki. – Mama Olka ma i mama Grześka też, a mama Tomka...

– Synku, żeby dorośli chcieli ze sobą być, muszą naprawdę się lubić.

– Ale przecież ty lubisz Artura! Zawsze się do niego uśmiechasz!

– Nie wystarczy kogoś lubić, trzeba jeszcze kogoś pokochać. Miłość to...

– A tata już mnie nie kocha? Bo tu nie mieszka... – Dominik nagle posmutniał.

– Tato zawsze będzie cię kochał, słyszysz? – przetarłam jego palec nasączonym spirytusem wacikiem i przyciągnęłam go do siebie. – Zawsze! Jesteś jego synem i zawsze będziesz dla niego najważniejszy.

– A ty? Nie jesteś już dla niego najważniejsza? To twoja wina? Nie kocha cię i już tu nie mieszka?

– Dominik, możemy porozmawiać o czymś innym? – zapytałam, starając się nie okazywać poirytowania.

Jego dociekliwe pytania o powrót Sebastiana coraz bardziej mnie drażniły. Tak bardzo chciałabym to wszystko jakoś mu wytłumaczyć, ale on nadal naiwnie wierzył, że są szanse na nasze zejście się...

– Pogadamy kiedy indziej, dobrze? Teraz chodźmy z powrotem do ogrodu, pomożesz mi plewić – dodałam.

– Okay – zgodził się mój syn, najpewniej zupełnie nieświadomy kłębiących się we mnie emocji, które obudziła nasza krótka i mocno niedorzeczna wymiana zdań.

Była późna noc, kiedy wyszłam z budynku radia i ruszyłam przez parking, w stronę mojej zaparkowanej na samym jego skraju hondy. *Czemu zostawiłam samochód akurat tutaj, w najciemniejszym rogu placu, gdzie niemal nie dochodziło światło latarni? – zastanawiałam się. I czemu nie wyjęłam tych cholernych kluczyków przed wyjściem z budynku? – wyrzucałam sobie, coraz bardziej nerwowo przetrząsając torebkę. Są!* Znalazłam kluczyki i przyspieszyłam kroku, kiedy zza zaparkowanej nieopodal białej odrapanej furgonetki wyszedł postawny, ubrany na czarno mężczyzna z kapturem na głowie. *Stanęłam jak wryta; po chwili przypomniała mi się rada instruktora z kursu samoobrony dla kobiet. Każ mu się zatrzymać! Krzyknij: „stój!", ostro, jakbyś zwracała się do psa! Ja jednak milczałam, całkowicie sparaliżowana strachem. Większość kobiet tak właśnie reaguje na zagrożenie – totalnym paraliżem... Mężczyzna szedł prosto na mnie; oprócz nas na parkingu nie było nikogo. Spojrzałam w stronę oszklonej frontowej ściany rozgłośni. Za szybą majaczyła szczupła sylwetka nocnego recepcjonisty, rudawego i brodatego studenta socjologii, który ze*

171

słuchawkami w uszach i z nogami na biurku, spędzał nocne godziny, przeglądając komiksy. Otworzyłam usta do krzyku, ale wydobył się z nich jedynie jakiś cichy, żałosny skrzek. Udało mi się rzucić do biegu, ale napastnik był szybszy – dopadł mnie, złapał za kark jak przeznaczonego do utopienia szczeniaka i zacisnął palce na mojej szyi. „Dokąd to, dziwko?" – syknął. Tym razem krzyknęłam, ale już po chwili ogarnęła mnie ciemność. Bandzior musiał mnie czymś uderzyć w głowę, bo pamiętam gwałtowny rozbłysk bólu i nieprzeniknioną pustkę. Kiedy się ocknęłam, leżałam na podłodze furgonetki, okryta szorstkim, cuchnącym silnikowym olejem kocem. Usta miałam zakneblowane taśmą klejącą, nogi związane sznurem. Ręce, ku mojemu zaskoczeniu, zostawił mi wolne. Sięgnęłam do twarzy i opuszkami palców dotknęłam opuchniętego policzka. Krew... Skąd się wzięła? Ból promieniował od tyłu mojej głowy do barku i niżej, przez cały kręgosłup, aż do dołu pleców. Jęknęłam i przekręciłam się nieco bardziej na bok, starając się znaleźć wygodniejszą pozycję. W tej samej chwili samochodem szarpnęło i uderzyłam plecami o ścianę furgonetki. Jak długo byłam nieprzytomna? Dokąd mnie wiezie i kim jest ten człowiek? Porwała mnie ta sama osoba, która kilka dni wcześniej weszła do mojego domu, czy może to ktoś zupełnie inny? – zastanawiałam się, ale nie przychodziła mi do głowy żadna odpowiedź. Mózg miałam dziwnie otępiały, jakby opuchnięty; nudności przychodził falami. Muszę zapanować nad żołądkiem, inaczej się uduszę – powtarzałam sobie i dopiero wtedy dotarło do mnie, że przecież mam wolne ręce i mogę odlepić taśmę oklejającą mi usta. Kiedy udało mi się ją zdjąć, furgonetką jeszcze raz zarzuciło i samochód zjechał z głównej drogi na boczną. Podskakiwaliśmy na koleinach, a mój żołądek z każdym wybojem wykonywał salto mortale...

Nagle auto się zatrzymało, a siedzący za kierownicą mężczyzna głębiej naciągnął kaptur, tak żeby zasłaniał również jego czoło, wysiadł, obszedł samochód i gwałtownie otworzył tylne drzwi furgonetki. Usiłowałam usiąść, ale zbyt kręciło mi się w głowie.

– Wyłaź! – warknął, złapał mnie za kostki i pociągnął za nogi.

Rąbnęłam głową o podłogę samochodu i przeciągle jęknęłam, a on rozciął nożem sznur, który krępował moje ruchy i szarpnął mnie za rękę.

– Czego ode mnie chcesz? – wyszeptałam.

Nie odpowiedział.

Dosłownie wywlókł mnie z furgonetki i pchnął. Upadłam w wysoką trawę i podniosłam głowę. Las, polana, niewielki drewniany domek z werandą, a wszystko oświetlone jedynie księżycową poświatą, a jednak wyraźne, posrebrzone blaskiem zbliżającej się pełni. Musieliśmy być gdzieś pod miastem, może nawet znacznie dalej od Krakowa, niż mogłabym się spodziewać. Wszystko zależało od tego, jak długo leżałam nieprzytomna na cuchnącej silnikowym olejem podłodze zdezelowanego auta.

– Wstawaj! – porywacz szarpnął mnie za ramię i niemal poderwał w górę.

W drodze do domu, idąc przed nim przez wysoką trawę, pomyślałam, że już po mnie. Nie umiałam tego racjonalnie wytłumaczyć, po prostu czułam, że tu umrę...

– Stań tam! – warknął porywacz i pchnął mnie w kąt werandy.

Posłusznie przeszłam kilka kroków, a on wyjął z kieszeni klucze i otworzył frontowe drzwi.

Zauważyłam ją nagle, kątem oka, wbitą w stojący na werandzie pniak. Siekiera! Nie mogłam uwierzyć we własne szczęście, to było zbyt piękne, żeby mogło być prawdziwe. A jednak tam była! Na nogach jak z waty, starając się poruszać bezszelestnie, ruszyłam w stronę pniaka. Porywacz otwierał dolny zamek, kiedy złapałam za drewniany trzonek, wyrwałam z pnia zagłębione w drewnie ostrze, odwróciłam się i zadałam pierwszy cios. Ryk bólu, jaki wydał z siebie zaatakowany mężczyzna, miał w sobie coś zwierzęcego. Odwrócił się w moją stronę i wyciągnął w górę ręce, jakby chciał osłonić głowę, ale ja zadałam już drugi cios. Krew była wszędzie. W ciemności dusznej nocy czułam jej metaliczny zapach; jej drobinki osiadały mi na twarzy, włosach i ubraniu. Mężczyzna opadł na kolana i zwymiotował. Pomyślałam o samochodzie, ale bałam się podejść na tyle blisko, żeby wyjąć kluczyki z kieszeni jego spodni. Za mną, rozświetlony księżycowym blaskiem, kusił aksamitną ciemnością pobliski las. Drzewa, niczym stojący na warcie żołnierze, miały w sobie coś kojącego, pierwotnego. Zbiegłam z werandy i pędem rzuciłam się przez wysoką trawę. Siekierę wypuściłam z dłoni, dopiero kiedy wpadłam pomiędzy pierwsze porośnięte mchem pnie. Ciemność wokół dosłownie mnie zassała. Zwolniłam, strząsnęłam z twarzy gęstą pajęczynę i oparłam się o chropowaty pień jednego z drzew. Cisza... Dopiero teraz do mnie dotarło, jak bardzo jest cicho. Od strony domu nie dochodził żaden dźwięk; zaatakowany przeze mnie napastnik albo skonał, albo stracił przytomność. Pochyliłam się i oparłam dłonie na kolanach, starając się zapanować nad oddechem. Ból w plecach był teraz tak silny, że z trudem go wytrzymywałam. Nagle, na tle srebrzystej księżycowej poświaty, pomiędzy drzewami zamajaczyła czyjaś sylwetka. „Myślałaś, że mi

*uciekniesz?!" – usłyszałam chrapliwy głos porywacza. Krzyknę-
łam i poderwałam się do biegu, ale był już tuż za mną. Korzeń,
o który się potknęłam, podciął mi nogi i runęłam w dół. Ktoś
złapał mnie za kostki i pociągnął, na policzku czułam szorstki
dotyk leśnej ściółki, w ustach posmak żółci. „Mam cię!" – napastnik zwalił się na mnie całym ciężarem i polizał mnie po szyi.
„Mam i nie puszczę!" – zarechotał.*

Wtedy się obudziłam; gwałtownie, z trudem łapiąc
oddech, przerażona i roztrzęsiona w skotłowanej i wilgotnej od upału pościeli.

– Jezu Chryste – wyszeptałam, drżącą ręką zapalając
nocną lampkę.

Siedząc na łóżku, zdałam sobie sprawę, że nadal mi
niedobrze, a ból w dole pleców jest tak silny, że odbiera
oddech. Dopiero po chwili dotarło do mnie, że dostałam
okres – nieprzyjemna lepkość pomiędzy nogami i rdza-
we plamy na pościeli mówiły same za siebie.

– Cholera jasna – zaklęłam, zsuwając się z łóżka.

Chwilę później zdarłam poszwę z kołdry, ściągnęłam
poplamione krwią prześcieradło i zdjęłam poszewki z prze-
poconych poduszek. Ból w dole pleców pulsował, mdłości przychodziły falą i odchodziły. Podeszłam do okna
i rozsunęłam ciężkie zasłony, starając się nie myśleć o koszmarze z gwałcicielem w roli głównej, który wyrwał mnie
ze snu kilka dni wcześniej. Za oknem mżyło, jednak noc
nadal była niemiłosiernie duszna. Przez dłuższą chwilę
wdychałam jej ciężki kwiatowy zapach, później poszłam

do łazienki, zdjęłam poplamioną krwią nocną koszulę i weszłam pod prysznic. Ukojony strugami przyjemnie ciepłej wody ból w dole pleców na moment zelżał, nadal jednak czułam się fatalnie. Wycierając się do sucha, analizowałam zapamiętane fragmenty swojego snu. Nie byłam psychologiem, jednak w tym akurat wypadku sprawa była oczywista – bałam się czegoś, byłam wręcz śmiertelnie przerażona, co miało odzwierciedlenie w krwawych nocnych koszmarach – zrozumiałam.

Do syna zajrzałam przebrana w czystą koszulę, z upiętymi wysoko włosami. Spał na brzuchu, z policzkiem wciśniętym w poduszkę, a sam jego widok sprawił, że poczułam wzruszenie. Mój słodki misiaczek – pomyślałam, cicho zamykając za sobą drzwi.

Na dole, kiedy już sprawdziłam wszystkie okna i drzwi, zrobiłam sobie herbatę i usiadłam na werandzie. Porośnięty krzewami tył ogrodu był cichy i ciemny. Lękliwie zerknęłam w stronę pogrążonego w mroku kąta przy ogrodzeniu i zacisnęłam palce na kubku. Okratuję te okna na tyłach, bez względu na to, jak szpetnie to będzie wyglądać – zdecydowałam. W przeciwnym razie czekały mnie dziesiątki, setki i tysiące takich nocy jak ta. Pełnych strachu, samotnych, źle przespanych, pomyślałam.

Świtało, kiedy wróciłam do łóżka, jednak jeszcze długo nie mogłam zasnąć, a przed oczami przesuwały mi się sceny z nocnego koszmaru. Co, jeśli ktoś naprawdę chce mnie porwać? – zastanawiałam się. Moja babcia miewała ponoć prorocze sny. A jeśli to ostrzeżenie?

N apijesz się kawy? – zapytałam, kiedy weszłam do kuchni.

– Zaparz. – Tamar na moment oderwała wzrok od ugniatanego ciasta na pierogi i z powrotem wbiła go w kuchenny blat.

Włączyłam czajnik i czekając, aż zagotuje się woda, usiadłam na wysokim taborecie. Gruzinka zacięcie milczała, czułam, że wciąż ma żal o mój ostatni telefon. Zastanawiając się, jak zacząć rozmowę, przyglądałam się energicznym ruchom jej dłoni – zagniatała ciasto z takim zacięciem, jakby zależało od tego jej życie. Po chwili wyjęła z szuflady wałek, cisnęła ciasto na blat, ugniotła je pozbawionymi pierścionków palcami o krótko przyciętych paznokciach i zabrała się za wałkowanie. Ze spiętych w gładkiego koka włosów starszej kobiety wymknął się jeden kosmyk i opadł jej na czoło. Odgarnęła go wierzchem dłoni, odruchowo wytarła rękę w fartuch i jeszcze energiczniej zaczęła rozwałkowywać ciasto. Na jej nadgarstku lśniła wąska złota bransoletka z cyrkoniami. Odkąd znałam Tamar, nigdy się z nią nie rozstawała – nieważne, czy myła akurat naszą łazienkę, zagniatała ciasto, czy prasowała koszulki mojego Dominika, zawsze miała ją na ręku. Przypuszczałam, że kupiła ją bądź dostała od kogoś jeszcze w Gruzji, w czasach, za którymi teraz rozpaczliwie tęskniła. Czasem zastanawiałam się, kim była w tamtym dawnym, poprzednim życiu, daleko, daleko stąd, ale nigdy nie znalazłam w sobie na tyle odwagi, żeby ją o to zapytać. Kiedy rozmowa schodziła na Gruzję, w jej oczach zawsze pojawiał się smutek, a ja nie chciałam rozbudzać duchów przeszłości. Podejrzewałam, że nie miała łatwego życia, wiedziałam jednak, że mimo wszystko za nim tęskni, jakby jej pobyt w Polsce był karą za coś, co wydarzyło się w jej ojczyźnie, nie po prostu zwykłym wyborem nowego kierunku. Czasem zapewniała mnie, że zdążyła już szczerze pokochać mój kraj, w którym całkiem nieźle się czuje, ale podejrzewałam, że mówi to bardziej z grzeczności niż z głębi serca. To Gruzja nadal była miejscem, w którym została jej dusza. W Polsce znalazła dach nad głową, w Gruzji został jej dom, pomyślałam ze współczuciem.

– Nie gap się tak na mnie, bo mi ciasto nie wyjdzie – burknęła, kiedy zdała sobie sprawę, że się jej przyglądam.

– Tamar, wiem, że pewnie masz do mnie żal... Zdaję sobie sprawę, że mogłam zareagować przesadnie. Może nie powinnam do ciebie dzwonić... Problem w tym, że ktoś tutaj wszedł, a ja śmiertelnie się wystraszyłam...

Kilka dni temu, kiedy się kąpałam. Otworzył sobie drzwi własnym kluczem, a ja nadal nie mam pojęcia, kto to był – powiedziałam cicho, mając świadomość, że gdzieś po przedpokoju kręci się mój syn.

Gruzinka znieruchomiała, odłożyła oblepiony mąką wałek na kuchenny blat i spojrzała mi w oczy.

– Ktoś tutaj wszedł? Do twojego domu? – powtórzyła, jakby to, co ode mnie usłyszała, nie mieściło jej się w głowie. – Kiedy? – wykrztusiła, wyraźnie zszokowana.

– W zeszłą sobotę – powiedziałam, a ona z niedowierzaniem pokiwała głową.

– I co? – zapytała, przysuwając sobie taboret, na którym usiadła.

Kiedy na moment podsunęła w górę długą kolorową spódnicę z indyjskiego sklepu, zauważyłam, że mocno spuchły jej nogi w kostkach i znowu zrobiło mi się jej żal. Nie powinna pracować tak ciężko. Ale czy w dzisiejszych czasach ktokolwiek mógł sobie pozwolić na komfort niepracowania?

– Anulka? Wszedł tutaj i co? – Głos Tamar wyrwał mnie z zamyślenia.

– I nic. Wszedł, zapewne myśląc, że nie ma mnie w domu, a kiedy się zorientował, że jednak jestem, uciekł. Przyjechała policja, ja najadłam się strachu... – Wzruszyłam ramionami, udając obojętność, chociaż na samo wspomnienie odgłosu obcych ciężkich kroków w korytarzu pociemniało mi przed oczami.

Kimkolwiek był tajemniczy intruz, nadal nie miałam pojęcia, jaki miał powód, żeby się tu zjawić, a tuż obok nas, w wąskim korytarzu przy schodach, beztrosko bawił się wozem strażackim mój pięcioletni Dominik. Co, jeśli włamywacz wróci? Co, jeśli zjawi się dziś w nocy albo teraz? – pomyślałam i ponownie do mnie dotarło, że jeśli dojdzie do najgorszego, nie będę w stanie ochronić ani siebie, ani syna. Jakie w końcu szanse miała przeciętna kobieta w starciu ze znacznie od niej silniejszym mężczyzną? Matka natura zdecydowała już na starcie, że jesteśmy w takiej walce z góry przegrane, co zawsze wydawało mi się cholernie niesprawiedliwe. Owszem, były kobiety, które bez trudu dokopałyby facetowi, problem polegał jednak na tym, że z całą pewnością się do nich nie zaliczałam.

– Ale chyba nie podejrzewasz mnie ani mojego syna? – zapytała Tamar, wciąż wyraźnie zaniepokojona moją opowieścią.

– Nie, skąd! Ja…

– Bo jeśli podejrzewasz mojego syna…

– Tamar, nie podejrzewam twojego Tornike, nic z tych rzeczy! – podniosłam głos. – Mówię ci o tym, bo dziś wieczorem zostaniesz tu sama z moim synem i zdecydowałam, że powinnaś wiedzieć. Nie otwierajcie nikomu drzwi i miej oko na młodego, a gdyby działo się coś niepokojącego, bez wahania dzwoń na policję, dobrze? Na czas audycji muszę wyłączyć telefon i nawet nie wiesz, jak mnie ta myśl stresuje – dodałam półgłosem, żeby przypadkiem nie usłyszał mnie Dominik.

– A co powiedziała policja? – zapytała Tamar.

– Nic. Przyjechali, rozejrzeli się i pojechali – wzruszyłam ramionami, a Gruzinka wróciła do wałkowania ciasta.

– Domyślasz się, kto to mógł być? – zapytała, pochylona nad kuchennym blatem.

– Myślę, że mój były facet, ale stuprocentowej pewności nie mam – powiedziałam cicho.

– Rozmawiałaś z nim?

– Tak.

– Gnojek! – mruknęła Tamar i wymamrotała jeszcze pod nosem coś w swoim języku.

Zagotowała się woda. Zalałam wrzątkiem dwie kawy i obie posłodziłam. Dla Tamar półtorej łyżeczki, dla mnie dwie.

– Nie otwieraj dziś nikomu, dobrze? I nie nastawiaj zbyt głośno telewizora. Nie sądzę, żeby Ireneusz tu się zjawił, ale gdyby coś się działo…

– Poradzę sobie! – Starsza kobieta odłożyła na bok wałek i wzięła się za krojenie rozwałkowanego ciasta. – Nie z takimi rzeczami sobie radziłam – dodała.

– A co z twoim synem? Już wszystko dobrze? – zapytałam, nawiązując do ich ostatniej, gwałtownej kłótni.

– Ma sporo długów, dlatego jest taki nerwowy. Wpakował się w prawdziwe szambo i nie ma pojęcia, jak się z tego wykaraskać – odpowiedziała Tamar, najwyraźniej nie zamierzając ciągnąć tematu.

Wyglądała jednak na zdenerwowaną, wręcz poruszoną. Rzadko okazywała emocje w tak otwarty sposób, domyśliłam się więc, że sytuacja jest naprawdę niewesoła.

– Trochę kasy zawsze mogę ci pożyczyć. Niewiele, ale...

– Nie trzeba. Zresztą sama ledwo wiążesz koniec z końcem – rzuciła jak zawsze rozbrajająco szczera Gruzinka.

– Coś by się znalazło – powiedziałam, mieszając swoją kawę.

– Coś to za mało. – Tamar sięgnęła po garnek z farszem na ruskie pierogi i zaczęła układać niewielkie serowo-ziemniaczane pagórki na każdym z kwadratów z ciasta. – Zadłużył się, bo grał na automatach. Błagałam go, żeby tam nie łaził, ale chyba się uzależnił – dodała cicho. – I teraz latami będzie spłacał jakąś mafię... Już raz go pobili, a ja drżę na samą myśl, co jeszcze może się stać... Synowa boi się o dzieci, wpada w histerię na dźwięk domofonu, coraz rzadziej wychodzi na miasto. W dodatku zaczęli się kłócić, on coraz częściej śpi u kolegów. To zawsze było takie dobre małżeństwo, a teraz wszystko się rozpada. W pracy ledwo znoszą swoją obecność. Kiedy ona nakrywa stoliki, on się kręci po zapleczu, a kiedy ona wchodzi do kuchni, on w pośpiechu stamtąd wychodzi. Ciężko na to wszystko patrzeć, serce boli.

– Chryste – szepnęłam, a Tamar w milczeniu pokiwała głową.

– Najgorsze jest to, że stale go tam ciągnie! Powtarza nam, że w końcu się odegra, zaczął popijać... Robiłam wszystko, żeby wychować go na porządnego człowieka, wiesz? Żeby nie był jak jego ojciec, ale on... – Tamar urwała i otarła oczy, a ja zdałam sobie sprawę, że starsza kobieta płacze.

– Zostaw to i usiądź. Ochłoń, wypij kawę. – Odsunęłam na bok garnek z farszem i pogłaskałam ją po plecach. – Wszystko się jakoś poukłada, zobaczysz. Twój syn nie jest głupi, na pewno...

– Nie jest głupi?! A czy mądry człowiek łazi w takie miejsca?! Wiesz, ile on już tam przegrał?! – podniosła głos Gruzinka. – Przepraszam, nie chciałam na ciebie nawrzeszczeć – dodała po chwili. – Po prostu się o niego boję.

– Nic się nie stało. – Uśmiechnęłam się blado i zaczęłam lepić pierwszą porcję pierogów.

– Zostaw, sama to skończę. – Jak zawsze honorowa, Tamar wstała i usiłowała odwieść mnie od pomysłu przesiadywania z nią w kuchni, ale podwinęłam już rękawy i zabrałam się do pracy.

– Razem skończymy to szybciej – powiedziałam.

– Nie masz jakiejś pracy? Nie kończysz książki? – burknęła.

– Kończę, ale nie pali się. – Wzruszyłam ramionami.

– Mamo, komórka! – wrzasnął z głębi domu Dominik.

– Przynieś ją, synku! – odkrzyknęłam i wytarłam ręce w kuchenną ścierkę.

– Czasem żałuję, że tak szybko dorośli, wiesz? Mój syn, moja córka, teraz wnuki... Jednego dnia są słodkie i niewinne, a drugiego... – Gruzinka nie dokończyła, bo do kuchni wpadł młody z moją komórką w ręku.

– Dzięki, syneczku. – Wzięłam od niego dzwoniący telefon i usiadłam za stołem.

Dzwonił Julek, nasz radiowy spec od marketingu.

– Cześć, Anka. Słyszałem, że chciałaś ze mną pogadać? – rzucił, kiedy odebrałam.

– Tak. Im szybciej, tym lepiej.

– A kiedy masz czas? – zapytał.

– Dziś wieczorem mam program, ale mogłabym przyjechać tak z godzinę wcześniej, żebyśmy...

– Anka, sorry, ale jest piątek. Dziś wieczorem będę w Warszawie u mojej panny, mam już bilet na pociąg. Jeśli chcesz pogadać, wpadnij do radia o jakiejś normalnej porze – wszedł mi w słowo Julek.

Zerknęłam na kuchenny zegar.

– Czternasta ci pasuje?

– Czternasta jak najbardziej. Widzimy się w barku, okay?

– Dobrze – powiedziałam, a on bez słowa się rozłączył. – Za jakieś pół godziny będę musiała wyjść. Zostaniesz z młodym? – zapytałam Tamar, która z zaczerwienionymi oczami wrzucała na wrzątek pierwszą porcję pierogów.

– Jasne, że zostanę.

– A jeśli chodzi o twojego syna...

– Nie chcę o tym teraz mówić, Anulka. Ten dzień u ciebie to dla mnie jedyna pora, kiedy mogę odpocząć, zrelaksować się i zająć sobą.

– Zrelaksować się? Przy stertach prania, prasowaniu, myciu podłóg i lepieniu pierogów? – zdziwiłam się.

– Harówka w restauracji córki nie lepsza – mruknęła Gruzinka, a ja zdałam sobie sprawę, jak wiele ma na głowie ta nigdy nienarzekająca na swój los, zbliżająca się do sześćdziesiątki kobieta.

W drodze do radia, przedzierając się przez krakowskie korki, pomyślałam, że to takie smutne. Tamar robiła wszystko dla swojej rodziny, ale jej dzieci nie należały raczej do zbyt troskliwych. Kiedy była w szpitalu, córka odwiedziła ją ponoć tylko raz i to niemal z łaski, a syn nie pojawił się w ogóle... Ale może oceniam ich zbyt surowo? Może nie pojawili się w klinice nie dlatego, że nie zależy im na matce, ale dlatego, że nie pozwoliły im obowiązki? Wspólnie prowadzili rodzinną restaurację, chcąc jakoś utrzymać się na powierzchni w obcym kraju. A prowadzenie biznesu ma to do siebie, że czasem trzeba poświęcić mu wszystko, w tym cały swój czas i prywatność.

W barku był zaskakujący ruch. Prowadząc późno-
wieczorny program, nigdy nie widywałam tu takich tłumów jak teraz, tuż przed czternastą.

– Hej, Anka! – pomachał do mnie jeden z techników.

– Cześć – uśmiechnęłam się, ale kolega nie zwracał
już na mnie uwagi. Pochylił się nad upaćkanym keczupem blatem swojego stolika i po tym, jak włożył do ust
ostatnie dwie frytki, wrócił do lektury trzymanej w ręku
gazety.

Młoda dziewczyna z różowym irokezem na głowie
niemal oblała mnie kawą, kiedy przeciskałam się wąskim
przejściem między stolikami.

– Uważaj – syknęła.

– Sorry – rzuciłam równie niemiłym tonem.

Przepuściła mnie przodem, chociaż, sądząc po jej
zaciętym wyrazie twarzy, zrobiła to niechętnie.

Usiadłam przy sięgającym podłogi oknie wychodzą-
cym na parking i skrzywiłam się na wspomnienie kosz-
marnego snu, który rozegrał się dokładnie w miejscu,

które widziałam przez zalaną deszczem szybę. Julka jeszcze nie było, więc zamówiłam kawę i rogalika z czekoladą. Jedząc, przyglądałam się twarzom siedzących dookoła ludzi. Część osób znałam, byłam w końcu związana z tą rozgłośnią od ładnych paru lat, jednak przynajmniej kilkoro z młodych ludzi było obcych. Dziewczynę z irokezem z całą pewnością widziałam po raz pierwszy. Laska z kolczykiem w nosie i kruczą czernią na głowie też nie wydała mi się znajoma. Pewnie stażyści, pomyślałam, wsypując do kawy dwie łyżeczki cukru. Pełne zapału i ciekawych pomysłów dzieciaki, które mogą pracować dwadzieścia cztery na dobę, siedem dni w tygodniu, w dodatku za darmo, byle tylko mogły wpisać sobie w CV współpracę z jedną z większych rozgłośni w Małopolsce.

– Cześć, przepraszam! – Julek zjawił się przy stoliku prawie kwadrans spóźniony. – Byłem przy windzie, kiedy dopadł mnie dyrektor programowy – tłumaczył się.

– Nie spieszę się – zapewniłam go.

– Okay, w takim razie do rzeczy. Zakładam, że chodzi ci o wiadomości od tego zboka? – zaczął Julek, kiedy już usiadł naprzeciwko i wyjął z kieszeni swoją komórkę, którą położył na blacie barowego stolika.

– Jakbyś zgadł – uśmiechnęłam się krzywo. – Kiedy to się zaczęło?

– Jakieś cztery tygodnie temu – powiedział młody marketingowiec i zerknął w stronę okna. – Kurza twarz, czemu pada zawsze wtedy, kiedy muszę się dotłuc na dworzec autobusem?

– Nie wiem. Zapytaj Krzyśka od pogody.

– Jego prognozy można o kant dupy potłuc, ale to tak między nami... – Julek zerknął na mój talerz i łypnął w stronę obleganego przez radiowców bufetu. – Zamówię sobie coś i zaraz do ciebie wracam, okay?

– Jasne – powiedziałam.

Wrócił po kilku minutach z talerzem pełnym zieleniny i szklanką pomarańczowego soku.

– Facet zaczął dość niewinnie. Był grzeczny, ale nachalny, na to jednak nie ma jeszcze paragrafów – powiedział, sięgając po widelec. – Najpierw chciał się z tobą umówić. Wielokrotnie pytał, czy jest możliwa randka w ciemno z prowadzącą program, takie tam bzdety. Oczywiście nikt mu nie odpisywał, bo zwyczajowo ignorujemy tego typu zaczepki. Wtedy stracił panowanie nad sobą i zrobił się bardziej chamski. Najpierw pytał, czemu go ignorujesz, później zaczął się odgrażać. Nazywał cię zarozumiałą suką, groził, że zaczai się na ciebie wieczorem w ciemnej uliczce, takie tam. Później przeszedł do naprawdę obraźliwych kawałków. Myślał, że zwraca się bezpośrednio do ciebie, liczył na to, że to ty osobiście odczytujesz jego wiadomości. Przez jakiś czas opisywał, co by z tobą zrobił, gdyby cię dorwał i był naprawdę... Sam nie wiem... Był wulgarny w taki ohydny sposób. Pisał z wielu różnych profili, a za każdym razem, kiedy go blokowałem na stronie, odzywał się z innego facebookowego konta. – Julek lekko się skrzywił i upił kilka łyków soku.

– A konkretnie? – zapytałam, a kolega wyraźnie się zmieszał.

– Co konkretnie? – zdziwił się. – Mam ci dokładnie zacytować, co ten obleśny typ wypisywał? Anka, to są naprawdę paskudne teksty!

– Julek, chcę wiedzieć, co pisał! – weszłam mu w słowo, a on zdjął okulary, przetarł je rąbkiem koszuli i z powrotem założył, jakby chciał w ten sposób zyskać na czasie.

– To były świństwa i...

– Konkrety! – wycedziłam.

Julek lekko się zaczerwienił, chrząknął i spojrzał mi w oczy, po czym szybko odwrócił wzrok.

– Konkrety, okay, jak sobie życzysz... Pisał, że chce cię rżnąć. Że chciałby cię wylizać, władować ci w każdy otwór... Używał wulgarnych określeń. Kutas, chuj, cipa, pizda. Mam mówić dalej? Bo, wybacz, ale ta rozmowa robi się niezręczna... Bezdyskusyjnie facet jest chory. To jakiś zboczek, któremu pewnie nawet nie staje. Ale, żebyś nie myślała, że bagatelizujemy sprawę, zgłosiłem to już na policję – powiedział, coraz bardziej zażenowany rozmową.

– Zgłosiłeś to już na policję? Czemu nic o tym nie wiem i czemu nikt się do mnie nie odezwał, żeby ze mną pogadać? – zapytałam. – Czemu nikt mnie o niczym nie informuje?! Julek, jeśli mamy wspólnie pracować, musimy działać zespołowo! Następnym razem łaskawie mnie o takich rzeczach informuj i to wcześniej, zanim przypadkowo wygada mi się Sylwia! – naskoczyłam na niego.

Spłoszył się, zdenerwował.

– Nie ty jesteś administratorką tej strony – wykrztusił.

– To może powinnam? Nadaj mi uprawnienia moderatora strony i...

– Po co, Anka?! Żebyś czytała te świństwa?! Zresztą ostatnio ucichł, nie odzywa się. – Julek zabrał się za swoją sałatkę, ale jadł bez apetytu.

– Co ci powiedzieli na komendzie? – zapytałam.

– Nic. Wiesz przecież, jak olewają tego typu zgłoszenia. Obiecali, że się temu przyjrzą, ale od tamtej pory nikt się do mnie nie odezwał. – Julek lekko wzruszył ramionami i nabił na widelec plasterek pomidora.

– Daj mi numer tego gliniarza – poprosiłam.

– To była policjantka.

– Więc daj mi numer tej policjantki! Julek, czemu wszystko muszę z ciebie wyciągać?!

– Czemu?! Bo nie chciałem, żebyś wiedziała! Sylwia niepotrzebnie ci o tym powiedziała! – Julek wyglądał na poirytowanego i ja też poczułam złość.

– I dobrze, że mi powiedziała! Julek, mam prawo wiedzieć o takich rzeczach!

– Po co? Żeby niepotrzebnie się stresować? To nie pierwszy raz, kiedy dostajemy takie teksty pod twoim adresem. Naprawdę myślisz, że ten czubek jest pierwszy? Prowadzisz nocny program radiowy, jesteś osobą publiczną, a świrów nie brakuje – powiedział Julian.

– Zawsze mi mów o takich sprawach, słyszysz?! Nie jestem jakąś durną panienką z fotografii na internetowej stronie, do cholery! Ja żyję, mam dziecko i muszę wiedzieć, kiedy zaczyna się koło mnie kręcić jakiś świr!

– Kręcić się to chyba zbyt wiele powiedziane – wzruszył ramionami Julek. – To oszołom, który wypisuje bzdury, nikt więcej.

– Tak? A skąd masz pewność, że nie posunie się do czegoś poważniejszego? Jesteś psychologiem? Znasz takie przypadki?

Julek chciał coś powiedzieć, ale rozdzwoniła się leżąca na stole komórka.

– Kicia, nie teraz – burknął do słuchawki i pospiesznie się rozłączył. – Sorry, moja warszawianka się stęskniła – dodał.

– Oddzwoń, poczekam.

– Później – mruknął i odsunął na bok talerz z niedokończoną sałatką. – Anka, ja naprawdę uważam, że nie powinnaś się tym zadręczać, ale skoro tak cię to niepokoi, skontaktuj się z tą policjantką. Nazywa się Aldona Siekira, zaraz ci zapiszę namiary na jej komendę.

– Dobrze, że nie Shakira – mruknęłam, a Julek parsknął śmiechem.

– Uwierz mi, na Shakirę to ona nie wygląda – powiedział. – Jedź tam od razu, jeśli masz być spokojniejsza. Ja raczej ci nie pomogę.

– Może masz rację, podjadę tam od razu – zdecydowałam. – Dzięki za rozmowę, Julek.

– Nie ma za co, trzymaj się.

– Zanim wyjdę, mam jeszcze pytanie. Skąd Sylwia wiedziała o wiadomościach od tego gościa? – zapytałam. – Powiedziałeś jej?

– Nie, skąd. Sama przeczytała kilka jego tekstów. Pomaga mi prowadzić stronę, nie wspominałem ci?

– Nie – mruknęłam.

– Sam wszystkiego nie ogarniam, a ona jest w końcu u nas na stażu i...

– Julek, nie tłumacz się. Tylko zapytałam – wzruszyłam ramionami. – I wybacz, jeśli zbyt ostro na ciebie naskoczyłam.

– Masz prawo być zdenerwowana, sytuacja naprawdę jest paskudna. Trzymaj się ciepło. – Kolega puścił mi oczko i wstał, żeby podać mi rękę na pożegnanie. – Do szybkiego – powiedział.

– Cześć! – Sięgnęłam po swoją torebkę i z ulgą opuściłam gwarny, zatłoczony barek.

Wychodząc z budynku radia, pomyślałam o Irku. Czyżby za tymi wulgarnymi wiadomościami również stał on?

Na komendę dotarłam czterdzieści minut później, niestety nie miałam szczęścia. Podkomisarz Siekira pojechała ponoć właśnie za miasto.

Wróciłam więc na Podgórze, zaparkowałam przed domem i pieszo poszłam do pobliskich delikatesów. W sklepie, kiedy szukałam mleka kokosowego do kurczaka, zdałam sobie sprawę, że przygląda mi się jakiś młody facet i od razu się spięłam. Zagadnął mnie, kiedy sięgałam po puszkę z ananasem.

– Hej, czy ja cię skądś nie znam? – zapytał.

Wiedziałam, że to typowy tekst marnych podrywaczy, a jednak momentalnie się roztrzęsłam i bez słowa wyminęłam go w wąskiej alejce pomiędzy regałami.

Dogonił mnie przy kasach.

– Nie bądź taka spłoszona. Chciałem tylko...

– Odwal się, co?! – warknęłam, przyciągając zaciekawione spojrzenie ciemnowłosej kasjerki.

– Rany, wyluzuj, kobieto. – Chłopak parsknął śmiechem i wycofał się za jeden z regałów.

Ze sklepu wyszłam roztrzęsiona; ten nic nieznaczący incydent zupełnie wyprowadził mnie z równowagi. Do domu dotarłam, co chwilę oglądając się przez ramię, a kiedy już zatrzasnęłam za sobą frontowe drzwi i rzuciłam na podłogę siatkę z zakupami, zdałam sobie sprawę, że jestem bliska łez.

– Anulka? Coś się stało? – Tamar, która momentalne odgadywała moje nastroje, od razu zauważyła, że marnie się czuję.

– Nic – powiedziałam. – Ktoś mnie podrywał, a ja się przestraszyłam. Wpadam w paranoję i tyle – wzruszyłam ramionami.

– Weź gorącą kąpiel, odpocznij. Za kilka godzin wchodzisz na antenę, musisz być w formie. No już, idź! – Tamar podniosła z podłogi siatkę z zakupami i ruszyła w stronę kuchni.

– Gdzie młody? – zapytałam, stając w progu.

– Bawi się klockami.

– W takim razie zaszyję się na trochę w łazience – powiedziałam.

Zanim wyszłam na górę, przypomniałam sobie o Mateuszu i wyjęłam z torebki komórkę. W wannie, kiedy już zanurzona po uszy w pachnącej waniliową nutą pianie moczyłam się, zmywając z siebie stres, wybrałam jego numer, ale pomimo że odczekałam jakieś dziewięć sygnałów, Mateusz nie odebrał. Oddzwonił kilka minut później, a ja zdałam sobie sprawę, że cały czas czekałam, aż się odezwie.

– Cześć, laleczko. Co u ciebie słychać? – rzucił pogodnym tonem kogoś, kto myśli już tylko o weekendzie.

– Gdzie mnie jutro zabierzesz? – zapytałam.

– Niespodzianka – powiedział. – W każdym razie zrobiłem już rezerwację. Co u ciebie? Myślisz o mnie?

– Troszeczkę – rzuciłam kokieteryjnym głosem, a on roześmiał się do słuchawki.

– Troszeczkę nie brzmi zbyt obiecująco – zażartował.

– Troszeczkę to lepsze niż nic – powiedziałam.

– Co racja, to racja – przyznał. – Posłuchaj, zastanawiałem się nad czymś, ale... Cholera, mam drugi telefon. Oddzwonię, okay?

– Jasne – powiedziałam. – To pa.

– Pa – rzucił do słuchawki i pospiesznie się rozłączył.

Przez resztę popołudnia miałam nadzieję, że zadzwoni i pogadamy dłużej, ale wysłał mi tylko esemesa. „Wybacz, muszę jeszcze coś skończyć i prawdopodobnie będę do wieczora tkwił przed komputerem. Odezwę się jutro koło południa" – napisał.

– Jutro – szepnęłam, przymykając oczy.

Jutro brzmiało dobrze i błogo. Było obietnicą naszej wspólnej kolacji, pocałunków i długiej nocnej rozmowy. Jutro było początkiem czegoś, czego ostatnio bardzo mi brakowało, pomyślałam, wynurzając się z wanny.

Kwadrans później z kubkiem kawy i gazetą w dłoni usiadłam w salonie, przyglądając się układającemu klocki synowi. Tamar prasowała, podśpiewując, za oknem mżyło. Łudząco sielski obrazek pośrodku ponurego koszmaru...

Sebastian zadzwonił na godzinę przed moim wyjściem do radio, żeby zapytać, czy wyjątkowo mógłby zabrać młodego na ten weekend.

– Wiem, że to nie „nasz" termin, ale chcielibyśmy z Natalią...

– Nie ma problemu – weszłam mu w słowo.

– Tak po prostu, nie ma problemu? – zdziwił się mój były mąż.

Mam jutro randkę – miałam na czubku języka, jednak z niczym się nie zdradziłam. Zdawałam sobie sprawę, że Sebastian od razu chciałby wiedzieć o Mateuszu wszystko, a ja nie miałam zamiaru mówić mu o czymś, co tak naprawdę jeszcze na dobre się nie zaczęło. Rzuciłam więc tylko, że może go zabrać przed południem i szybko się rozłączyłam.

W ieczorem, wchodząc do siedziby radia, zdałam sobie sprawę, że wciąż jestem podenerwowana i dziwnie rozkojarzona. Dotąd, przechodząc przez oszklone drzwi rozgłośni, zostawiałam za sobą cały zewnętrzny świat i skupiałam się jedynie na programie, ale tym razem z trudem udawało mi się zebrać myśli.

– Hej, Anka. Coś marnie dzisiaj wyglądasz – powitał mnie nasz technik, któremu posłałam kwaśny uśmiech.

– Dzięki, Marcin. Naprawdę wiesz, jak podejść do kobiety – mruknęłam.

– Mówię, co widzę. – Kolega puścił do mnie oczko i z kubkiem kawy z dłoni zniknął w swojej „dziupli".

– Złapali go, słyszałaś? – zagaiła Sylwia, kiedy weszłam do naszej mikroskopijnej kuchni.

– Kogo? – zapytałam, nie mając pojęcia, o kim mówi.

– No gwałciciela, a kogo?! – Koleżanka spojrzała na mnie jak na wariatkę i wcisnęła mi do ręki wymiętolony dziennik z naddartymi kartkami. – Czytaj!

Kilka dni temu trzydziestotrzyletnia bizneswoman z podkra-
kowskiej Modlniczki postrzeliła włamywacza! Policja właśnie
oficjalnie potwierdziła, że mężczyzna, który jest obecnie w śpiącz-
ce, to poszukiwany od kilku miesięcy brutalny gwałciciel, nazy-
wany przez media Krwawym Romeo – przeczytałam.

– Swoją drogą, naprawdę podziwiam tę laskę. Wy-
garnęła mu z gnata, wyobrażasz sobie? Istny western
– zachichotała Sylwia.

– Każdy powinien mieć dostęp do broni, jak w Stanach – wtrącił Marcin, który zjawił się w naszej niewielkiej kuchence, żeby dolać sobie kawy. – Gdyby bandzio-
ry wiedziały, że mogą przypłacić życiem włam, toby się
nie ładowały do cudzych domów.

– A myślisz, że włażą tam nieuzbrojeni? – żachnęłam
się. – Gdyby w Polsce każdy miał dostęp do broni palnej,
bałabym się wyjść na ulicę.

– Bzdura! Byłoby znacznie bezpieczniej – upierał się
przy swoim Marcin.

– Bezpieczniej?! Człowieku, o czym ty mówisz?!
Amerykanie obchodzą się z bronią od wieków, u nich
jej posiadanie nie budzi żadnych emocji. W Polsce to
byłby cyrk na kółkach, tyle ci powiem.

– Tylko sobie teraz nie skoczcie do gardeł – wtrąciła
się Sylwia. – Chcesz kawy? – zapytała mnie.

– Nie – odmówiłam, a Marcin bez słowa wyszedł z kuchni. – Słyszałaś to? Szlag mnie trafia, kiedy słucham takich
bzdur! Dostęp do broni, chyba mu odbiło! – syknęłam.

– Też jestem przeciwna, ale nie musisz się od razu
tak ciskać. To facet, im się zawsze wydaje, że są wielkimi

macho. Nasz Marcinek wyobraża sobie pewnie, że z giwerą u boku będzie bronił okolicy przed hordami posępnych, brodatych włamywaczy – szepnęła Sylwia. – A zmieniając temat, słyszałaś już? Mamy mieć nową gwiazdę. Rozgłośnia podpisała właśnie kontrakt ze specjalistką od medycyny estetycznej i dietetyki, która w każdy czwartek będzie odpowiadać na pytania słuchaczy.

– I co? Będą gadać o zmarszczkach? Nie wróżę jej wielkiego powodzenia – wzruszyłam ramionami.

– No nie wiem. Dyro programowy załatwił jej już sesję foto i lansuje ją w regionalnej telewizji. Zobacz sobie facebookową stronę jej programu, to padniesz. Pozuje półnago, owinięta jedynie w bandaże, na łożu z baldachimem, obsypana płatkami szkarłatnych róż.

– Co? – parsknęłam śmiechem.

– Tak! Nazwali ją królową chirurgii estetycznej i chcą, żeby stała się wzorem dla kobiet w każdym wieku. Oczywiście, i tak między nami, dyro już wziął nieco kasy od prywatnej kliniki, której nasza powabna pani doktor jest współwłaścicielką.

– Chrzanisz? Leży w kwiatach na łożu z baldachimem? Muszę to zobaczyć – mruknęłam.

– Musisz! Chłopacy udostępniają na Facebooku jej fotki jak szaleni.

– Aż taka ładna? – zapytałam.

– Niezła. I ponoć wygadana, z fajnym poczuciem humoru.

– Cóż… W czwartkowe wieczory i tak mnie tu nie ma, więc przyjaźni z tego nie będzie – wzruszyłam ramionami.

– No, ale gdybyś chciała sobie zrobić botoks, to wiesz, z kim gadać. Królowa ci wstrzyknie. – Sylwia złośliwie się zaśmiała i podsunęła mi talerzyk z maślanymi ciastkami. – Częstuj się.

– Dzięki, nie jestem głodna – powiedziałam.

– Marcin zerwał z Joaśką, dlatego chodzi taki wściekły. – Sylwia spojrzała w stronę drzwi i przysunęła się bliżej mnie. – Podobno ona jest w ciąży z jakimś informatykiem.

– A skąd ty wiesz takie rzeczy? – zdziwiłam się.

– Od Olki. Byłyśmy przedwczoraj na spinningu i Olka mi powiedziała, że Aśka właśnie się od Marcina wyprowadziła.

– Smutne. Ile oni ze sobą byli? Cztery lata?

– Pięć i pół! – powiedziała Sylwia z pełnymi ustami i sięgnęła po kolejne ciastko.

– Dobra, idę powoli do studia – zdecydowałam, nie bardzo mając ochotę gadać o zakończeniu związku Marcina i puszczalstwie jego byłej panny.

Takie tematy nadal były dla mnie drażliwe, może dlatego, że pomimo upływu czasu sama jeszcze tak do końca nie przebolałam mojego rozwodu? – pomyślałam, wchodząc do reżyserki.

Kilka minut później miałam pierwszy telefon.

– Cześć, tu Waldek z Olszy – przedstawił się słuchacz.

– Cześć, tu Anka z *Randki w ciemno* – powiedziałam, starając się nadać głosowi lekkie i beztroskie brzmienie, co w obecnej sytuacji nie było zbyt łatwe.

– Cześć, Aniu. Chciałem dzisiaj opowiedzieć o mojej ostatniej randce, która skończyła się niestety bardzo niesympatycznie... I w sumie to nawet nie wiem, czy powinienem to nazywać randką...

– Zamieniam się w słuch.

– Tamtego wieczoru miałem naprawdę kosmicznego doła. Byłem świeżo po rozstaniu z dziewczyną, mieszkanie wydawało się wyjątkowo puste, a zakochana parka z przeciwka migdaliła się właśnie na graniczącym z moim balkonie. Więc wszedłem na jedną ze stron z ogłoszeniami towarzyskimi i odpowiedziałem na anons jednej z dziewczyn. Pisała, że ma na imię Wiola, prowadzi studio foto i ma dwa psy, owczarki niemieckie.

– Rozumiem, że nie wysłała ci zdjęcia? – wtrąciłam.

– Wysłała i spodobała mi się – drobna brunetka w kraciastej sukience, pozowała na tle jakiegoś pomnika. Długie włosy, ładny uśmiech, świetna figura. Umówiliśmy się na dwudziestą pierwszą na parkingu przy centrum handlowym. Napisała mi, że robi akurat zakupy w Carrefourze i żebym po nią tam podjechał. Więc wsiadłem w moje rozwalające się auto, modląc się w duchu, żeby panna nie okazała się jakąś blacharą i dała mi szansę mimo wszystko, a kiedy dotarłem na miejsce, nikogo nie było, a komórka, której numer mi podała, była wyłączona. Sterczałem tam dobre dwadzieścia pięć minut, mnąc w dłoni kupione po drodze kwiatki i dopiero po tym czasie zdałem sobie sprawę, że w zaparkowanej nieopodal furgonetce siedzi kilku szczyli, którzy robią mi zdjęcia swoimi telefonami. I zgadnij, co się okazało... Nie było żadnej Wioli... Zabawiło się ze mną czterech dziewiętnastolatków, którzy wysłali mi ściągnięte z sieci zdjęcie, napisali kilka maili i zrobili ze mnie idiotę.

– Faktycznie, nieciekawa sytuacja – przyznałam.

– I jak to się skończyło?

– No właśnie nieciekawie... Kiedy w końcu do mnie dotarło, że to te gnojki wystawiły mnie tylko po to, żeby się pośmiać, wyciągnąłem jednego z nich z samochodu i trochę go poobijałem.

– Co rozumiesz przez trochę? – zapytałam.

– Najprawdopodobniej złamany nos – powiedział cicho chłopak i na dłuższą chwilę zamilkł.

– Ktoś wezwał policję?

– Nie, na szczęście dla mnie nie. Jego kumple wciągnęli go do auta i odjechali. Kurczę, nie mówię, że nie zasłużył, ale później długo było mi głupio. Mam w końcu na karku trzydziestkę, a to była tylko banda znudzonych dzieciaków. Ten, który siedział za kierownicą, wyglądał tak, jakby dopiero co odebrał prawko, jego kumple byli niewiele starsi.

– Żałujesz?

– Tego, że straciłem nad sobą panowanie? Tak.

– Chciałbyś mu coś przekazać? – zapytałam.

– No, że nie chciałem mu rozkwasić nosa. I żeby nie wkurwiał ludzi w tak wredny sposób, bo kiedyś ktoś przywali mu znacznie mocniej.

– Ciekawa puenta – uśmiechnęłam się. – W takim razie dla ciebie Amy Winehouse.

– Dzięki.

– Jak widzicie, randki w ciemno mogą się skończyć różnie – podsumowałam rozmowę ze słuchaczem i w eter poleciała jedna z moich ulubionych wokalistek.

Jako kolejna zadzwoniła kobieta, która przedstawiła się jako Beata.

– Co nam dzisiaj opowiesz? – zapytałam.

– Chciałam tylko powiedzieć, że uwielbiam twój program.

– I? Żadnej randkowej historii?

– No nie, w sumie nie. Wyszłam za mąż tuż po maturze i póki co, nie chodzę na randki w ciemno...

– W takim razie dla ciebie Lily Allen, a ja czekam na historię kolejnego słuchacza – szybko zakończyłam rozmowę, świetnie wiedząc, że ludzie oczekują konkretów i pikantnych historii, a nie telefonów w stylu „kocham ten program".

Trzy kolejne historie były przydługie i wydawały mi się bardzo mało prawdopodobne, później zadzwoniła dziewczyna, która rozpłakała się na antenie, a ja zaczęłam się modlić w duchu, żeby już dobrnąć do północy, zdjąć słuchawki i wrócić do domu.

Ostatnia odezwała się tego wieczoru Marta z Łagiewnik i zaczęła opowiadać o facecie, z którym umówiła się na szkoleniu.

– Poznaliśmy się dopiero w autokarze, w drodze powrotnej na lotnisko, chociaż przez trzy dni mieszkaliśmy w tym samym hotelu i chodziliśmy na te same wykłady – zaczęła.

– Czyli miłość z opóźnionym zapłonem? – zażartowałam.

– Coś w ten deseń – roześmiała się dziewczyna.

– W każdym razie, kiedy już wróciliśmy do kraju, on zabrał mnie na kolację i zaczęliśmy się spotykać. Po ósmej randce Jacek zaprosił mnie do domu swojej matki, pod Ojców. Strasznie się tą wizytą stresowałam, bo wiedziałam już, że są bardzo zżyci. Jego matka jest wdową, ma tylko Jacka i pewnie dlatego umierałam ze strachu na myśl, że ona może mnie nie zaakceptować.

– I? – zapytałam.

– I było gorzej, niż mogłabyś sobie wyobrazić – dziewczyna parsknęła nerwowym śmiechem i przez dłuższą chwilę zbierała myśli. – Przyjechaliśmy tam, ja w nowej kiecce, on z bukietem róż dla mamuni i nagle totalny szok. Jego matką okazała się recepcjonistka z gabinetu mojego dentysty, z którą kiedyś naprawdę ostro się pokłóciłam...

– Żartujesz?

– Chciałabym. Co gorsza, ona świetnie mnie pamiętała, więc wizyta przebiegła w lodowatej atmosferze, a kolejnej randki nie było... Mamunia musiała Jackowi opowiedzieć, że jej napyskowałam, bo więcej się do mnie nie odezwał... Przyznam szczerze, że długo tego żałowałam, bo między nami naprawdę fajnie zaiskrzyło. W każdym razie nigdy, przenigdy nie kłóćcie się z recepcjonistkami. Jedna z nich może się okazać matką waszego wymarzonego faceta – zakończyła swoją opowieść słuchaczka.

– Dzisiaj na smutno, same historie bez happy endu – zauważyłam.

– Nie, nie. Właściwie to mam dla ciebie całkiem niezły happy end – powiedziała dziewczyna. – Otóż po całej tej żenującej akcji musiałam oczywiście zmienić dentystę, bo w życiu bym się już nie pokazała w gabinecie mojego doktora. Więc znalazłam ośrodek na drugim krańcu miasta, poszłam na przegląd i wpadłam na kumpla z liceum, który czekał akurat na leczenie kanałowe. To było jakieś pół roku temu, dzisiaj jesteśmy już zaręczeni.

– Chwała niech będzie niebiosom, czyli mamy happy end – uśmiechnęłam się, a dziewczyna dodała, że niebawem razem z narzeczonym wyjeżdżają na stałe do Hiszpanii i chcieliby prosić o jakiś kawałek Enrique Iglesiasa, którego oboje uwielbiają. – Enrique specjalnie dla was – powiedziałam więc, kończąc rozmowę.

Pół godziny później, wychodząc z rozgłośni, przypomniałam sobie koszmarny sen z porywaczem, który dorwał mnie na ciemnym parkingu i przez dłuższą chwilę miałam ochotę zawrócić do recepcji i poprosić recepcjonistę o odprowadzenie do samochodu. W końcu zebrałam się jednak na odwagę i samotnie przemierzyłam pusty o tej porze plac; z zaciśniętymi na kluczykach palcami i bijącym mocno sercem, zmęczona i do reszty wyzuta z energii.

Byłam mniej więcej w połowie drogi do domu, kiedy zdałam sobie sprawę, że uparcie jedzie za mną niewielki czarny samochód. Za kierownicą siedział mężczyzna, chyba młody. Stojąc na światłach, wpatrywałam się we wsteczne lusterko, usiłując dostrzec rysy jego twarzy, ale było zbyt ciemno. Widziałam jedynie okulary w ciemnych oprawkach i cień zarostu na jego policzkach. Kiedy zjechałam w jedną z bocznych uliczek, on również w nią skręcił. Serce biło mi nierówno, drżały dłonie. To tylko facet, który podobnie jak ja wraca do domu – mówiłam sobie, jednak strach nie odpuszczał. Przystanęłam przed znakiem stopu, on też przyhamował. Teraz był tuż za mną. Włączyłam kierunkowskaz i zjechałam na chodnik przy jednej z kamienic, gdzie jakimś cudem udało mi się znaleźć wolne miejsce. Czarny samochód wyminął mnie i zniknął w ciemnościach dusznej nocy, a ja przez dłuższą chwilę siedziałam w aucie, usiłując się uspokoić.

– To tylko jakiś facet, który wracał do domu – szepnęłam, przekręcając kluczyk w stacyjce.

Na Podgórze dotarłam kilka minut później. Tamar musiała mnie wyglądać w oknie, bo nie zdążyłam nawet sięgnąć po klucze, kiedy otworzyły się frontowe drzwi.

– Wchodź, Anulka. Zaparzyłam ci herbaty – powiedziała.

– Dziękuję, kochana jesteś. – Posłałam Gruzince uśmiech i zrzuciłam z nóg buty. – Jak tam Dominik? Śpi?

– Śpi od dawna.

– Działo się coś niepokojącego? – zapytałam, wchodząc za gosposią do kuchni.

– Nic a nic. Cisza, spokój, sielanka – zapewniła mnie.

Usiadłam za stołem. Tamar nalała mi herbaty ze stojącego na blacie dzbanka z żaroodpornego szkła i usiadła naprzeciwko.

– Nigdy mi nie zdradziłaś, dlaczego wyjechałaś z Gruzji – powiedziałam cicho.

Starsza kobieta westchnęła i przygryzła wargi, a ja zrozumiałam, że poruszyłam bolesny temat.

– Przepraszam, nie chciałam być wścibska – dodałam.

Skinęła głową, jakby chciała powiedzieć „rozumiem", i wyjaśniła, że musiała uciekać.

– Uciekać? – powtórzyłam zaskoczona. – Myślałam, że się rozwiodłaś i…

– Mój mąż zabił w Gruzji człowieka. To był nasz sąsiad, był nam winien spore pieniądze. Miesiącami dopominaliśmy się o spłatę długu, ale ten człowiek zawsze miał jakieś wymówki. Obiecywał, nie oddawał, później znowu obiecywał i tak w kółko. W końcu Aleko pokłócił się z nim przy wódce i doszło do tragedii. Kiedy go aresztowano, tylko kilka osób z sąsiedztwa okazało mi współczucie i pomogło jakoś przez to przejść. Reszta patrzyła na mnie wilkiem. Byłam żoną mordercy naszego sąsiada, kogoś z bliskiej społeczności, „swojego". Koba był lubiany, ludzie go szanowali. Prowadził niewielką kawiarnię, miał wielu znajomych. Po tym, co się stało, niektórzy potrafili nawet spojrzeć mi w oczy i zapytać, czy planowaliśmy to z mężem wspólnie. A przecież Aleko nie zabił go z premedytacją... Pierwsze miesiące były koszmarem. Nie miałam pieniędzy, dzieciaki stale chodziły głodne, a ja wyprzedałam z domu wszystko, co miało jakąś wartość. Wtedy odezwała się do mnie mieszkająca w Polsce kuzynka, zachęcała, żebyśmy tu przyjechali. Nie chciałam opuszczać męża, być daleko od zakładu karnego, w którym go zamknięto, ale tam nie miałam z czego żyć... To on wcześniej pracował, ja wychowywałam dzieci – powiedziała Tamar cicho.

– Dalej jest w więzieniu? – zapytałam.

– Nie. Niedawno wyszedł i podobno mnie szuka... Tyle że skończy się pewnie na gadaniu, bo nie stać go na to, żeby tu przyjechać. Mieszka kątem u brata, ponoć marnie się odnajduje w pozawięziennej rzeczywistości. Do naszego miasteczka wracać nie chce, ludzie wciąż pamiętają. Podobno myśli o wyjeździe do stolicy, ale jak układać sobie życie teraz, w takim wieku?

– Nie chcesz się z nim spotkać?

– Nie. Po tylu latach? On jest już pewnie innym człowiekiem, ja też... Zdradziłam go, porzuciłam...

– Tamar, nie zdradziłaś go. – Zacisnęłam palce na jej spracowanej dłoni, a w oczach kobiety pojawiły się łzy.

– Zdradziłam, oczywiście, że tak! Myślisz, że skąd moja córka miała pieniądze na otwarcie własnej restauracji? Skąd miałam je ja na kupno mieszkania w Krakowie? Byłam z kimś przez ostatnie lata. Na kocią łapę, jak wy tu mówicie. Rozstaliśmy się jakieś cztery lata temu, ale przez długi czas sypiałam z nim, będąc żoną innego mężczyzny.

– Nie możesz się obwiniać, Tamar. Nie miałaś wyboru. Zresztą czasem nie wszystko jest po prostu czarno--białe. Zostałaś sama z dwójką nieletnich dzieci, zdana tylko na siebie, w obcym kraju. To normalne, że szukałaś pociechy i…

– Nie, Anulka, to nie tak. Ja nie szukałam pociechy i nie zrobiłam tego dla pieniędzy. Ja naprawdę Witolda kochałam, a tego Aleko nigdy by mi nie wybaczył. Nie potrafiłabym spojrzeć mu w twarz, nawet teraz, po tylu latach…

– Chryste, Tamar! Czemu my, kobiety, nosimy w sobie takie pokłady poczucia winy?! Myślisz, że twój mąż czekałby na ciebie, odmawiając różaniec, gdybyś to ty na długie lata trafiła za kraty?! Znalazłby sobie babę w mgnieniu oka, faceci nie potrafią być sami. A nawet gdyby z nikim się nie związał, sypiałby pewnie z kim popadnie, z doskoku! Więc daruj sobie te wyrzuty i ciesz się tym, co dostałaś od losu – powiedziałam, a ona otarła spływające jej po policzku łzy i posłała mi blady uśmiech.

– Teraz, kiedy mówisz o tym w ten sposób, prawie mi lepiej – szepnęła.

– Czemu się rozstaliście?

– Z Witoldem? Znalazł sobie młodszą – wzruszyła ramionami Gruzinka. – Mężczyźni lubią młode. Jędrne ciało, naiwne spojrzenie na świat – czego więcej oczekiwać od kobiety? – powiedziała kwaśnym tonem.

– Przykro mi.

– Było, minęło. Żyję dalej, nie oglądam się za siebie. A męża widzieć nie chcę. Nie potrafiłabym… Nieważne, zostawmy to. – Tamar wstała i podeszła do okna. – Co chwilę dziś zerkam na uliczkę po tym, co mi ostatnio powiedziałaś, ale nikt podejrzany się tu nie kręcił.

– Dziękuję. Nawet nie wiesz, jaki to dla mnie komfort psychiczny mieć cię tutaj – powiedziałam. – Zadzwonić ci po taryfę, czy wolisz zostać u nas na noc?

– Zostanę, będzie ci raźniej. Pościeliłam sobie w gościnnym i mam coś, dzięki czemu będę spać spokojniej – Tamar wyjęła z szuflady tasak i posłała mi rozbawione spojrzenie. – Powiedziałam ci właśnie, że jestem żoną mordercy, a teraz stoję w twojej kuchni z tym czymś w ręku – dodała i obie parsknęłyśmy śmiechem. – Jak to się nazywa po polsku? – zapytała po chwili.

– Tasak. Gdzie go znalazłaś? – zapytałam, przypominając sobie męża ucinającego łeb nieszczęsnemu karpiowi.

– W spiżarce.

– Mówisz poważnie? Zamierzasz spać z tasakiem pod łóżkiem?

– Śmiertelnie poważnie, dziecinko. Kładźmy się, już prawie pierwsza.

– Dobranoc. – Uśmiechnęłam się do niej i spontanicznie ją objęłam.

Pachniała perfumami Angel, które kupowała jej córka, i kokosowym olejkiem do włosów.

– Dobranoc – powiedziała, kiedy rozstawałyśmy się u podnóża schodów.

Ona zamierzała spać w niewielkim pokoiku gościnnym na parterze, ja szłam do siebie, na górę. Zanim weszłam do sypialni, zajrzałam do Dominika. Śpi tak spokojnie, nie mając pojęcia, co się wokół nas dzieje... Coś mnie ścisnęło za serce. Tym razem zasnęłam niemal natychmiast, ale sny miałam koszmarne. Śniłam o Tamar biegającej po ogrodzie z zakrwawionym tasakiem. Jestem żoną mordercy! – krzyczała, a poły jej szlafroka targał porywisty wiatr. Żoną mordercy! Żoną mordercy, żoną mordercy! Obudziłam się przed czwartą nad ranem. Kołdrę miałam skopaną w nogach łóżka, włosy wilgotne od potu. W domu panowała cisza, która wydawała mi się niemal złowroga. Otaczała mnie aksamitna ciemność wiosennego przedświtu i bezdźwięczny kokon spokoju. Zapaliłam nocną lampkę i usiadłam na łóżku. Raz, dwa, trzy – zaczęłam liczyć do stu, później jeszcze raz i jeszcze. Liczenie zawsze mnie uspokajało, pomagało złapać psychiczną równowagę. Siedząc z kolanami podciągniętymi pod brodę, wsłuchana w nocną ciszę domostwa, pomyślałam o Sebastianie śpiącym u boku swojej snobistycznej drugiej żony i poczułam palącą nienawiść do kobiety, która odebrała mi męża. Jeśli ona również w tej chwili nie spała, leżała teraz obok niego spokojna, wsłuchana w jego oddech, pewna, że całe zło świata ominie ją szerokim łukiem; a ja, zdana na siebie, upokarzająco porzucona i prześladowana przez jakiegoś szaleńca, spędzałam noce na zadręczaniu się o przyszłość i śnieniu kolejnych koszmarów...

Nie było jeszcze dziewiątej rano, kiedy zjawił się u nas Sebastian – tym razem przyjechał po Dominika znacznie wcześniej, niż się umawialiśmy, rozmijając się z Tamar, która wyszła dosłownie minutę przed jego przyjazdem.

– Cześć, przepraszam za wczesną porę. Mogę wejść? – zapytał, wyraźnie zmieszany na widok mojej nocnej koszuli w różowe kaczki.

– Wybacz mój wygląd. Ostatnio źle sypiam, a później budzę się o dziwnych porach. A tej nocy zasiedziałyśmy się z Tamar do późna – powiedziałam cicho, czując, że się czerwienię.

W sumie nie wiem, czemu mu się tłumaczyłam... Może dlatego, że pomimo spędzonych wspólnie lat nagle poczułam się zmieszana moim niedbałym strojem, brakiem makijażu i potarganymi po nocy włosami, których nie zdążyłam jeszcze nawet rozczesać.

– Tatoooo! – Młody zbiegł ze schodów, przeraźliwie tupiąc, i uwiesił się ojcu na szyi.

– Spakowałeś już wszystko? – zapytałam.

– Nie.

– To idź, a my wypijemy kawę.

– Ja już piłem – powiedział Sebastian.

– Ale ja nie piłam.

– Marnie wyglądasz – zauważył mój były mąż, kiedy już usiedliśmy w kuchni.

– Mówiłam ci, źle sypiam – lekko wzruszyłam ramionami.

– Masz jakieś problemy? Jeśli potrzebujesz kasy, to zawsze mogę ci pożyczyć.

– Nie mam żadnych problemów – skłamałam. – Po prostu marnie sypiam.

– Tato, patrz! Zrobiłem dinozaura! – Młody wpadł do kuchni, żeby pokazać ojcu swoje najnowsze dzieło z modeliny i równie szybko z niej wypadł.

– Co się stało, że nagle chcecie zabrać młodego na weekend? – zapytałam.

– Przyda nam się jego towarzystwo. Jesteśmy po trzecim in vitro i znowu nie wypaliło... Natalia jest załamana, kompletnie rozwalona emocjonalnie i pomyślałem, że obecność Dominika w pewien sposób pomoże jej przez to przebrnąć. Najgorsze zawsze są weekendy. W poniedziałek myśli już tylko o pracy i jakoś potrafi pozbierać się psychicznie, ale kiedy ma wolne...

– Nie miałam pojęcia, że staracie się o dziecko – powiedziałam cicho.

– Wybacz, nie powinienem ci chyba o tym mówić... Natalia by mnie zabiła, gdyby wiedziała. – Sebastian zbyt późno się zreflektował, że zbyt dużo mi powiedział.

Wzruszyłam ramionami.

– To nie moja sprawa.

– Nie, nie twoja – przyznał mi rację.

Spojrzałam mu w oczy. Wyglądał na smutnego i nieco zrezygnowanego, a mnie nagle zrobiło się go żal.

– Sebek, nie chciałam być nieczuła. Po prostu uważam, że nie powinniśmy o tym rozmawiać. Nie lubię Natalii, nigdy tego nie ukrywałam. Dlatego nie wtajemniczaj mnie w jej problemy, okay? Mam własne – rzuciłam.

– Masz własne? Mówiłaś, że nic złego się nie dzieje. – Sebastian utkwił we mnie uważne, czujne spojrzenie i na moment w kuchni zapadła trochę zbyt ciężka cisza.

– Nic się nie dzieje. Mówię tylko, że nie powinniśmy o tym rozmawiać. Dla każdej kobiety to trudny temat. Wpadłaby w szał, gdyby wiedziała, że mi się wygadałeś...

– Pewnie tak. – Sebastian nerwowo zerknął w stronę drzwi. – Dominik, pospiesz się! Jedziemy dziś do Tarnowa, nie mamy całego dnia!

– Do Tarnowa? – zdziwiłam się.

– Przyjaciółka Natalii niedawno się tam przeniosła. Dostała pracę w jednej z prywatnych klinik, kupiła dom pod miastem. Podobno nieźle im się tam żyje – wyjaśnił Sebastian.

– Jak długo się staracie? – zapytałam. – No wiesz, o dziecko...

– Właściwie od początku – przyznał.

Pokiwałam głową, nie potrafiąc chyba kontynuować tematu, bo wyszło na to, że w momencie, w którym ja, porzucona przez niego i zrozpaczona, marzyłam o ratowaniu naszego małżeństwa, on myślał już o dziecku z inną kobietą...

– Mamo, gdzie są moje tenisówki?! – Dominik wpadł do kuchni z kolorowanką w ręku.

– Pod schodami, jak zawsze.

– Tam nie ma!

– To poszukaj pod łóżkiem – poradziłam mu, świetnie wiedząc, że ostatnio wszystko tam właśnie wrzuca.

– Pod łóżkiem mogą być – wymamrotał mój syn i z powrotem pobiegł na górę.

– Mały bałaganiarz. Ciekawe, po kim to ma? – Sebastian szeroko się uśmiechnął, a ja wstałam zza stołu, żeby zalać wrzątkiem kawę.

– Na pewno się ze mną nie napijesz?

– Nie, ale możesz mi zrobić herbaty – powiedział.

Sięgnęłam więc do kredensu i wyjęłam z niego kubek, który lata temu kupiłam mu na urodziny. Dawno powinnam go wyrzucić – przeszło mi przez myśl. Ten kubek, jego stare swetry, których ze sobą nie zabrał, zdjęcia z naszych weekendowych wyjazdów, skórzany portfel porzucony w szufladzie biurka i dziesiątki różnych drobiazgów, których widok tylko rozdrapywał stare rany…

– Wracacie dzisiaj? – zapytałam.

– Co? – mój były mąż oderwał wzrok od trzymanej w ręku komórki i posłał mi na wpół przytomne spojrzenie kogoś zupełnie oderwanego od rzeczywistości.

– Wybacz, zamyśliłem się.

– Pytałam, czy wracacie dzisiaj? Z Tarnowa.

– Tak, wieczorem. Natka miała jutro wziąć dyżur za koleżankę, później Julia to odwołała, ale już ustaliliśmy, że wracamy na noc do Krakowa. Zresztą zawsze najlepiej śpi się we własnym łóżku – powiedział.

Natka... Skrzywiłam się, kiedy zdrobnił jej imię, na szczęście nie zauważył.

– Proszę. – Chwilę później postawiłam przed nim kubek z parzącą się herbatą i zerknęłam w stronę drzwi.

Zazwyczaj, kiedy przyjeżdżał po młodego, mijaliśmy się w progu; dzisiaj jednak nasza rozmowa niezręcznie się przeciągnęła, a ja zdałam sobie sprawę, jak niewiele mamy już sobie do powiedzenia. Na szczęście Dominik pojawił się w końcu na dole ze spakowanym przeze mnie plecakiem i ulubioną książką w ręku.

– Mamo, ale nie będziesz tutaj samotna? – rzucił nagle, a ja parsknęłam nerwowym śmiechem.

– Skąd ci to przyszło do głowy? – zapytałam.

– Nie wiem – przyznał i zabrał się za sznurowanie buta.

– Pomogę mu. – Sebastian odsunął kubek z nietkniętą herbatą i wstał zza stołu.

Chwilę później wyszli, a ja ogarnęłam kuchnię i zabrałam się za malowanie paznokci. Skoro wieczorem miałam randkę...

Niestety, czar prysł koło osiemnastej.

„Przepraszam Cię, ale muszę odwołać nasze spotkanie. Przykro mi, M" – esemesa tej treści dostałam od Mateusza, kiedy układałam przed lustrem włosy.

Z początku myślałam, że żartuje. Że zaraz zadzwoni, rzuci jakimś śmiesznym tekstem, przeprosi i powie mi, dokąd mnie zabiera.

Ale telefon milczał.

Koło dziewiętnastej w końcu zrozumiałam – on nie tylko nie zamierza się do mnie odezwać, ale też wystawił mnie w najbardziej ohydny sposób, tuż przed drugą randką! Byłam pewna, że jest inny. Że coś między nami zaiskrzyło, że to było coś więcej niż jednonocna przygoda. Ale wyszło na to, że grubo się myliłam...

Przed dwudziestą, w starej kwiecistej sukience i z czerwonymi od płaczu oczami zapukałam do drzwi Edyty.

– Przepraszam, że tak bez zapowiedzi – powiedziałam, kiedy mi otworzyła.

– Wejdź, żaden problem. – Sąsiadka wzięła ode mnie butelkę wina, którą złapałam przed samym wyjściem i wpuściła mnie do środka. – Płakałaś? – zdziwiła się.

– Trochę – przyznałam.

– Co się dzieje? Siadaj, zaraz się czegoś napijemy – Edyta zabrała się za otwieranie wina i postawiła na stole dwa kieliszki.

– Facet mnie wystawił, a ja beczę – mruknęłam.

– Ten, którego poznałaś w Teatro Cubano?

– Ten sam. Ale cóż... Następnym razem będę mądrzejsza... Dałam się przelecieć, jak jakaś pierwsza lepsza, bo wydawało mi się, że jest między nami coś więcej niż zwykła chemia, a on zwyczajnie się zabawił i podkulił ogon...

– Historia stara jak świat. Panicz wyruchał, panienka szlocha – rzuciła Edyta i obie parsknęłyśmy śmiechem. – Napij się. – Podsunęła mi kieliszek z winem i przez dłuższą chwilę mnie obejmowała.

– Tyle razy sobie obiecywałam, że nigdy, przenigdy nie będę już płakać przez faceta, ale i tak czuję się, jak wyżęta ścierka – rzuciłam przez zęby. – Skurwiel! Gdyby jeszcze zniknął bez słowa, to może jakoś bym to przełknęła, ale rozmawiał ze mną jeszcze wczoraj, obiecywał kolację, mówił, że zrobił gdzieś rezerwację...

– Dupek! Co się z nimi wszystkimi porobiło? – mruknęła Edyta, siadając obok mnie.

– Myślisz, że to taka bieżąca sprawa? Bo moim zdaniem oni zawsze byli zjebani – powiedziałam i znowu się roześmiałyśmy. – Gdzie Amelka? – zmieniłam temat.

– U tatusia. Pajac w końcu sobie przypomniał, że jest ojcem. – Moja przyjaciółka się skrzywiła.

– A jak ten twój amant od jogi? Ten, który cię zapraszał do gruzińskiej restauracji? – zapytałam.

– Cóż... Okazało się, że inaczej rozumiemy słowo „rozwód". Na pierwszej randce zapewniał mnie, że jest po rozstaniu z żoną, później jednak przyznał, że na razie są w separacji, więc go pogoniłam. – Edyta wzruszyła ramionami i dolała sobie wina.

– Kolejny kłamca – skrzywiłam się.

Upiłyśmy się raz-dwa i nie było jeszcze dwudziestej trzeciej, kiedy obie spałyśmy. I chociaż w środku nocy, w jakimś pijanym widzie, wydawało mi się, że słyszę charakterystyczny chrzęst żwiru pod oknem gościnnej sypialni Edyty, szybko z powrotem zasnęłam. Obudził mnie kac i pulsujący ból głowy, ale przynajmniej przespałam kilka godzin, nie zamartwiając się o bezpieczeństwo syna.

W niedzielę samotnie wybrałam się na rolki. Edyta nie mogła ze mną iść, bo umówiła się ze swoją księgową, Majka miała wyłączony telefon, a dwie inne przyjaciółki były poza miastem. Wzdłuż krakowskich Błoń kręciło się mnóstwo ludzi, a do mojej ulubionej restauracji nad Rudawą ustawiła się kolejka czekających na stolik. Jeździłam przez półtorej godziny, zanim zdałam sobie sprawę, że bardziej niż chęć nacieszenia się bezchmurną pogodą kieruje mną lęk przed pustką długiego, samotnego dnia. Dominik był u Sebastiana, dziewczyny nie miały dla mnie czasu i nagle poczułam się tak, jakbym tonęła z dala od ludzkich oczu. Zgrzana i spocona usiadłam na kamiennym murku przy rzece, zdjęłam z nóg rolki i założyłam znoszone białe tenisówki. Ścieżką nad Rudawą szła matka z płaczącym dzieckiem, za nią truchtał zapatrzony w swój telefon młody chłopak ze słuchawkami w uszach. Tyle obcych twarzy, tyle ludzkich historii, pomyślałam w drodze do zaparkowanego przy alei Focha samochodu. Kiedyś, kilka lat temu, wpadłam na pomysł prowadzenia fotograficzne-go bloga – chciałam robić zdjęcia przypadkowo napot-kanym osobom i rozmawiać z nimi o ich życiu. Później dowiedziałam się, że istnieje już *Humans of New York* i dałam sobie spokój. Zresztą, w porównaniu do Nowe-go Jorku i całej jego wielokulturowości, Kraków wydał mi się wtedy znacznie mniej ciekawym miejscem do prowadzenia tego typu eksperymentu. A może to był jedynie luźny pomysł, jeden z wielu, których nigdy nie udaje się nam zrealizować? – zastanawiałam się, chowa-jąc do bagażnika plecak z rolkami. Wsiadałam do auta, kiedy wyczułam na sobie czyjś wzrok. Młody chłopak, na oko niespełna dwudziestoletni. Siedział na ławce, je-dząc loda w rożku, i otwarcie mi się przyglądał. Instynk-townie wyczuwałam, że nie ma nic wspólnego z prze-śladującym mnie mężczyzną, gapił się jedynie na moje odkryte nogi w krótkich ciemnoróżowych szortach. A jed-nak jego spojrzenie w jedną chwilę wytrąciło mnie z rów-nowagi. Zapinając pasy, zdałam sobie sprawę, że trzęsą mi się ręce. Na szczęście po chwili zdołałam się uspokoić i płynnie włączyłam się do ruchu.

Spod domu, zanim wysiadłam z hondy, zadzwoniłam do Sebastiana. Odebrał dopiero po ośmiu sygnałach. Znając go, przypuszczałam, że zawieruszył gdzieś swój telefon i dopiero jego dzwonek skłonił go do gorączko-wych poszukiwań komórki.

– Wszystko u was w porządku? – zapytałam po tym, jak rzucił do słuchawki krótkie i mało zachęcają-ce „halo?".

– Jasne, w jak najlepszym. Nigdy nie dzwoniłaś, żeby o to zapytać – zauważył. – Nie ufasz mi już? Czy może znowu chodzi o Natalię? – w jego tonie wyczułam nieprzyjemne, zadziorne nuty. Wyraźnie poirytował go mój „kontrolny" telefon.

– O nikogo nie chodzi. Chciałam tylko zapytać, czy z młodym wszystko okay, nic więcej – powiedziałam.

– Gdyby działo się cokolwiek niepokojącego, dałbym ci znać, przecież wiesz. Nie musisz do mnie wydzwaniać! – wycedził.

– Nie wydzwaniam do ciebie, Sebastian! Zapytałam jedynie o syna, chyba mam prawo?! – podniosłam głos, ale nie dał się wciągnąć w dyskusję.

– Muszę kończyć, zaraz jedziemy do Lidla – rzucił.

Odczułam, że wyraźnie się spieszy i nie ma ochoty na rozmowę ze mną. Zrobiło mi się przykro, ale przecież nie pierwszy raz. Czasem, oglądając filmy, widywałam przyjaźniące się ze sobą rozwiedzione pary, które wspólnie spędzały weekendy i świetnie się bawiły w swoim towarzystwie. Wiedziałam jednak od początku, że nam z całą pewnością nie przytrafi się ten optymistyczny scenariusz. Oboje mieliśmy zbyt trudne charaktery, a może po prostu jedno z nas nie miało na taki układ ochoty? Dodam, że tym, kto wyraźnie chciał się odciąć od przeszłości, był Sebastian, nie ja. Podejrzewam, że gdyby nie Dominik, mój były mąż zniknąłby z mojego życia na dobre.

– Halo, Anka?! Jesteś?! Teraz coś przerywa… – Sebastian już nawet nie krył poirytowania.

Jego głos był szorstki i obcy, ponaglający.

– Trzymaj się – powiedziałam więc tylko i przerwałam połączenie.

Wchodząc do ogrodu, przypomniałam sobie kilka pierwszych lat naszego małżeństwa i sielskie, leniwe niedziele, które spędzaliśmy zazwyczaj w łóżku, słuchając muzyki i pijąc tanie wino. Nasza sypialnia była w tamtych czasach pomalowana na ohydny ciemnoróżowy kolor, który wybrała jeszcze moja nieżyjąca już babcia. Marzyliśmy wtedy o gruntownym remoncie i wymianie mebli, ale nie było nas na to stać. Łóżko było wąskie, z brzydką metalową ramą i niemiłosiernie skrzypiało. Toaletka pamiętała młodość mojej babci, a żyrandol głęboki PRL. Nie przeszkadzało nam to jednak wylegiwać się w sypialni całymi popołudniami, jeść waniliowe lody pośród wymiętej pościeli z kolorowej kory, kochać się, śpiewać, łaskotać, przytulać. Zwlekaliśmy się z łóżka zazwyczaj dopiero koło osiemnastej i po szybkim wspólnym prysznicu szliśmy coś zjeść na miasto albo przespacerować się nadwiślańskimi bulwarami. Później ja zaszłam w ciążę i urodziłam Dominika, a Sebastiana niespodziewanie zaczęła przygniatać odpowiedzialna rola ojca rodziny. Brakowało nam pieniędzy, młody miewał kolki, a my nagle zaczęliśmy się kłócić i wszystko powoli się rozsypało. Czasem zastanawiam się, kiedy mój mąż poznał Natalię. Kiedy byłam w ciąży? Tuż po moim porodzie? Wcześniej? Po tych pięknych wspólnych latach, po całej tej beztrosce i romantyzmie, nagle zamienił się w zdradzieckiego drania. Powinnam być na niego wściekła. Powinnam na dobre o nim zapomnieć i wymazać go z moich wspomnień na tyle, na ile to możliwe, ale zamiast tego na okrągło wspominam to, co było, i wiecznie się zadręczam, pomyślałam.

W domu, kiedy już wyszłam spod prysznica i owinięta frotowym ręcznikiem przeszłam do sypialni, rzuciła mi się w oczy moja leżąca na łóżku nocna koszulka. Kiedy rano stąd wychodziłam, z całą pewnością rzuciłam ją na kołdrę od strony okna. Zawsze kładłam ją po tamtej stronie, to był odruch.

Cofnęłam się gwałtownie i niemal wpadłam na stojącą lampę. Czy mogłam być tego pewna? Czy była szansa, że coś mi się pomyliło? – zastanawiałam się, gorączkowo lustrując wzrokiem wnętrze sypialni. Ciężkimi zasłonami w kolorze ciemnego cynamonu lekko poruszał wiatr; okno było uchylone, a na zewnątrz zaczęło się nagle zanosić na deszcz. Pod łóżkiem? Czy to możliwe, że ktoś się tam wślizgnął i czeka na sposobny moment, żeby mnie dopaść? – przeszło mi przez myśl i zanim zastanowiłam się nad niedorzecznością tego podejrzenia, byłam już na kolanach i zaglądałam pod ramę olbrzymiego małżeńskiego łoża. Pusto. W szafie też nie odkryłam żadnych potworów, a cały dom wyglądał normalnie. Może oprócz jednej z ramek ze zdjęciem moim i Sebastiana, którą wyraźnie ktoś przestawił. Ale to mógł przecież zrobić Dominik, zanim zabrał go ojciec. Mogłam tego wcześniej nie zauważyć, mogłam…

– To jest jakiś obłęd – szepnęłam.

Rozbolała mnie głowa i zrobiło mi się niedobrze. Ja wariuję, czy tylko tak mi się wydaje? – zastanawiałam się, siadając na łóżku. Po chwili zaczęłam płakać, wstrząsana gwałtownym szlochem. Koszmar, który stał się moim udziałem, przypomniał zły sen. Zawsze uważałam, że mam niezłą intuicję i wyczucie do ludzi, a jednak tym razem nie potrafiłam stwierdzić, kto mógłby być moim tajemniczym prześladowcą. Byłam jedynie pewna, że go znam! Muszę go znać, zbyt dużo tu zaangażowania z jego strony, żeby był kimś obcym! Nagle, sama nie wiem czemu, pomyślałam o Arturze. Mieszkał tu od niedawna, niewiele o nim wiedziałam. Rozwodnik po czterdziestce, z niepokojącymi bliznami po oparzeniach na dłoniach. Często zerkał w stronę naszego ogrodu, miał świetny kontakt z moim Dominikiem i regularnie grywał z nim w piłkę, ale czy to czyniło go podejrzanym? Zresztą on jest przecież w Tel Awiwie – powiedziałam sobie, a jakiś cichy głosik w mojej głowie zapytał, czy aby na pewno? Widziałam, jak taszczy do samochodu walizę i macha Dominikowi na pożegnanie – byliśmy akurat przed domem, kiedy wyjeżdżał na lotnisko. Ale czy na pewno tam dotarł? Może zaszył się w mieszkaniu jakiegoś swojego znajomego; czai się gdzieś w pobliżu i czeka na dogodną okazję, podczas gdy ja naiwnie wierzę, że jest służbowo w Izraelu – przeszło mi przez myśl i parsknęłam nerwowym śmiechem.

– Wpadasz w kompletną paranoję, dziewczyno – mruknęłam pod nosem.

Chwilę później odezwała się moja komórka.

– Cześć, to jeszcze ja. Słuchaj, mogłabyś dziś przyjechać po młodego nieco później? Tak koło dwudziestej drugiej albo...

– Tak późno? Sebastian, on jutro wstaje do przedszkola – mruknęłam.

– Tak, ale... – mój były mąż przerwał, bo zawołała go Natalia – wyraźnie słyszałam w słuchawce jej głos.

– Wybacz, zaraz mamy gości. To chociaż o dwudziestej pierwszej trzydzieści, okay? Wpadną dziś do nas Zielińscy, a Dominik bardzo się cieszy na spotkanie z ich Erykiem. Wiesz przecież, że się przyjaźnią.

– Okay, jak chcesz – zgodziłam się niechętnie.

– Dzięki. – Konkretny, jak zawsze ostatnimi czasy, Sebastian szybko się rozłączył, nie dorzucając nawet kilku grzecznościowych słów pożegnania.

Otarłam oczy wierzchem dłoni, wytarłam się do sucha i założyłam sukienkę. Na dole, w kuchni, wypiłam szklankę wody, sprawdziłam okna w całym domu i wyszłam do ogrodu. Sąsiedzi zza płotu siedzieli na ławce za domem, przekomarzając się ze sobą. Ona wyraźnie kokietowała męża, on co chwilę wybuchał głośnym śmiechem. Zdałam sobie sprawę, że im zazdroszczę, i wróciłam do siebie. Nie potrafiłam dłużej przysłuchiwać się kokieterii w jej głosie, drażniła mnie. Inne kobiety potrafią utrzymać przy sobie mężów, tylko ja nie potrafiłam – odezwał się jakiś cichy głos w mojej głowie i znowu zaczęłam płakać. Kwadrans później, opuchnięta od płaczu i roztrzęsiona, zdecydowałam, że muszę z kimś porozmawiać. Muszę, inaczej zwariuję! Tamar nie odbierała telefonu, ale przecież jej komórka tkwiła pewnie zapomniana w torebce na zapleczu restauracji jej córki. Przemyłam twarz zimną wodą i zrobiłam sobie makijaż, a później spięłam wciąż lekko wilgotne włosy w wysoki kucyk i wyszłam z domu.

W należącym do córki Tamar lokalu było głośno i duszno, ale nic dziwnego, trafiłam na niedzielną porę obiadową. Młode zakochane pary, rodziny z rozwrzeszczanymi dziećmi, zagraniczni turyści – większość stolików była zajęta, a gwar wielojęzycznych głosów mieszał się z wysokimi piskami dzieciaków i grającą w tle muzyką. Sterczałam pomiędzy starannie nakrytymi stolikami, rozglądając się za jakąś znajomą twarzą, kiedy ktoś zawołał mnie po imieniu.

– Anulka!

Odwróciłam się i zauważyłam Tamar, która w zielonym fartuszku i prostej szarej sukience, z gładko upiętymi pod czepkiem włosami, machała mi od strony kuchni.

– Mogę wejść? Masz chwilę? – zapytałam, kiedy już się przywitałyśmy.

– Chwila się znajdzie. Chodźmy na zewnątrz. – Tamar ściągnęła fartuch, cisnęła na stół zdjęty z głowy czepek i pchnęła ciężkie, metalowe drzwi na zaplecze.
– Dzieje się coś złego, czy wpadłaś, bo się stęskniłaś? – zapytała, kiedy wyszłyśmy na niewielki dziedziniec pomiędzy kamienicami.

Usiadłam na jednej z porzuconych tam drewnianych skrzynek po warzywach, a Tamar oparła się plecami o ceglaną ścianę i zadarła głowę, żeby spojrzeć na skrawek zachmurzonego nieba nad nami.

– Będzie padać... Mów, co słychać, Anulka! – zachęciła mnie.

– Co słychać? Chyba powoli zaczynam wariować – powiedziałam cicho. – Dzisiaj wydawało mi się, że ktoś był w mojej sypialni. Ktoś, kto położył moją nocną koszulę po drugiej stronie łóżka i przestawił ramkę ze zdjęciem. Wiem, że to niedorzeczne! Zmieniłam zamki, a świeży komplet kluczy masz tylko ty i Sebastian, ale i tak nie opuszcza mnie myśl, że mój dom nie należy już tylko do mnie. Zupełnie jakby zagnieździł się tam jakiś zły duch, jakkolwiek idiotycznie by to nie brzmiało.

– Czasem, w stresie, zmęczony umysł płata nam figle – powiedziała Tamar.

W jej głosie wyczuwałam współczucie i szczerą troskę, przez co znowu niemal się rozkleiłam i z trudem udało mi się zapanować nad cisnącymi się do oczu łzami. Co zrobiłam z moim życiem, skoro jedyną osobą, z którą mogę naprawdę otwarcie porozmawiać, jest moja gruzińska pomoc domowa? Kochałam Tamar, była dla mnie kimś ważnym. Ale oddałabym wiele, żeby móc się teraz wesprzeć na ramieniu kogoś, z kim dzielę codzienność, nie tylko grafik domowych obowiązków.

– To stres, Anulka, słyszysz? – przekonywała mnie Tamar. – Stres, nic więcej.

– Może. Tyle że ja już kompletnie się w tym wszystkim gubię – wyrzuciłam z siebie łamiącym się głosem. – Nadal nie mam pojęcia, kto mnie nęka, nadal nie wiem, z której strony może nadejść zagrożenie... Czuję się tak, jakbym błądziła w gęstej mgle...

– Ale chyba nie podejrzewasz mojego syna? – zapytała Tamar, a w jej oczach dostrzegłam błysk niepokoju.

– Nie – skłamałam, bo przecież jej Tornike nadal był na dość wysokiej pozycji mojej listy podejrzanych, tym bardziej że miał dostęp do nowego kompletu kluczy – jego matka przez kilka dni w tygodniu przebywała w restauracji jego siostry, a jej torebka leżała pewnie gdzieś na zapleczu, dostępna dla personelu, a zwłaszcza dla rodziny.

– Byłaś w końcu na policji? – zapytała Gruzinka.

– Nie. Dzwonili do mnie w sprawie zebranych z moich frontowych drzwi odcisków palców, ale nie poszłam...

– To na co czekasz? Na oklaski? – żachnęła się.

– Pójdę, obiecuję. Podjechałam już raz na komisariat, ale nie było akurat tej policjantki, z którą rozmawiał Julek.

– Kto? – zdziwiła się Tamar.

– Nasz marketingowiec – wyjaśniłam, nie wdając się w szczegóły.

– A co on ma z tym wspólnego? – zdziwiła się.

– Nie wspominałam ci? Ktoś pisze naprawdę ohydne wiadomości i wysyła je na... – nie dokończyłam, bo na dziedzińcu zjawiła się młoda kobieta o ciemnej karnacji i kruczoczarnych włosach spiętych we francuski warkocz.

Powiedziała coś po gruzińsku gniewnym głosem, wyraźnie poirytowana.

– Muszę iść. Nie wyrabiają z zamówieniami. Zjesz coś? – zapytała Tamar, kiedy weszłyśmy do kuchni.

Odmówiłam i pocałowałam ją w policzek.

– Dziękuję, że zawsze mnie wysłuchasz – powiedziałam, a młoda Gruzinka posłała mi gniewne spojrzenie, jakby chciała powiedzieć „idź już sobie i nie pałętaj się tutaj!"

– Trzymaj się, Anulka. I uważaj na siebie. – Tamar pogłaskała mnie po policzku czułym, niemal matczynym gestem. – A gdybyś czegoś potrzebowała, dzwoń – dodała.

Skinęłam jej głową i lawirując pomiędzy poganiającymi się nawzajem młodymi kucharzami, wyszłam z restauracyjnej kuchni. Przechodząc przez zatłoczoną salę, zauważyłam Tornike – syn Tamar stał przy kasie fiskalnej, skupiony na tym, co robi i obojętny na otoczenie. Teraz, kiedy zobaczyłam go w eleganckim stroju kelnera nie wydawał mi się już taki ponury i gniewny jak wtedy, kiedy wpadł do mojego domu, żeby zrobić matce awanturę. Ale pozory przecież mylą, a człowiek to istota, która sztukę kamuflażu ma opanowaną do perfekcji...

Szłam Nadwiślańską, kiedy zobaczyłam tę kobietę. Była mniej więcej w moim wieku. Ruda, wysoka, ubrana w ładną kwiecistą sukienkę. Materiał opinał się na jej wydatnym ciążowym brzuchu, upodabniając go do dmuchanej piłki, a ona, pomimo zaawansowanej ciąży, szła lekkim krokiem kogoś szczęśliwego, czekającego na swój prywatny cud narodzin. I wtedy mnie olśniło, zupełnie jakby ktoś nagle włączył światło i rozproszył ciemności. Natalia! Od początku zakładałam, że prześladuje mnie mężczyzna, ale przecież równie dobrze mogła to być kobieta! Tamtego dnia, biorąc kąpiel, wmówiłam sobie, że słyszę w przedpokoju męskie kroki, ale przecież kobiety również nosiły ciężkie buty, pomyślałam. Natalia marzyła o dziecku i była rozchwiana emocjonalnie po kolejnej nieudanej próbie in vitro. Wiedziałam, że kocha mojego syna, uwielbiała go wręcz, a ja zawsze byłam zazdrosna o czas, jaki z nim spędza, okradając mnie z cennych chwil jego dzieciństwa. Kochała go, lubiła się z nim bawić i włożyła sporo trudu w urządzenie jego pokoju. Odbierała mi go kawałek po kawałku, aż w końcu odbierze mi go na dobre – zrozumiałam. Była neurologiem, znała się pewnie również na psychologii. Miała też dostęp do kluczy, skoro miał je Sebastian, a ja, tamtego dnia, kiedy odwiozłam do nich Dominika, nakłamałam jej, że jadę do przyjaciół za miasto. Dlatego zjawiła się w moim domu, otwierając sobie drzwi kluczem Sebastiana – była pewna, że mnie nie ma! Czego chciała? Nie mam pojęcia... Przejrzeć moje rzeczy? Znaleźć coś kompromitującego? A może po prostu sprawić, żebym oszalała? Nękana, samotna, przerażona, straciłabym w końcu panowanie nad sobą, a ona odebrałaby mi dziecko. To nie dziewiętnasty wiek, żeby mogli mnie umieścić w ponurym gmaszysku mieszczącym oddział dla umysłowo chorych i skazać na zapomnienie, ale przecież dziś szpital Babińskiego również pęka w szwach... Wysoki sądzie, ze względu na zaistniałe okoliczności i dobro małoletniego Dominika, chcemy odebrać rozchwianej emocjonalnie matce prawa do wyłącznej opieki nad synem... Brzmiało prosto i prawdopodobnie... Działali wspólnie, ona i mój były mąż, czy zaplanowała to sama? Nienawidziła mnie do tego stopnia, żeby posunąć się do tak podłego kroku? Była zdolna do takiej perfidnej, nieczystej gry? Tak, pewnie tak. Kobieta, która na co dzień przeprowadza operacje mózgu, potrafi działać z zimną krwią – tego byłam pewna. Pragnęła dziecka, ale nie mogła go urodzić. Ona, ambitna, wychuchana przez bogatych rodziców jedynaczka, która do tej pory dostawała od życia

230

wszystko, czego zapragnęła! Marzyła o zostaniu matką, ale nie mogła zajść w ciążę. Postanowiła więc odebrać mi mojego syna – zrozumiałam i zrobiło mi się słabo. Tak, wszystko pasowało, każdy fragment tej skomplikowanej układanki wskoczył nagle na swoje miejsce! Natalia wyglądała na bezwzględną i miała fioła na punkcie mojego Dominika. A skoro potrafiła sięgnąć po cudzego męża, nie będzie miała skrupułów i teraz – przeszło mi przez myśl.

Do domu dotarłam skrajnie wzburzona i jeszcze raz przeanalizowałam wszystko, co ułożyłam sobie w głowie po drodze.

– Zdystansuj się, nie wyciągaj pochopnych wniosków – szepnęłam, przyglądając się sobie w lustrze.

Oczy płonęły mi dziwnym blaskiem, policzki zaróżowiły się z emocji. Nie mogło być innej opcji, teraz widziałam to jasno i wyraźnie! To nie żaden zakochany we mnie sfrustrowany wielbiciel. To Natalia chciała zrobić ze mnie wariatkę i odebrać mi dziecko! Dzień po dniu, tydzień po tygodniu, przy pomocy niewinnych drobiazgów, które prędzej czy później doprowadziłyby mnie na skraj załamania. Przełożona na drugi skaj łóżka nocna koszula, przestawiona ramka ze zdjęciem, głuche telefony, kwiaty z niepokojącymi i wprowadzający mnie w błąd wyznaniami... Za tym wszystkim musiała stać ona, bo tylko ona miała dostęp do kluczy oraz numer mojej komórki. Ona i Tamar oraz jej syn, ale jaki w końcu Tornike miałby motyw w gnębieniu mnie, skoro ledwo się znamy? – zastanawiałam się, nerwowo krążąc po salonie. Chyba że nie chodziło o gnębienie. Może to jednak ktoś, kto obsesyjnie się we mnie kocha? Nie Natalia, a jakiś nieudacznik, jakiś pochrzaniony koleś, który nie potrafi nawiązać normalnej relacji z kobietą? Boże, zaraz oszaleję! – skrzywiłam się.

Z domu wyszłam po dłuższej chwili wahania i chociaż nie byłam pewna, czy powinnam działać pod wpływem wzburzenia, zacisnęłam w dłoni kluczyki i przeszłam przez ulicę. Do samochodu wsiadłam stuprocentowo pewna swoich racji. Nie, nie było innej opcji, za całym tym koszmarem, jaki mnie ostatnio spotkał, musiała stać żona Sebastiana! – powiedziałam sobie.

Na Cichy Kącik dotarłam nieco spokojniejsza, jednak coś w środku mnie, jakaś czuła struna, którą poruszyła wizja nękającej mnie Natalii, drżała jak samotny jesienny liść na wietrze... Suka! – pomyślałam, zaciskając spocone dłonie na kierownicy. Złodziejka mężów! Dziwka bez skrupułów – w mojej głowie lęgły się nadgniłe, oślizgłe myśli zrodzone z czystej nienawiści...

– Kurwa! – zaklęłam, kiedy szpakowaty facet w błękitnej koszuli w ostatnim momencie wjechał na miejsce, które upatrzyłam sobie do zaparkowania.

Gdyby wzrok mógł zabijać, gość padłby trupem, a moje spojrzenie przebiłoby pewnie nawet metalowy pancerz jego terenówki... Jechałam dalej, wypatrując wolnego miejsca, kiedy z rzędu zaparkowanych równo aut wyjechał nowiutki nissan na niemieckich numerach. Wślizgnęłam się na jego miejsce i wysiadłam z samochodu. Nie chodź tam! Zaczekaj, zdobądź niepodważalne dowody, działaj na zimno – odezwał się głos rozsądku w mojej głowie, ale oczywiście go zignorowałam. Pójdę tam! Pójdę, spojrzę tej żmii w twarz i powiem, że o wszystkim wiem – zdecydowałam.

Kilka minut później wciskałam dzwonek przy furtce domu, w którym od kilku lat mieszkał Sebastian. Z ogrodu dochodziły dźwięki muzyki i głośny kobiecy śmiech. Grill, o którym wspomniał mój były, musiał już być w toku. Ponownie wcisnęłam dzwonek, napierając palcem na jego plastikową obudowę. Otwórz, żmijo! – powtarzałam w duchu, czując, że znowu cała drżę.

Jakąś minutę później z domu wyszedł Sebastian z tacką pełną szaszłyków w rękach.

– Anka?! – na mój widok stanął jak wryty, a ja posłałam mu krzywy uśmiech.

– Otwórz! – krzyknęłam.

– Chyba nie przyjechałaś po młodego? Bawi się z Erykiem, Zielińscy dopiero co przyjechali…

– Otwórz – powtórzyłam, kiedy podszedł do furtki.

Szaszłyki wyglądały fikuśnie i pomysłowo. Kiedy Sebek podszedł bliżej, zauważyłam kawałki ananasa, kurczaka i papryki równiutko nabite na długie patyczki.

– Wejdź. Mam nadzieję, że jesteś głodna, bo…

– Gdzie Natalia?! – zapytałam ostro.

Sebastian znieruchomiał, z tacą pełną szaszłyków w dłoni.

– Posłuchaj, nie wiem, co się dzieje, ale mamy gości – powiedział po chwili, ale ja biegłam już w stronę altany, z której dochodził gwar rozbawionych głosów.

Żona mojego męża, jak czasem żartobliwie ją nazywałam w rozmowach z przyjaciółkami, siedziała na jednym z ogrodowych krzeseł. Tym razem miała na sobie cytrynową sukienkę z falbanami u dołu, a jej rozpuszczone długie włosy lśniącą kaskadą spływały na plecy. W ręku trzymała kieliszek czerwonego wina i wyglądała na rozbawioną. Dopiero na mój widok spochmurniała, jakby na jej twarz nagle padł cień...

– Anka, usiądź i ochłoń, bo widzę, że jesteś wściekła. – Sebastian podsunął mi jedno z krzeseł, ale nawet nie spojrzałam w jego stronę.

– To ty mnie nękasz, prawda?! Chcesz odebrać mi syna, ty anorektyczna, bezpłodna suko! – krzyknęłam, a w przystrojonym w papierowe lampiony ogrodzie zapadła złowroga cisza. – To ty masz klucze od mojego domu i ty się tam kręcisz! Wydzwaniasz do mnie, wysyłasz mi kwiaty w tymi idiotycznymi karteczkami, chcesz, żebym oszalała! – ruszyłam w jej stronę.

Natalia wstała i podała swój kieliszek z winem stojącej obok Beacie Zielińskiej, cenionej w lekarskim środowisku neonatolog, która przyglądała mi się teraz z wyrazem skrajnego szoku na wypełnionej botoksem twarzy.

– No powiedz, przyznaj się! Chcesz mi ukraść Dominika, tak jak ukradłaś mi męża?! – krzyknęłam. – Wiem o wszystkim, przejrzałam cię! Wiem o tym, że nie możesz zajść w ciążę, i wiem, jak obsesyjnie kochasz mojego synka! Ale on nie jest twój, nigdy nie będzie! Jest mój, słyszysz?! TO MÓJ SYN! – wrzasnęłam.

– Dość tego! – Andrzej Zieliński, przystojny, świetnie zbudowany szatyn z kilkudniowym zarostem na pociągłej twarzy, odstawił trzymany w ręku kieliszek, podszedł do mnie, złapał mnie pod ramię i pociągnął w stronę furtki. – Nie wiem, o co ci chodzi, ale widzę, że zdecydowanie powinnaś się uspokoić.

– Ja powinnam się uspokoić?! To ona ukradła mi męża, a teraz chce mi zabrać syna! Usiłuje zrobić ze mnie wariatkę, nie rozumiesz?! – krzyknęłam, ale Zieliński nie sprawiał wrażenia kogoś przejętego moim losem.

Wręcz przeciwnie – podobnie jak jego żona był oburzony moim wybuchem i zszokowany moim atakiem na Natalię, która pobladła i wyraźnie oszołomiona stała obok Beaty, pozwalając przyjaciółce głaskać ją po plecach.

– Pożałujesz tego, ty suko! – wrzasnęłam, kiedy Zieliński dosłownie wywlókł mnie za furtkę. – Puść mnie, gnojku! – syknęłam, wbijając mu obcas w goleń.

Skrzywił się i wycelował we mnie palcem.

– Nie wracaj tu więcej, słyszysz?! Na miejscu Natalii wezwałbym policję! – rzucił.

– Wal się! – parsknęłam i ruszyłam w stronę mojego samochodu.

Byłam w połowie drogi, kiedy przypomniałam sobie o Dominiku. Czemu dopiero teraz? Jak mogłam zapomnieć o synu, wyrzucałam sobie, biegnąc w stronę domu Natalii. Kiedy podeszłam do furtki, była już zamknięta.

– Sebastian! – wrzasnęłam i zza domu wyłoniła się sylwetka mojego byłego męża. – Zabieram Dominika, spakuj go! – poleciłam mu.

– Chyba żartujesz! Nie oddam ci dziecka, kiedy jesteś w takim stanie! – Sebastian był wściekły i nie zamierzał iść mi na rękę.

– Oddasz mi go teraz! – krzyknęłam. – I nie wmawiaj mi, że coś jest ze mną nie tak! To twoja żona chce zrobić ze mnie wariatkę!

– Co ty pieprzysz, Anka?! – Sebastian otworzył furtkę i wyszedł na chodnik. – Co ty wygadujesz, do ciężkiej cholery?! Natka chce ci odebrać Dominika?! Odbiło ci?!

– Nie znasz jej, słyszysz?! Nie wiesz, do czego jest zdolna! To sprytna suka bez skrupułów! – krzyknęłam, a przechodzący uliczką starszy pan posłał mi zdziwione spojrzenie.

– Anka, jedź do domu. Nie wiem, co się z tobą dzieje, ale dzisiaj na pewno nie oddam ci młodego! – Były mąż złapał mnie za rękę i lekko pchnął. – Wynoś się stąd i ochłoń, zanim Natalia wezwie policję! Prawdę mówiąc, już chciała dzwonić, ale odwiodłem ją od tego pomysłu tylko i wyłącznie przez wzgląd na stare czasy i dlatego, że jesteś matką mojego syna.

– Policję?! Niech dzwoni, świetny pomysł! Ja też wzywałam policję, kiedy ktoś wszedł do mojego domu!

– O czym ty mówisz?! Kto wszedł do twojego domu?! – Sebastian wyglądał na kompletnie oszołomionego.

– Ona, twoja żona! – krzyknęłam. – Chce ze mnie zrobić wariatkę, odebrać mi dziecko, rozumiesz?! Chce, żebym oszalała, a później...

– Anka, to się nie dzieje naprawdę. Nie mówisz poważnie, prawda? – Mój były mąż spojrzał na mnie tak, jak jeszcze nigdy na mnie nie patrzył – z niedowierzaniem, pogardą, wręcz odrazą. – Wiem, że jej nienawidzisz, może nawet nie powinienem cię za to obwiniać, ale tego typu oskarżenia?! Kurwa, zdajesz sobie sprawę z powagi twoich słów?! Natka kocha Dominika, nieba by mu przychyliła, a ty przychodzisz i robisz takie afery?!

– Ależ ja świetnie wiem, że ona go kocha! – parsknęłam. – Kocha go i chce, żeby był jej! Musi tylko pozbyć się mnie i będzie miała wszystko!

– Nie wierzę, że to się dzieje naprawdę! – Sebastian pokiwał głową i cofnął się do ogrodu.

– Bastek, nie rozmawiaj z nią, słyszysz?! – Natalia w towarzystwie wbitej w zieloną taftę Beaty Zielińskiej pojawiła się przy furtce, kiedy prosiłam męża, żeby spakował Dominika.

– Oddaj mi dziecko albo dzwonię na policję! – zagroziłam mu.

– Nie oddam ci go, kiedy jesteś tak wzburzona! – syknął Sebastian.

– Oddaj-mi-dziecko! – wycedziłam, a Natalia posłała mi nienawistne spojrzenie i kazała mi się wynosić.

– Przywiozę go jutro, obiecuję. – Mój były mąż wyraźnie usiłował załagodzić sytuację. – Jutro, zaraz po przedszkolu, okay? A teraz jedź do siebie i zastanów się nad tym, co nam dzisiaj zarzuciłaś.

– Nie wam. Jej – powiedziałam. – To ona za tym wszystkim stoi!

– Za czym?! Za czym, według ciebie, stoję?! – zapytała ostro Natalia.

Nie odpowiedziałam.

Zawróciłam i szybkim krokiem ruszyłam w stronę wylotu ich ulicy. Więc dobrze, oddadzą mi syna jutro. Tę jedną noc im podaruję, ale zrobię wszystko, żeby nieprędko go zobaczyli – obiecałam sobie w duchu. Wsiadając do samochodu, pożałowałam tej decyzji, wiedziałam jednak, że nie ma sensu tam wracać. Jeśli wrócę, wezwą policję, a ja nie mam żadnych dowodów na poparcie moich oskarżeń. Było ich słowo przeciwko mojemu, a oni dodatkowo mieli całkiem wiarygodnych świadków, którzy z całą pewnością bardzo chętnie opowiedzą gliniarzom, jak dosłownie rzuciłam się na nieszczęsną Natalię, atakując ją w ogrodzie podczas rodzinnego grilla. Szanowana, zdolna lekarka i była żona ze zszarganymi nerwami. Komu uwierzyłby sąd, gdyby któregoś dnia doszło do rozprawy? – zastanawiałam się, przekręcając kluczyk w stacyjce.

W drodze z Cichego Kącika podjechałam do marketu. Nadal cała się trzęsłam po konfrontacji w ogrodzie Natalii i nagle zdałam sobie sprawę, że muszę się napić. Nigdy nie miałam problemów z alkoholem. Lubiłam wino, czasem piłam coś mocniejszego, nie szukałam jednak ukojenia w kieliszku, nie topiłam emocji w wódce. Ale dołująca myśl o samotnym wieczorze i nocy w pustym domu sprawiła, że pomyślałam o czymś mocniejszym niż sprezentowane mi kiedyś przez Tamar czerwone gruzińskie wino, które trzymałam w mojej niewielkiej, pełnej weków z przetworami spiżarce. Oprócz wyborowej kupiłam jeszcze gin, sok pomarańczowy i mandarynki. Na większe zakupy nie miałam siły ani ochoty. Pośrodku pełnego ludzi marketu czułam się dziwnie wyobcowana. I chociaż wiedziałam, że to idiotyczne, miałam wrażenie, że wszyscy mi się przyglądają… Babsztyl z siwym odrostem sterczący obok stojaka z prasą, wąsaty facet w kraciastej koszuli przeglądający promocyjną gazetkę, młoda dziewczyna w beżowej sukience, jej chłopak i mijająca ich rudowłosa kobieta... Czekając w kolejce do kasy, kilkakrotnie obejrzałam się za siebie, jakbym chciała się upewnić, że nie stoi za mną nikt podejrzany. Ale nagle, wśród niedzielnego tłumu znudzonych, przypadkowych klientów, wszyscy wydali mi się dziwni i przerażający. Płacąc za zakupy, zdałam sobie sprawę, że cała się trzęsę. Kasjerka przyglądała mi się z nieukrywaną pogardą, jakby to, że drżały mi dłonie, było niemal jakimś wstydliwym piętnem.

– Przepraszam najmocniej – wymamrotałam, kiedy wypadł mi z ręki pięćdziesięciozłotowy banknot, a kobieta zza kasy musiała się po niego schylić.

Syknęła, ale nie powiedziała nawet słowa. Podniosła jedynie banknot i uważnie mu się przyjrzała, jakby podejrzewała, że mam w piwnicy sprawnie działającą fabryczkę fałszywych pieniędzy. Kolejka za mną zafalowała. Ludzie sprawiali wrażenie coraz bardziej zniecierpliwionych, przestępowali z nogi na nogę, pochrząkiwali, kręcili się i przytupywali. Posłałam skruszone spojrzenie stojącej za mną kobiecie w zaawansowanej ciąży i sięgnęłam po podaną mi przez kasjerkę plastikową torbę.

Wychodząc ze sklepu, doszłam do wniosku, że to takie smutne. Żyjemy stłoczeni obok siebie, ocieramy się spoconymi łokciami, tkwimy w korkach i sterczymy w tych samych gigantycznych kolejkach, ale coraz rzadziej patrzymy sobie w oczy. Samotność w tłumie... „Jedyne lekarstwo dla znużonych życiem w gromadzie: życie w wielkim mieście. To jedyna pustynia, jaka jest dziś dostępna" – przypomniałam sobie słowa Alberta Camusa,

240

które przeczytałam kiedyś na jednym z krakowskich murów. Jakże prawdziwe mi się to wydało, kiedy samotna i zaszczuta szłam przez pełen roześmianych ludzi market.

Na parkingu, wycofując ze swojego miejsca postojowego, poczułam gwałtowne uderzenie i ciszę rozdarł nieprzyjemny zgrzyt miażdżonej blachy.

– Nie wierzę – wymamrotałam, zerkając we wsteczne lusterko.

Facet, który we mnie wjechał, zaskakująco szybko wygramolił się ze swojego starego volvo i zapukał w okienko od strony pasażera.

– Nic się pani nie stało? – zapytał.

Wysiadłam z auta i obeszłam je. Tylna klapa hondy była lekko wgnieciona, zderzak również nie wyglądał najlepiej.

– Cholera – szepnęłam, tymczasem sprawca stłuczki, na oko pięćdziesięcioletni facet w szarym dresie, podszedł do mnie i wyciągnął rękę, chcąc się przywitać.

– Przepraszam, to moja wina. Nie mam pojęcia, jak to się stało, ale oczywiście zaraz spiszemy oświadczenie – powiedział.

Nie podałam mu ręki. Cofnęłam się i splotłam ramiona na piersiach, obronnym gestem kogoś, kto nie ma najmniejszej ochoty na kontakt z nieznajomym. Facet coś mówił, ale nie docierały do mnie jego słowa. Myślałam tylko o tym, że jesteśmy sami na pustym parkingu – tutaj, gdzie zaparkowałam, oprócz naszej dwójki nie było akurat żywej duszy. A jeśli to on? – przeszło mi przez myśl. Jeśli to jednak nie Natalia? Jeśli ten niepozorny z wyglądu, otyły, łysiejący facet z tłustymi włosami i dziobami po trądziku na policzkach śledził mnie od dawna i wykorzystał sposobny moment? Jeśli wciągnie mnie teraz do swojego auta albo zrobi coś, czego nie jestem sobie nawet w stanie wyobrazić? Nad tym, skąd mógłby mieć klucze od mojego domu, nawet się nie zastanawiałam. Po prostu rzuciłam się do biegu i gnana panicznym strachem popędziłam w stronę najbliższego wejścia do marketu.

– Proszę pani! Musimy spisać oświadczenie! – usłyszałam głos łysiejącego grubasa, ale biegłam dalej, dopóki nie wpadłam przez rozsuwane drzwi, gdzie owiało mnie duszne powietrze z wnętrza zatłoczonego sklepu.

Dopiero wtedy zdałam sobie sprawę, że zostawiłam otwarty samochód i wybuchłam histerycznym śmiechem. To się nie dzieje naprawdę – powtarzałam sobie w duchu, oparta plecami o bankomat, z potarganymi włosami i (zapewne) z widniejącym w oczach obłędem. Jakaś kobieta dziwnie na mnie spojrzała, inna posłała mi uśmiech. Stałam tam, łapiąc oddech po biegu, a przez moją głowę przelatywały dziesiątki coraz bardziej niedorzecznych myśli. Miałam stłuczkę na parkingu przed marketem, normalna sprawa. A jednak wpadłam w taką panikę, że z trudem mogłam oddychać...

Gość, który we mnie wjechał, dopadł mnie jakąś minutę później. Był zasapany i czerwony na twarzy, jakby zaraz miał paść na zawał.

– Zostawiła pani otwarty samochód – powiedział, podając mi moje kluczyki. – I przepraszam, jeśli panią zdenerwowałem. Na swoje usprawiedliwienie mam fakt, że nie planowałem tej stłuczki – dodał żartobliwym tonem, który jeszcze bardziej mnie poirytował.

Wzięłam od niego kluczyki. Przyglądał mi się z coraz większym zaciekawieniem, wyraźnie zaskoczony moim enigmatycznym zachowaniem. Zacisnęłam palce na pasku torebki, którą zdążyłam zabrać ze sobą i posłałam mu nieprzytomne spojrzenie.

– Dobrze się pani czuje? – zapytał z widoczną troską.

Spojrzałam mu w oczy. Były wodniste, jasnoniebieskie, niemal spłowiałe. Pomyślałam, że ma spojrzenie dobrego człowieka i skinęłam głową na „tak".

– Przepraszam, miałam ciężki dzień – szepnęłam.

– Bywa – mruknął. – Może wróćmy na parking, zanim...

– Usiądźmy tam – wskazałam ławkę z widokiem na nasze samochody i nie czekając na jego odpowiedź, wyszłam z przedsionka marketu.

Oświadczenie spisaliśmy bardzo szybko, co przyjęłam z prawdziwą ulgą. Zanim odjechał, zapytał, czy potrzebuję jakiejś pomocy, ale odmówiłam. W samochodzie, kiedy już zamknęłam się w bezpiecznym wnętrzu hondy i odzyskałam panowanie nad oddechem, doszłam do wniosku, że faktycznie zaczynam wariować. Tak niewiele wystarczy, żeby zrobić z człowieka kompletny wrak. W domu przyprawiał mnie niemal o zawał każdy szmer, trzask, czy dochodzący zza okna odgłos. Na ulicy bałam się ludzi, przyglądałam się im podejrzliwie, niepewna ich zamiarów, a będąc wśród znajomych, miałam nieprzyjemne wrażenie, że wiedzą o czymś, czego mi nie mówią, ukrywając przede mną coś potwornego... Słowem, wariowałam, a ten, kto sprawił, że straciłam kontrolę nad moim własnym życiem, nadal tkwił w ukryciu, przyglądając mi się z daleka niczym pająk złapanej w sieć musze.

Do domu dotarłam zlana zimnym potem, z bólem głowy zapowiadającym migrenę. Chciało mi się pić i byłam wściekle głodna – dopiero teraz, stojąc boso na zimnych kuchennych płytkach, zdałam sobie sprawę, że nie zjadłam niczego po powrocie z rolek. Nie miałam dziś w ustach nic oprócz śniadania, które podała mi Edyta. Wódka została w bagażniku razem z resztą zakupów. Przeklinając w duchu moje roztrzepanie, wyszłam przed dom i wyjęłam z auta siatkę. Uliczką biegły dwie nastoletnie dziewczyny. Zaśmiewały się z czegoś do łez i wyglądały na cudownie beztroskie. Pomyślałam, że dałabym wszystko, żeby chociaż na moment poczuć się tak lekko i zatrzasnęłam wgniecioną klapę bagażnika.

W domu zrobiłam sobie szybką jajecznicę, tłukąc przy tym jedno z jajek, a później nalałam do szklanki wódki i dolałam do niej pomarańczowego soku, dopełniając ją do reszty. Drink był zbyt ciepły i smakował paskudnie, ale palący mój przełyk alkohol na moment ukoił moje nerwy, sprawił, że usiadłam na sofie i zaczęłam zbierać myśli. Oskarżyłam Natalię o nękanie mnie, nie mając żadnych dowodów. Niedobrze... Zaczyna mi solidnie odpierdalać. Jeszcze gorzej... Nadal nie mam stuprocentowej pewności, czy to ona. Bardzo źle...

Drugi drink smakował jeszcze marniej, ale wypiłam go niemal duszkiem i dopiero wtedy odłożyłam wódkę do lodówki.

Kim jesteś, skurwysynie? – zastanawiałam się, samotnie siedząc w pustym salonie. Czego ode mnie chcesz i kiedy to wszystko się skończy?

Nagle, zupełnie niespodziewanie, przypomniał się Wojtek Skowroński, pracujący niegdyś na naszej uczelni magister ekonomii, który był swego czasu mocno we mnie zadurzony. Byłam już zaręczona z Sebastianem, kiedy Skowron upił się na jednym z naszych uczelnianych wyjazdów i dostawił się do mnie. Do dziś wzdrygałam się na wspomnienie jego przesiąkniętego piwem oddechu, zamglonego spojrzenia i wyraźnego wzwodu, który wyczułam na moim udzie, kiedy schwycił mnie przy windzie i przyparł do ściany. Wracałam wtedy do swojego pokoju, on mieszkał na tym samym piętrze. Powiedział, że mnie odprowadzi. Nie miałam ochoty na jego towarzystwo, ale i tak się za mną powlókł. A później złapał mnie za rękę, pchnął na ścianę, przywarł do mnie swoim szczupłym żylastym ciałem i zaczął mnie całować po szyi, usiłując jednocześnie wsunąć rękę pod moją wąską wełnianą spódnicę. Pamiętam, że ugryzłam go wtedy w nadgarstek, kiedy zasłonił mi usta, żebym nie krzyczała, a on powtarzał: „Ciiiicho, będzie ci dobrze, zobaczysz!". Do dziś nie wiem, jak by się to wszystko skończyło, gdyby w tamtym momencie nie pojawił się w hotelowym korytarzu jakiś facet. Zapytał, czy wszystko w porządku, a ja zdołałam odepchnąć pijanego kolegę i czmychnąć do swojego pokoju. Jakiś czas temu w mediach społecznościowych pojawiła się akcja ukazująca problem molestowania kobiet. *„Me too!"* – pisały niektóre z moich koleżanek na swoich facebookowych tablicach. „Ja też..." Czasem nie mogłam uwierzyć, jak wiele nas było. Napastowanych przez pijanych szefów, nękanych przez nachalnych sąsiadów, kolegów męża, znajomych z pracy czy z siłowni... Kiedy do facetów dotrze, że ich zaloty nie zawsze są mile widziane? Kiedy zrozumieją, że niekoniecznie chcemy być obmacywane, nagabywane, nękane telefonami i podrywane w sposób, który nam nie odpowiada? – zastanawiałam się, sięgając po laptopa.

Kiedy weszłam na Facebooka, wpisałam w wyszukiwarkę Wojtek Skowroński i portal zasugerował kilka osób o tym imieniu i nazwisku. Poznałam go niemal od razu, chociaż nieco się zmienił. Przytył, zapuścił krótką bródkę i sprawił sobie nieźle dobrane okulary w ciemnych oprawkach, które nadały mu wygląd intelektualisty. Weszłam na jego profil i obejrzałam kilka zdjęć. Żona, dziecko, dom pod miastem, pies rasy collie. Fotki, które wrzucał, ustawiał jako „publiczne". Zaprojektowana w stylu dworku willa z ładnym ogrodem, na podjeździe ciemnoszara terenówka, w tle dziecięce zabawki i zadbany dom. Żoną chwalił się równie często. Zmrużyłam oczy i przyjrzałam się drobnej blondynce, z którą się ożenił. Ładna dziewczyna. Zbyt ładna, jak na takiego dupka... Jego zdjęć nie było wiele. Kilka z ich wesela, później chrzciny, pucułowata córka na jego rękach, i jeszcze jedno na rowerze, na którym widniał podczas przejażdżki wzdłuż Wisły, w kasku na głowie i pomarańczowych szortach, opalony, z nagim torsem. Czy to może być on? – pomyślałam. Nie pracowaliśmy już razem, ale nadal mieliśmy wspólnych znajomych. Skąd jednak miałby klucz do mojego domu? – zastanawiałam się. Nie, to idiotyczne...

Trzeciego drinka wypiłam w sypialni na górze, rozłożona na łóżku z laptopem na kolanach. Sączyłam zaprawiony alkoholem sok, przeglądając profile moich facebookowych znajomych. Michał z kursu foto, na który kiedyś chodziłam, Olek z mojego roku, Kamil z sąsiedztwa. Z tym ostatnim zamieniłam jedynie parę słów, a jednak zaprosił mnie do grona znajomych... Weszłam na jego profil i zobaczyłam niemal to samo, co u Wojciecha. Dom ze świątecznymi ozdobami od frontu, pies, rower na podjeździe przy garażu, dziecięce zabawki na trawniku.

– Kim jesteś, skurwielu? – szepnęłam, zatrzaskując klapę od laptopa.

Odpowiedziała mi cisza i znowu zachciało mi się płakać... Teraz, kiedy opadły emocje, a ja nieco ochłonęłam, nie byłam już taka stuprocentowo pewna, że to Natalia mnie nęka. Naskoczyłam na nią w obecności jej przyjaciół i kompletnie się skompromitowałam... Nie lubiłyśmy się od początku. Miałam do niej żal, ona też raczej źle znosiła moją obecność, a jednak nasze relacje były dotąd w miarę poprawne, chociażby ze względu na Dominika. Jak teraz spojrzę w oczy jej i Sebastianowi? Czy znajdę słowa, żeby ich przeprosić, kiedy to wszystko się skończy?

A może to jednak ona?

Poniedziałek zaczął się fatalnie. Rano, samotnie jedząc naprędce przygotowanego omleta, zauważyłam przez okno, że ktoś przewrócił mój kubeł na śmieci, a część plastikowych worków z odpadami jest rozerwana i rozgrzebana. Zgniecione kubki po owocowych jogurtach zawalały mój świeżo skoszony trawnik na spółkę z błyszczącymi opakowaniami po fistaszkach, kawie i waniliowych lodach, a wszystko sprawiało wrażenie totalnego chaosu, jakby ktoś w olbrzymim pośpiechu przegrzebał moje śmieci.

– Niech to szlag! – zaklęłam, wkładając do zlewu talerz po omlecie.

W głębi domu rozdzwoniła się moja komórka, ale nie zdążyłam do niej dobiec. Spojrzałam na wyświetlacz. Numer nieznany. Skrzywiłam się i cisnęłam telefon na sofę. Ktokolwiek dzwonił, niech spieprza w podskokach. Nie zamierzałam oddzwaniać.

Na zewnątrz wyszłam w ciasno zawiązanym kwiecistym szlafroku i boso podeszłam do przewróconego kosza, żałując, że przed wyjściem z domu nie założyłam pantofli. Wokół nieszczęsnego kubła widniały odciski dużych męskich butów, a odór walających się po trawniku odpadków przyprawił mnie o mdłości. Spojrzałam w stronę domu, zastanawiając się, czy powinnam zostawiać otwarte drzwi. Gdyby ktoś przyczaił się na tyłach ogrodu, mógłby się teraz wślizgnąć do środka, korzystając z mojej nieuwagi – przeszło mi przez myśl i znowu poczułam się jak paranoiczka. Jeden z odcisków męskiego buta był wyraźniejszy od pozostałych. Schyliłam się, żeby lepiej mu się przyjrzeć. Duży rozmiar. Większy niż Sebastiana, zdecydowanie. Zresztą czemu pomyślałam akurat o nim? Ciężko mi w końcu było wyobrazić sobie byłego męża przegrzebującego mój kubeł na śmieci pod osłoną nocy.

Uliczką wolno przejechał samochód. Chyba ford, chociaż głowy bym nie dała. Był stary i poobijany, w kolorze przejrzałych wiśni. Kierowca, młody, obcięty na jeża chłopak, rozglądał się na boki, zapewne szukając jakiegoś numeru. Poczułam strach, ostatnio bałam się wszystkich i wszystkiego. Auto minęło mój dom, a kierowca nawet raz nie spojrzał w moją stronę, ale i tak przez dłuższą chwilę czułam się niepewnie. I jeszcze ten niepokojący incydent z przewróconym kubłem. Czy to możliwe, że ktoś czegoś szukał pośród śmierdzących worków z moimi śmieciami? Nie jestem przecież gwiazdą tego kalibru, żeby mój kosz przeszukiwali paparazzi. Zresztą, czy w Krakowie ostał się chociaż jeden paparazzo? Zapewne wszyscy siedzieli w stolicy, kręcąc się wokół lokalnego panteonu warszawskich celebrytów, pomyślałam prawie rozbawiona.

Ustawiając kosz na jego miejscu, jeszcze przez moment rozważałam, czy nie zadzwonić na policję, jednak dałam sobie spokój. Po krakowskim Podgórzu od zawsze kręciło się wielu żuli, a każdy z nich mógł przeskoczyć przez siatkę i przegrzebać moje śmieci. Mógł to również zrobić ten, kto mnie prześladuje – ponownie przeszło mi przez myśl, kiedy szukałam za domem miotły i szufelki. Uporałam się z bałaganem i cisnęłam wrzucone do nowych worków śmieci z powrotem do kubła, kiedy zauważyłam wychodzącą ze swojej połówki bliźniaka Edytę.

– Cześć! – pomachała mi. – Masz chwilę?!

– Jasne! – krzyknęłam.

Przebiegła przez ulicę tuż przed wolno jadącym volkswagenem ze starszą kobietą w źle dobranej peruce za kierownicą i podeszła do mojego płotu.

– Wchodź – otwarłam furtkę i wpuściłam ją na ogród.

Pocałowała mnie w policzek. Pachniała mocnymi perfumami o zmysłowym piżmowym zapachu. Pomimo wczesnej pory była już starannie umalowana.

– Nocą ktoś przegrzebał moje śmieci – powiedziałam, kiedy weszłyśmy do środka. – W pierwszym momencie chciałam złapać za telefon i zadzwonić po policję, ale jakoś straciłam ochotę. Bo niby co bym im powiedziała? Że ktoś mi grzebał w kuble? Zresztą to pewnie jakiś menel szukał puszek albo ciuchów...

– Pewnie tak – przytaknęła mi Edyta, a ze mnie momentalnie spłynęło napięcie. – A tak poza tym? Jak się trzymasz? Dalej ktoś się przy tobie kręci?

– Nie wiem – powiedziałam cicho.

– Jak to, nie wiesz? – zdziwiła się moja sąsiadka.

– Nie wiem. Na razie spokój, ale to chyba cisza przed burzą...

– Gadałaś z kimś? Z Sebastianem, z policją, z...

– Rozmawiałam z Tamar.

– No, ona to ci akurat niewiele pomoże – parsknęła Edyta. – Mnie też lekko odbija, odkąd mi o wszystkim opowiedziałaś. Coraz gorzej śpię, w dodatku miewam naprawdę niezłe urojenia. Wczoraj w nocy wydawało mi się, że ktoś jest za ścianą.

– W sensie u Artura? – zdziwiłam się.

– Tak. Obudziłam się koło trzeciej i wyraźnie słyszałam czyjeś kroki. Oczywiście to wszystko moja wyobraźnia, ale...

– Posłuchaj, a jeśli to on? – zapytałam.

– Kto? Artur? Żartujesz? – Edyta się roześmiała. – Przecież wyjechał. Wciąż jest w Izraelu, a ja już się niemal modlę o jego powrót, bo nieswojo się czuję z pustą połówką bliźniaka za ścianą. Zawsze to raźniej, kiedy ktoś jest obok, zwłaszcza facet – dodała.

– Skąd wiesz, że wyjechał? Może gdzieś się przyczaił albo... Edyta, co tak właściwie o nim wiesz? Bo ja niewiele... Gra w piłkę z moim synem, czasem proponuje, że skosi mi trawnik, ale poza tym jest jedną wielką niewiadomą.

– Co ja o nim wiem? Jest rozwiedziony, ma dobry kontakt ze swoim synem, często do niego jeździ. Musi mieć niezłą pracę, skoro wysyłają go służbowo do Tel Awiwu, poza tym...

– Edyta, to wszystko są domysły! Widziałaś tu kiedyś jego byłą żonę lub syna? Wiesz, gdzie dokładnie on pracuje? Znasz jakichś jego znajomych? Najbardziej zadziwia mnie jego tryb życia, wiesz? Żyje, jak jakiś średniowieczny asceta, nieczęsto wychodzi, nikt go nie odwiedza. Nigdy nie urządził parapetówki, nie zrobił grilla w ogrodzie, nie zaprosił do siebie ludzi z firmy. Przez parę godzin dziennie go nie ma, później wraca i grzecznie siedzi w domu bądź zajmuje się ogrodem. Facet ideał czy ktoś, kto coś ukrywa? Nie pije, nie pali, nie wraca do domu późno. Każdego wieczoru jest u siebie, nie włóczy się po centrum, z nikim się nie spotyka. Żadnych kumpli, żadnych kobiet, nikogo! I jeszcze te koszmarne blizny na jego rękach.

– Wzdrygnęłam się, a Edyta tylko wzruszyła ramionami.

– To jeszcze nie czyni z niego stalkera – powiedziała.

– Jasne, to nie czyni z niego stalkera, ale sama pomyśl. Niczego o nim nie wiemy! Sprawia wrażenie sąsiada idealnego, ale kim naprawdę jest?

– Facetem, na którego miałabym ochotę – westchnęła Edyta. – Moja Amelia też go lubi, a nie każdego tak łatwo akceptuje.

– Więc dobrze, facet ma podejście do dzieci, co nie znaczy, że nie jest podejrzany – mruknęłam.

– Ale o co tak właściwie go podejrzewasz? Że kręci się po twoim domu? Że tu wchodzi, otwierając sobie drzwi własnym kluczem? Anka, wiem, że przeżywasz teraz koszmarny okres, ale nie przesadzaj! Przecież to niedorzeczne!

– Pewnie tak – przyznałam, a Edyta posłała mi rozbawione spojrzenie.

– Idź na policję, słyszysz? Zawiadom o przestępstwie, powiedz, że był już u ciebie patrol, poproś ich, żeby z paroma osobami pogadali. Wizyta gliniarzy na pewno przywróci rozum chociażby temu jurnemu studencikowi, o którym nam ostatnio opowiadałaś.

– Może – powiedziałam cicho.

– Gdyby coś się działo, to dzwoń! I pamiętaj, że pod moim dachem zawsze jest dla was miejsce. Gdybyś nie mogła spać, wpadaj do mnie. – Edyta cmoknęła mnie w policzek i powiedziała, że musi lecieć. – Głupio by było drugi dzień z rzędu spóźnić się z otwarciem własnego salonu – dodała. – Pa, dziewczyno! I idź na policję! Dzisiaj!

– Pójdę. Pójdę na dniach – obiecałam.

– Nie na dniach, Anka! Dzisiaj! Zaczyna mnie solidnie wkurzać ta twoja bierność! – naskoczyła na mnie Edyta.

– Dzięki, tylko tego mi dziś było trzeba. Opieprzu od ciebie – skrzywiłam się, chociaż przecież wiedziałam, że sąsiadka ma rację.

Powinnam w końcu iść na policję i znaleźć kogoś, komu na serio przydzielą moją sprawę, pomyślałam, śledząc wzrokiem idącą w kierunku swojego samochodu Edytę. Odwróciła się w moją stronę, kiedy zamykałam furtkę na klucz.

– I znajdź sobie w końcu nowego faceta, bo chcę ci kiedyś sprzedać jedną ze ślubnych kiecek z mojego salonu! – krzyknęła.

– Wariatka! – odkrzyknęłam, a ona radośnie mi pomachała i wsiadła do auta.

Na uczelnię dotarłam dwie godziny później. Bolała mnie głowa i dokuczał żołądek, ale nałożyłam przed wyjściem wyjątkowo staranny makijaż i założyłam nową bordową sukienkę z dość odważnym dekoltem, jakbym chciała pokazać temu, kto mnie prześladuje, że nadal doskonale panuję nad własnym życiem. Szłam przez parking, kiedy zawołała mnie jedna ze studentek.

– Pani magister, zgubiła pani coś! – usłyszałam.

Odwróciłam się w momencie, w którym dwie szczupłe, ubrane na czarno dziewczyny wyskoczyły zza jednego z zaparkowanych samochodów i ruszyły w moim kierunku.

– To na pewno pani – wyższa z nich wcisnęła mi w dłoń jakieś zdjęcie i pociągnęła swoją roześmianą koleżankę za rękę.

Chwilę później, zaśmiewając się do łez i stukając wysokimi obcasami, pognały w stronę tramwajowego przystanku. Spojrzałam na fotkę i poczerwieniałam. Przedstawiała Irka, który z nagim torsem, w samych gimnastycznych spodenkach, biegł za piłką. Policzek miał umazany błotem, włosy potargane, w kompletnym nieładzie. Dziewczyny musiały zrobić to zdjęcie na meczu, a wręczyły mi je z czystej złośliwości.

– Bezczelne gówniary – mruknęłam pod nosem.

I chociaż wmawiałam sobie, że nie stało się nic wielkiego, ich głośny urągliwy śmiech rozbrzmiewał mi w uszach jeszcze długo po tym zdarzeniu. Jednej z nich nie znałam, ale ta wyższa miała u mnie poważny problem z zaliczeniem zeszłego semestru. A teraz się mściła... Takie mamy czasy, że student może sobie tak brzydko pogrywać nawet z wykładowcą. Kilkanaście lat temu byłoby to nie do pomyślenia. Ale może to tylko i wyłącznie moja wina? W końcu, gdybym nie wdała się w ten bezsensowny romans z Ireneuszem, nigdy by do czegoś takiego nie doszło – skrzywiłam się, schowałam kompromitującą fotkę do torebki i nie oglądając się na boki, weszłam do budynku.

W środku, popijając kupioną w automacie kawę, poczułam, że zdążyłam już ochłonąć i jestem niemal całkowicie spokojna. Jeszcze kilka tygodni wcześniej taki nieprzyjemny incydent na dobre by mnie pewnie wytrącił z równowagi, tego jednak ranka zaskakująco szybko zapomniałam o moim chwilowym wzburzeniu. Miałam ostatnio znacznie większe zmartwienia, niż żenujący teatrzyk urządzony przez dwie znudzone smarkule. Czuły się bezkarnie, bo przecież nie mogłam złożyć na nie skargi. Sytuacja była bardzo podobna do tej z pornograficznym obrazkiem – jeśli poszłabym z tym do władz uczelni, wyszłaby na jaw prawda o moim romansie, a te dwie świetnie sobie z tego zdawały sprawę...

Zajęcia poprowadziłam, nie wkładając w nie zbyt wiele serca. Studenci wydawali się tego dnia bardziej ospali niż zazwyczaj, a czas zdawał się rozciągać, jakby był z gumy. Kiedy w końcu wyszłam z dusznej sali, w której prowadziłam ćwiczenia, głowa bolała mnie tak, że chciało mi się wymiotować.

Z auta zadzwoniłam do byłego męża.

– Mam jechać po Dominika, czy ty go dziś zabierzesz? – zapytałam, kiedy odebrał.

– Tak, przywiozę go koło siedemnastej, a przy okazji pogadamy.

– Nie bardzo mamy o czym – rzuciłam kąśliwym tonem.

– Myślę, że jednak mamy o czym. – Sebastian był innego zdania.

– Muszę kończyć – powiedziałam, a on rozłączył się bez słowa, jak to ostatnio miał w zwyczaju.

Na myśl o czekającej mnie rozmowie znowu poczułam mdłości. Podejrzewałam, że mój były mąż nadal był wściekły, zaatakowałam w końcu jego najdroższą Natalię. Z drugiej jednak strony teraz, kiedy już opadły emocje, czułam też wstyd. Nie miałam pewności, czy to ona mnie nękała, a urządziłam w jej ogrodzie karczemną awanturę i było mi z tym źle. Ale najgorsza była myśl, że chociaż otaczają mnie przyjaźni, życzliwi ludzie, to wszyscy oni są równie bezradni jak ja. Nikt nie potrafi mi pomóc, a ja powoli tonę, coraz głębiej idąc pod wodę... Edyta miała jednak trochę racji – jestem irytująco bezradna, jakbym bez protestów dała się wtłoczyć w bierną rolę ofiary. A przecież walczę nie tylko o swoje bezpieczeństwo, ale i o syna. I to dla niego muszę być silna.

Sebastian zjawił się kilka minut po siedemnastej.

– Cześć – rzucił na mój widok, ale nie patrzył mi w oczy.

– Mamo, tato mi kupił nowe buty, a Natalia grę! – krzyknął Dominik, nieświadomy panującego pomiędzy nami napięcia. – Chcesz zobaczyć?

– Za chwilę, syneczku – powiedziałam.

– Okay! – Młody przemknął obok mnie i ze swoim plecakiem w dłoni pognał w stronę domu.

– Wejdź – powiedziałam, ale Sebastian wolał zostać na zewnątrz.

– Możesz mi wyjaśnić, co wczoraj odpierdoliłaś?! – zapytał ostro. – Skąd ten absurdalny atak na Natalię, co ci w ogóle przyszło do głowy?! Zdradziłem ci w zaufaniu, że ona ma problemy z zajściem w ciążę, a ty wpadasz do nas i nazywasz ją anorektyczną suką, która chce ci ukraść dziecko?! Zdajesz sobie sprawę, jak to brzmi?! Natalia przepłakała pół nocy, tak to wszystko przeżyła!

– Nie nazwałam jej tak! – krzyknęłam.

– Nazwałaś. Nazwałaś ją anorektyczną, bezpłodną suką i mam na to świadków! – rzucił mi w twarz mój były mąż.

– Świadków?! I co?! Pójdziesz do sądu?! – roześmiałam się gorzko.

– Jeśli coś takiego się powtórzy, na pewno – zagroził mi.

– Nie chcę teraz o tym rozmawiać, Sebastian. A Natalię ode mnie przeproś. Było mi później naprawdę głupio...

– Było ci głupio?! Rozwalasz nam przyjęcie, robisz nam wstyd przed przyjaciółmi i jest ci głupio?! Wybacz, ale to nie ja powinienem ją przepraszać – żachnął się mój były mąż. – Spieprzyłaś nam grilla, upokorzyłaś moją żonę i nadszarpnęłaś zaufanie, jakie do mnie miała. Niepotrzebnie ci mówiłem o naszych problemach! Przeprosisz ją, słyszysz?! Nie wyobrażam sobie, że mogłabyś tego nie zrobić! Ona w co drugi weekend kładzie do snu twojego syna, a ty...

– Naszego syna! – krzyknęłam. – I nie mów, że robi mi łaskę! Świetnie wiedziała, że podrywa żonatego faceta z małym dzieckiem, więc powinna przewidzieć, że od czasu do czasu będzie się musiała nim zajmować! Zresztą podobno to uwielbia?!

– Nie o to chodzi, Anka! Po prostu zachowałaś się poniżej wszelkiej krytyki! Czegoś tak podłego nie spodziewałbym się po tobie nigdy w życiu! Przeprosisz moją żonę, słyszysz?! Inaczej słowem się do ciebie nie odezwę! – wycedził.

– Jeśli oczekujesz, że przyjdę do was z kwiatami, to się przeliczysz. Zresztą ja się od niej przeprosin nie doczekałam. Nigdy mi nie powiedziała, że jej przykro. Ukradła mi męża i przeszła nad tym do porządku dziennego, jakby nic się nie stało!

– I dlatego ją wczoraj zaatakowałaś?!

– Nie, nie dlatego – powiedziałam cicho.

– Co się z tobą dzieje, Anka? Nie poznaję cię, zupełnie jakbym patrzył na obcą osobę. – Sebastian zrobił krok w moją stronę, ale się cofnęłam.

– Nic się nie dzieje – skłamałam i nie żegnając się z nim, ruszyłam w stronę domu.

Złapał mnie za rękę i zacisnął palce na moim nadgarstku.

– Przecież widzę, że coś jest nie tak!

– Puść mnie – wycedziłam.

Zabrał rękę, ale nadal wpatrywał się we mnie świdrującym, badawczym spojrzeniem.

– Masz jakieś problemy, prawda? Dzieje się coś, co kompletnie wytrąciło cię z równowagi, odebrało ci...

– Och, daruj sobie ten swój bełkot! Psychologią zajmuj się w pracy, nie jestem twoją pacjentką! – rzuciłam mu w twarz.

– Jak chcesz – powiedział. – I pamiętaj, że jeśli jeszcze raz naskoczysz w taki sposób na moją żonę, wezwiemy policję – dodał.

– Już się boję – warknęłam i ruszyłam przez ogród.

Sebastian wyszedł, zatrzaskując za sobą furtkę, która rąbnęła o metalowy słupek ogrodzenia. Chwilę później usłyszałam cichy trzask samochodowych drzwi i warkot silnika. Zanim weszłam do domu, wzięłam kilka głębszych oddechów i przez dłuższą chwilę stałam przed drzwiami, oparta o framugę. Jakaś część mnie marzyła o tym, żeby pomimo naszej awantury, zwierzyć się w końcu Sebastianowi. Wiedziałam, że zrobiłby wszystko, żeby mi pomóc, chociażby ze względu na bezpieczeństwo Dominika. Z drugiej jednak strony nadal się bałam... Tego, jak zareaguje, tego, że odbierze mi dziecko. Po moim kompromitującym ataku na Natalię miałabym jeszcze przyznać, że ktoś mnie nęka, zagrażając też naszemu jedynakowi? Nie, tego nie mogę zrobić. Brat Sebastiana jest prawnikiem, jego kuzynka też. Bóg jeden wie, co by zrobili, żeby przejąć opiekę nad Dominikiem? – pomyślałam, wchodząc do domu.

– Mamo, zobacz! Mam nowe tenisówki i grę od Natalii! – Młody dopadł mnie w kuchni i zaczął prezentować przywiezione z weekendu u ojca łupy.

– Super – powiedziałam cicho.

– Czemu wczoraj mnie nie zabrałaś? Widziałem cię przez okno, krzyczałaś na Natalię. Nie lubisz jej?

– Uwielbiam – syknęłam, ale syn nie wyczuł sarkazmu.

– To fajnie – powiedział i usiadł na kuchennej podłodze, żeby, pewnie po raz kolejny, zmierzyć nowe buty.

– Jesteś głodny? – zapytałam.

– Nie – mruknął, z wysuniętym czubkiem języka wiążąc sznurówki. Widać, w ciągu minionego weekendu opanował w końcu sztukę wiązania butów.

A może od dawna to potrafił, ale wolał, kiedy robił to za niego Sebastian?

Kwadrans później włączyłam mu bajkę. Wolałby iść ze mną na rower do pobliskiego parku Bednarskiego, ale wymówiłam się bólem brzucha.

– Zjadłaś za dużo lodów? – zapytał.

– Tak – skłamałam, nie wdając się w dalsze dyskusje.

Kiedy tkwił przed telewizorem, zrobiłam sobie drinka i samotnie usiadłam na werandzie.

Wieczór był ciepły, ale czułam chłód. Zza płotu dochodziły dźwięki muzyki, gdzieś obok ludzie się śmiali, kochali i jedli wczesną kolację, a ja samotnie tkwiłam na ukruszonych betonowych schodach, wpatrując się w zaróżowione, wróżące silny wiatr niebo.

Kim jesteś? – to pytanie zadawałam sobie w ostatnich tygodniach na okrągło, ale odpowiedzi na nie nadal nie znałam...

Zasnęłam koło północy, ale nie pospałam zbyt długo. Obudził mnie dochodzący z pokoju syna wrzask. Zerwałam się z łóżka i boso przebiegłam przez ciemny korytarz. Chwilę później wymacałam na ścianie kontakt i w niewielkiej sypialni syna rozbłysło światło. Dominik siedział na łóżku, z podciągniętymi pod brodę kolanami i przerażeniem w oczach.

– Mamusiu, zły pan tu był – powiedział.

Usiadłam na skraju jego łóżka, a on dosłownie się we mnie wczepił. Cały drżał i kurczowo złapał mnie za szyję.

– Był tu jakiś pan – szepnął.

– Synku, nikogo tu nie ma – powiedziałam, jednak serce rozszalało mi się w piersi, świadome niebezpieczeństwa.

W domu panowała niczym niezmącona cisza, zdałam sobie jednak sprawę, że nasłuchuję. Siedzieliśmy pośrodku rzęsiście oświetlonego pokoju, a zza otwartych sypialnianych drzwi ziała aksamitną czernią pustka ciemnego korytarza. Przez chwilę wydawało mi się, że słyszę złowrogie skrzypienie drewnianych stopni u podnóża schodów, ale z parteru nie doszedł już żaden niepokojący dźwięk.

– Mamusiu? Jakiś pan stał przy moim łóżku – powiedział Dominik, wciąż kurczowo we mnie wczepiony.

– Wszystko ci się śniło, syneczku – pogłaskałam go po włosach.

– Nie! On tu był! – krzyknął młody, po czym mnie odepchnął i skulił się w nogach łóżka.

– Chodź, sprawdzimy cały dom i zobaczysz, że nikogo tu nie ma – powiedziałam, chociaż wyobraźnia podsuwała mi wizję czającego się w ciemnościach, zamaskowanego mężczyzny.

Chwilę później, trzymając syna za rękę, zeszłam na dół, włączając po drodze wszystkie światła.

Drzwi frontowe były zamknięte, parter cichy i pusty. Dominik wciąż był bliski płaczu, drżał mu podbródek, a w oczach lśniły łzy.

– Miałeś zły sen, synku – pogłaskałam go po głowie.
– Czasem śnią się nam koszmary, przecież wiesz – usiłowałam go uspokoić.

– Może – przyznał w końcu, a ja odetchnęłam z ulgą.

Kiedy położyłam go z powrotem do łóżka, zostawiłam w jego pokoju zapaloną lampkę i jeszcze raz obeszłam cały dom. Dochodziła czwarta nad ranem. Racjonalna część mojego umysłu przekonywała mnie, że kimkolwiek był ten, kto mnie nękał, nie mógł mieć nowych kluczy, ale jakaś histeryczna nuta w mojej głowie niemal krzyczała: „Przecież wiesz, że on tu był!". Nagle przypomniał mi się obejrzany kiedyś u znajomych hiszpański thriller o portierze, który co noc wchodził do mieszkania jednej z atrakcyjnych lokatorek i zamienił życie dziewczyny w piekło. Czy takie rzeczy naprawdę gdzieś się komuś przytrafiały, czy może tego typu historie rodziły się jedynie w głowach pisarzy i scenarzystów? – zastanawiałam się. W ogrodzie sąsiadów gwałtownie rozszczekał się pies. Przymknęłam okno i oparta o wysoko ułożone poduszki usiadłam na łóżku. Byłam skrajnie zmęczona, ale czułam, że do rana już nie zasnę. Wyjęłam więc z szuflady notes i wypisałam w nim imiona osób, które podejrzewałam o nękanie mnie.

Natalia. Miała motyw i sposobność, a przy tym z całą pewnością mnie nienawidziła. Widziałam to w jej oczach, czułam bijący od niej lodowaty chłód. Gdyby odebrała mi syna, gdyby mogła go wychowywać wspólnie z Sebastianem, nie musząc dzielić opieki nad nim ze mną, byliby rodziną, o jakiej pewnie zawsze marzyła. Pełną, szczęśliwą, bez pałętającej się w tle byłej żony, czyli w tym wypadku mnie...

Irek. Nie, to chyba jednak nie on. W jego stylu były świńskie karteczki i zjadliwe esemesy, ale na pewno nie nachodzenie mnie w domu. Zbyt wiele by ryzykował, tak otwarcie łamiąc prawo, a przecież miał wiele do stracenia. Jego ojciec miał grubą kasę i trzymał go dość krótko. Pijackie wybryki to jedno, ale nękanie samotnej matki, która w dodatku była kiedyś jego wykładowcą? Nie, to przestaje mieć sens – napisałam.

Patryk? Owszem, tamtej nocy w domu Alicji niemal mnie zgwałcił, ale to było szmat czasu temu, a on był wtedy mocno podpitym nastolatkiem. Jaki miałby motyw teraz, po tylu latach? Sprawdziłam jego profil na Facebooku. Miał piękną dziewczynę, często podróżował, żył wygodnie i ciekawie. Czemu miałby mnie nękać? Bo jest psychopatą? – dopisałam, podkreślając ostatnie słowo na czerwono wyjętym z szuflady pisakiem, którego używałam, sprawdzając prace moich studentów.

Kto jeszcze? – zastanawiałam się, przygryzając końcówkę długopisu.

Tornike, syn Tamar. Ma problemy finansowe i podpadł lokalnej mafii, ale czy w jego sytuacji miałby jeszcze ochotę na gierki ze mną? Nie znamy się, nigdy nie było między nami flirtu czy jakiejś dwuznacznej sytuacji, widziałam go w przelocie, kilka razy w życiu. Poza tym to syn Tamar, a jej bezgranicznie ufam. Nie, to bez sensu…

Tamar? – zapisałam niewielkimi, drukowanymi literami i zaraz przekreśliłam imię zaprzyjaźnionej Gruzinki. Nie, to nie ona. Ma klucze, ale nie ma motywu. No, chyba że jest napaloną na mnie, ukrywającą swoją orientację lesbijką, która wpadła w obsesję na moim punkcie – uśmiechnęłam się pod nosem.

Imienia Sebastiana nie zapisałam, jednak przez moment zastanawiałam się, czy byłby możliwy ten ponury scenariusz, jaki uroiłam sobie, podejrzewając Natalię. Pomaga jej? Działają razem? Nie, to niemożliwe, niewyobrażalne, doszłam do wniosku.

Artur. Tajemniczy sąsiad, który ma świetny kontakt z moim synem i coraz częściej się przy nas kręci. Raczej małomówny, ale zaskakująco życzliwy, mający podejrzanie dużo wolnego czasu. Artur, który (podobno) jest teraz w Izraelu, ale może wcale tam nie poleciał.

Nagle pomyślałam o Mateuszu. Czy nasze spotkanie w Teatro Cubano rzeczywiście było tak przypadkowe, jak mówił? A może to on jest tajemniczym wielbicielem, który śledzi mnie od dawna? Okazało się, że zna nie tylko Jacka, ale i Majkę, więc może jakiś cudem zdobył moje klucze? Bywałam przecież u niej na imprezach, a moja torebka leżała rzucona gdzieś na fotel, ale...

– Jezu Chryste, ja do reszty oszalałam – mruknęłam i wyrwałam z notesu kartkę z imionami, którą zmięłam i cisnęłam pod komodę.

Mateusz był jedynie przypadkowo poznanym w knajpie kolesiem, który przeleciał mnie, korzystając z okazji, i wyrzucił mój numer, jak robiły to miliony facetów. Drink, gadka szmatka, łóżko i obietnica kolejnej randki, która nigdy nie nadejdzie. Schemat stary jak świat, nic

poza tym – powiedziałam sobie. Rano, jak tylko odwio-
zę młodego do przedszkola, idę na policję – zdecydowałam chwilę później. Nie mogę dłużej czekać, przyczajo-
na jak zaszczute zwierzę, z nadzieją, że dręczycielowi
po prostu znudzi się ta zabawa i da mi spokój. Kimkolwiek jest, nie odpuści – zrozumiałam. A ja muszę mu
pokazać, że nie jest tak bezkarny, jak sobie wyobraża!

Rano znalazłam wciśniętą za wycieraczkę mojej hondy czerwoną różę i białą kopertę, włożoną tam razem z kwiatem. Otworzyłam ją drżącymi rękoma, podczas gdy mój coraz bardziej zniecierpliwiony syn stał obok i marudził, że chce już jechać do przedszkola.

„Jesteś mi przeznaczona" – przeczytałam.

Litery były starannie wykaligrafowane, jakby ktoś napisał je piórem, nie zwykłym długopisem.

– Mamo?! – Dominik szarpnął za rękaw mojej kwiecistej sukienki, domagając się mojej uwagi.

– Już jedziemy. – Schowałam kartkę do torebki i otworzyłam mu tylne drzwi. – Wsiadaj! – ponagliłam go.

– Kto ci kupił kwiatka? – zapytał syn.

– Kolega z pracy – skłamałam.

– Czemu?

– Bo mnie lubi – mruknęłam, zapinając go w foteliku.

Różę razem z miłosnym wyznaniem cisnęłam obok mojej torebki na przednie siedzenie. Skoro wybierałam się na komisariat, będzie, jak znalazł, pomyślałam.

– Mamo, ale to nie jest twój chłopak? – zapytał młody.

– Nie.

– A czemu nie chcesz mieć chłopaka? Mamo, dlaczego...

– Możesz się na moment przymknąć?! – krzyknęłam, a Dominik posłał mi spłoszone spojrzenie dzieciaka nieprzyzwyczajonego do takiego traktowania. – Przepraszam, synku, jestem dziś bardzo zmęczona. Źle spałam, boli mnie głowa – dodałam znacznie już łagodniejszym tonem.

Nie odpowiedział.

Skinął głową i sięgnął do swojego plecaka, z którego wyjął pluszowego dzika. Przygryzłam wargi, walcząc z cisnącymi się do oczu łzami. Ostatnio żyłam w takim napięciu, że byle co mogło wyprowadzić mnie z równowagi, ale przecież powinnam nad sobą panować. Nie mogę wrzeszczeć na Dominika tylko dlatego, że ktoś, kto mnie nęka, podchodzi coraz bliżej.

W drodze do przedszkola syn nie odezwał się do mnie nawet słowem. Dopiero kiedy wypuściłam go z samochodu, wtulił się twarzą w moje biodro i zapytał, czy po niego przyjadę.

– Oczywiście, że po ciebie przyjadę – obiecałam.

– I nie jesteś już zła? – dopytywał się.

– Nie jestem na ciebie zła – powiedziałam. – Nigdy, słyszysz?

– Ale krzyczałaś...

– Mama czasem jest zmęczona... – westchnęłam. – Chodź, musimy już wejść do środka – ponagliłam go.

Byłam w korytarzu pełnym młodych matek i ich roz-
wrzeszczanych dzieciaków, kiedy zauważyła mnie wychowawczyni syna, Hanna Dębińska. Zazwyczaj wita-
łyśmy się przelotnym uśmiechem bądź zdawkowym
„dzień dobry", tym razem jednak kobieta była poważna
i lekko zdenerwowana.

– Pani Anno, proszę zaczekać! Pewnie się pani spieszy, ale chciałabym z panią porozmawiać. To ważne
– zaczęła, odrobinę się zacinając, jakby ciężko jej było
poprosić o tę rozmowę.

Zatrzymałam się przy wejściu do szatni i zerknęłam na syna, który siedząc na niskiej drewnianej ławce,
przebierał buty.

– To naprawdę ważne. – Dębińska podeszła bliżej
i nerwowo przygryzła wargi.

– Ale teraz, pani Hanno? – Zerknęłam wymownie na
zegarek, chcąc dać jej do zrozumienia, że pora nie jest
odpowiednia. – Po południu mam zajęcia z moimi studen-
tami, a chciałabym jeszcze przygotować się do ćwiczeń.

– To zajmie chwilkę. Przejdźmy może tutaj. – Wychowawczyni mojego Dominika pchnęła jedne z poma-
lowanych na zielono drzwi i znalazłyśmy się w pełnym
dziecięcych rysunków jasnym pomieszczeniu z czerwo-
nym dywanem i mnóstwem zabawek, które w zaskaku-
jącym porządku stały umieszczone na drewnianych
regałach.

– Proszę, niech pani siada. Chciałam pani coś pokazać – powiedziała Dębińska, a ja przycupnęłam na
jednym z niebieskich krzeseł pod oknem.

– Są jakieś problemy z Dominikiem? – zapytałam cicho, podczas gdy nauczycielka przeglądała jedną z kraciastych papierowych teczek, które zdjęła z ostatniej półki regału.

– Trudno mi powiedzieć – zawahała się. – Ale nie ukrywam, że jestem poważnie zaniepokojona – dodała.

– A konkretniej? – zapytałam, czując, jak zaczyna mi pulsować żyłka na skroni – oznaka nieuchronnie się zbliżającej migreny.

– Chodzi o rysunki Dominika. Proszę spojrzeć. To narysował wczoraj, a to kilka dni temu. Kilka innych, starszych, zostało w biurku pani dyrektor. – Dębińska podeszła do mnie i wręczyła mi dwie zabazgrane przez mojego syna kartki.

Oba malunki były wykonane czarną kredką i na obu widniał jakiś tajemniczy mężczyzna z rozcapierzonymi palcami i długą skołtunioną brodą. Na samym dole obu kartek widniało łóżko z wysokim zagłówkiem, a w nim leżało chyba dziecko – jego sylwetka była nieproporcjonalnie mała w stosunku do gigantycznej sylwetki brodacza.

– Kiedy zapytałam Dominika, co narysował, powiedział, że to zły pan, który przychodzi nocą. Zaniepokoiło mnie to do tego stopnia, że rozmawiałam o tym z dyrektorką przedszkola, ale…

– To tylko dziecięce bazgroły – powiedziałam cicho, świetnie wiedząc, że oszukuję samą siebie.

To, co widziałam, musiało świadczyć o tym, że mój syn panicznie się czegoś boi. W domu rzadko rysował, wolał klocki i modelinę. Jednak to, co pokazała mi pani

Dębińska, prawdziwie mną wstrząsnęło. I nagle, kiedy siedziałam pośrodku pełnej radosnych malowideł sali, zobaczyłam nie tylko kontrast pomiędzy radosnymi rysunkami innych dzieci a ponurymi obrazkami namalowanymi ręką mojego syna. W tamtej chwili zdałam sobie również sprawę, że on, kimkolwiek jest, być może ma jakiś realny, groźny wpływ na moje dziecko...

– Pani Anno, jeśli to możliwe, chcielibyśmy, żeby Dominik porozmawiał ze współpracującą z nami psycholog. Jeśli tylko...

– Nie! – krzyknęłam, zrywając się z krzesła tak gwałtownie, że niemal je przewróciłam. – Mój syn nie potrzebuje psychologa!

– Wręcz przeciwnie, potrzebuje. – Pomimo mojego wybuchu, wychowawczyni Dominika zachowała imponujący spokój. – Te rysunki wyraźnie sugerują, że pani dziecko czegoś się boi. Być może sugerują nawet przemoc fizyczną bądź psychiczną albo...

– Nie będę tego słuchać! I do pani wiadomości – nikt się nad moim synem nie znęca! – krzyknęłam.

– Czasem rodzice nie wiedzą wszystkiego. Znane są przypadki molestowanych dzieci, które...

– Molestowanych dzieci?! Jakim prawem sugeruje pani tego typu rzeczy?! – teraz wpadłam już w furię.

Nikt, do ciężkiej cholery, nie molestował mojego syna! Pilnowałam go jak oka w głowie, zauważyłabym coś, cokolwiek – powiedziałam sobie.

Dębińska stała z założonymi ramionami i lekkim uśmiechem, który zapewne w jej mniemaniu miał mnie zachęcić do zwierzeń. Ale ja nie zamierzałam rozmawiać z tą smarkulą, której się wydawało, że pozjadała wszystkie rozumy!

– Wychodzę – syknęłam. – A kiedy jutro tu wrócę, nie chcę słyszeć podobnych insynuacji! Ani jutro, ani nigdy więcej!

– Pani Anno, mamy prawo reagować. Jeśli nie podejmie pani z nami dialogu, mamy prawo powiadomić policję bądź wysłać pismo do opieki społecznej. Jeśli zachodzi tylko cień podejrzenia, że dziecku dzieje się w jego otoczeniu jakakolwiek krzywda, w porozumieniu z dyrekcją placówki wszczynamy działania.

– Mojemu synowi nie dzieje się żadna krzywda! – krzyknęłam, kompletnie wytrącona z równowagi.

– Rozumiem pani wzburzenie, ale te rysunki świadczą o czymś zupełnie przeciwnym. A to niejedyne takie obrazki, które wyszły spod jego ręki. Nigdy nie pozwoliłabym sobie na rzucanie takich poważnych podejrzeń, nie obserwując dziecka przez dłuższy czas. Nie jestem psychologiem dziecięcym i nie mam pojęcia, co konkretnie się dzieje, ale pani syn wyraźnie się czegoś boi. Czegoś albo kogoś – powiedziała Dębińska, a ja z powrotem usiadłam na krześle, bo nagle ugięły się pode mną nogi.

Boże, to się nie dzieje naprawdę, pomyślałam. Najpierw ktoś mnie nęka, a teraz przedszkole syna grozi, że wciągnie w moje życie policję i opiekę społeczną?

– Pani Anno, czy zgadza się pani na rozmowę z naszą panią dyrektor? Może wspólnie coś ustalimy albo...

– Co?! Co chce pani ustalać?! – wybuchłam. – Nie biję syna, nie znęcam się nad nim fizycznie ani psychicznie, nie kręci się przy nim żaden zły wujek z lizakiem na zachętę! Molestowany?! Skąd to państwu przyszło go głowy?!

– Nie twierdzę, że Dominik jest molestowany, to może być wszystko. Bardziej wygląda mi na zastraszonego, jakby w jego otoczeniu działo się coś, nad czym nie ma kontroli. Powiedziałam tylko, że...

– Nie dzieje się nic złego, przysięgam! Jestem ostatnio zestresowana, może syn wyczuł mój marny nastrój?

– Wspomniała mi pani niedawno, że ktoś panią nęka. Zgłosiła to już pani policji? – zapytała nauczycielka, a ja pożałowałam, że o czymkolwiek jej wspomniałam.

– To chyba nie pani sprawa? – zjeżyłam się.

– W kontekście tego, co widzę na tych obrazkach, owszem, moja – powiedziała Dębińska oficjalnym tonem.

Posłałam jej wrogie spojrzenie. Nienawidziłam jej w tym momencie tak, że z trudem nad sobą panowałam, chociaż przecież wiedziałam, że chce dobrze. Chroniła mojego syna, nie wiedziałam jedynie, przed kim. Może właśnie dlatego tak mnie wytrąciła z równowagi nasza rozmowa? Siedziałam przed tą niemającą chyba jeszcze nawet trzydziestki smarkatą i tłumaczyłam jej, że nie jestem złą matką, a mojego syna nikt nie krzywdzi, chociaż gdzieś w głębi serca wiedziałam, że jej podejrzenia są słuszne. To, co od niedawna się wokół mnie działo, nocne koszmary Dominika, jego ciągła obawa przed złym panem – coś było na rzeczy! Ale przecież wiedziałabym, gdyby ktoś zrobił mu jakąś krzywdę, wiedziałabym – powtarzałam sobie.

– Pani Anno, będziemy wdzięczni, jeśli zjawi się pani na rozmowie z naszą panią dyrektor. Obecna będzie również współpracująca z naszą placówką psycholog dziecięca. W kwestii terminu, zadzwonimy do pani na komórkę. – Dębińska podeszła do drzwi i otworzyła je na oścież, a z zatłoczonego korytarza doszedł szum dziecięcych głosów, śmiech kręcących się tam matek i radosne piski stojących przy wejściu do szatni dziewczynek. – Proszę uważać na Dominika – dodała Dębińska, zanim się pożegnałyśmy.

– Zawsze na niego uważam – wycedziłam.

Wychowawczyni mojego syna skinęła głową, ale nie dodała niczego więcej.

Z budynku przedszkola wyszłam czerwona z emocji i buchająca wściekłością. Jakim prawem ta baba miesza się w moje życie i sugeruje, że jestem złą matką?! – zastanawiałam się w drodze do samochodu. Chwilę później przypomniałam sobie jednak ponure rysunki syna i zachciało mi się płakać. Co, jeśli ona ma rację? Co, jeśli dzieje się coś, czego nie dostrzegam? Jeśli ten, kto mnie nęka, zagraża też mojemu dziecku w sposób o wiele bardziej bezpośredni, niż mogłabym przypuszczać?

Tym razem miałam szczęście – kiedy dotarłam na komendę, podkomisarz Aldona Siekira była akurat u siebie.

– Pierwsze piętro, drugie drzwi na lewo – rzucił przechodzący korytarzem facet, kiedy o nią zapytałam.

Na mój widok policjantka lekko się skrzywiła, jakby miała dość pracy nawet beze mnie. Była ładna, po kobiecemu zaokrąglona, o dużych niebieskich oczach i ciemnych włosach; przypominała mi nieco Aśkę Wolską, z którą wieki temu chodziłam na aerobik.

– Proszę, niech pani wejdzie – powiedziała, kiedy niepewnie przystanęłam w otwartych drzwiach. – O co chodzi? – zapytała po chwili.

Głos miała ostry, mało sympatyczny, a jednak sprawiała wrażenie kogoś, kto potrafi słuchać i z kim można szczerze porozmawiać. Usiadłam na jednym z lekko rozchybotanych drewnianych krzeseł, ona odłożyła trzymane w ręku akta i skupiła całą uwagę na mnie.

– Niedawno ktoś zgłaszał u pani sprawę nękania mnie. Prowadzę nocny program radiowy w jednej z rozgłośni i…

– A tak, kojarzę. Jakiś zboczeniec wypisuje świństwa? – weszła mi w słowo Siekira. – Miałam właśnie do was dzwonić, wczoraj udało się nam go namierzyć. To jakiś sfrustrowany pięćdziesięciodwulatek z Mistrzejowic. Gość jest bezrobotny, mieszka ze starszą siostrą. Kiedy zapukała do niego policja, był przerażony. Kumple z prewencji wspomnieli, że prawie się popłakał na ich widok. Frajer nie wiedział nawet, że można go zlokalizować dzięki numerowi IP jego domowego komputera, a część tych wiadomości lekkomyślnie przesyłał z mieszkania swojej siostry – policjantka uśmiechnęła się krzywo i dodała, że facet nie powinien mnie już więcej nękać. – Z tego, co ustaliliśmy, wynika, że to było jego pierwsze tego typu wykroczenie. Co prawda był już raz notowany, ale wtedy chodziło o rabunek.

– Pocieszające – skwitowałam, a siedząca naprzeciwko mnie kobieta lekko się uśmiechnęła.

– Witam w mojej bajce – rzuciła.

– Jest jeszcze coś – powiedziałam.

– Tak? – Siekira wstała zza biurka i rozmasowała sobie bark. – Kolejny zboczeniec?

– Nie wiem, ja... Od jakiegoś czasu ktoś mnie nęka.

– W sensie stalkingu?

– Tak.

– Zgłaszała to pani wcześniej?

– Nie. Raz była u mnie policja, po tym, jak ktoś wtargnął do mojego domu, ale...

– Wtargnął? Było włamanie?

276

– Nie. Ktoś otworzył sobie drzwi kluczem. Nie mam pojęcia, skąd go miał i do dziś nie wiem, kto to mógł być. Mój były mąż i gosposia twierdzą, że to nie oni – powiedziałam, a podkomisarz wyjęła z szuflady notes i coś sobie zapisała.

– Założę sprawę i zaraz się temu przyjrzymy. Mieszka pani sama?

– Z pięcioletnim synem.

– Podejrzewa pani kogoś?

– Żeby jednego – parsknęłam nerwowym śmiechem.

– Ostatnio wpadłam w prawdziwą paranoję. Podejrzewam nawet sąsiada, który obecnie przebywa służbowo w Izraelu. Wmówiłam sobie, że wcale tam nie poleciał, chociaż przecież na własne oczy widziałam, jak wkłada walizkę do samochodu i jedzie na lotnisko.

– Może chciał, żeby właśnie to pani zobaczyła? Może to nie paranoja, a podszept intuicji? – mruknęła policjantka. – Proszę mi zapisać namiary na wszystkie osoby, które pani podejrzewa. Adresy, telefony, jeśli je pani zna. Nękał panią mailowo?

– Nie. Kilka razy zadzwonił z nieznanego mi numeru, ale to mogła być pomyłka.

– Ma pani ten numer?

– Tak, zapisałam go sobie. – Sięgnęłam do torebki i wyjęłam z niej zmiętą karteczkę. – Dziś rano dostałam od niego różę. Wcisnął ją za wycieraczkę, razem z kopertą. W środku była kartka, na której...

– Napisał: „Jesteś mi przeznaczona?" – dokończyła za mnie policjantka.

– Skąd pani wie? – wykrztusiłam.

– Też taką różę dostałam. Mieszka pani w Podgórzu, prawda? To akurat była akcja promocyjna jednej z nowych kwiaciarni. Mówili o tym wczoraj w lokalnych wiadomościach. Powiedzieli, że za wycieraczkami losowo wybranych samochodów pojawią się róże. Pomyślałam, że z moim życiowym pechem znajdę na masce wyłącznie kobierzec z gołębich odchodów, a jednak się udało – powiedziała Aldona Siekira, a ja prawie się popłakałam, taką odczułam ulgę.

– Więc to nie on?

– Tym razem nie – powiedziała. – Chce pani coś dodać? Jakieś inne niepokojące incydenty? Ktoś panią obserwuje?

– Raz ktoś, zakładam, że on, przysłał mi kwiaty i napisał, że lubi na mnie patrzeć, kiedy śpię. A ja do dziś nie wiem, czy była to jedynie próba zastraszenia mnie, czy rzeczywiście ktoś wchodzi do mojego domu i przygląda mi się nocami...

– Chory skurwysyn! Coraz więcej popaprańców dookoła – zaklęła policjantka. – Jakieś pół roku temu prowadziłam sprawę nauczycielki geografii, którą nękał zupełnie obcy facet. Gnojek zaszczuł ją tak, że dziewczyna usiłowała popełnić samobójstwo, na szczęście ją odratowano. Ze swojej strony obiecuję, że potraktuję pani sprawę priorytetowo. Pogadam z kolegami, którzy byli u pani na interwencji, przyjrzę się wszystkiemu na spokojnie, a pani musi na jakiś czas wynieść się z domu. To najprawdopodobniej kwestia kilku dni, ale nie może pani dłużej ryzykować, zwłaszcza jeśli ma pani dziecko – dodała Siekira, a ja opowiedziałam jej o rozmowie z wychowawczynią syna. – Czyli jest podejrzenie, że on w jakiś sposób dotarł też do pani dziecka? Kto ma kontakt z chłopcem? – zapytała.

– Rodzina, sąsiedzi, druga żona jego ojca.

– Ojca dziecka?

– Tak, Sebastiana.

– Co to za ludzie? Piją? Mają jakieś problemy?

– Nie, skąd. Ona jest szanowaną neurolog, a mój były psychologiem klinicznym. Sebastian kocha syna, ale ona...

– Co z nią? – zainteresowała się podkomisarz.

– Jest jedną z moich podejrzanych – powiedziałam cicho, jakbym nagle zdała sobie sprawę, jak niedorzecznie to brzmi.

Policjantka nie wyglądała jednak na zaskoczoną, wręcz przeciwnie.

– Czemu pani tak myśli? – zapytała tylko, w żaden sposób nie okazując zdziwienia.

Opowiedziałam jej więc o Natalii i jej nieudanych próbach zajścia w ciążę, o jej obsesyjnej wręcz miłości do mojego syna i braku skrupułów, o jaki ją podejrzewałam.

– Dobrze, proszę mi zostawić namiary do siebie i obiecać, że zaraz po tym, jak odbierze pani syna z przedszkola, opuści pani dom. Jutro się umówimy i obie tam zajrzymy, ale tę noc powinna pani spędzić gdzie indziej. Z tym że proszę sobie raczej darować domy przyjaciółek, zwłaszcza tych z sąsiedztwa. Niech to będzie dawno nie-odwiedzana rodzina, względnie jakiś mniejszy hotel lub pensjonat. Może mi pani to obiecać? Chcę na spokojnie przyjrzeć się sprawie, ustalić, na czym stoimy. Jutro zdecydujemy, co dalej, ale dziś powinna pani spać poza domem. Nie chcę pani straszyć. Część z tego typu prześladowców, to raczej niegroźni frustraci, którzy tylko w taki sposób potrafią nawiązać kontakt z kobietą. Nawet jeśli to kontakt zupełnie wyimaginowany. Ale część z nich jest groźna. To drapieżnicy, którzy nie cofną się przed niczym. Bywa, że mają poważne zaburzenia psychiczne, a kiedy poczują się odrzuceni, mogą zaatakować, a nawet zabić. O ile w tym przypadku mamy do czynienia z mężczyzną, oczywiście. Tego jeszcze nie wiemy, dlatego proszę potraktować poważnie moje ostrzeżenia i dotrzymać słowa. Dopóki nie mamy pojęcia, kto panią nęka, bądźmy ostrożne.

– Dobrze, znajdę coś na tę noc – powiedziałam, a Siekira wręczyła mi swoją wizytówkę.

– Proszę do mnie dzwonić o każdej porze, jeśli tylko poczuje się pani zagrożona. Ja postaram się zorganizować ekipę, która częściej będzie patrolować okolicę pani domu, zwłaszcza nocami, ale to wszystko wymaga czasu i zaangażowania kolejnych ludzi.

– Dziękuję.

– Zawsze do usług. – Siekira posłała mi zaskakująco promienny uśmiech i zdałam sobie sprawę, że polubiłam tę szczerą, otwartą kobietę, chociaż przecież niczego o niej nie wiedziałam, a klimat naszego spotkania był daleki od koleżeńskiego.

Prosto z komendy pojechałam po syna. Nie chciałam czekać do popołudnia, za bardzo się o niego bałam.

– Pani Anno, pani dyrektor jest akurat u siebie i mogłaby z panią porozmawiać – rzuciła na mój widok wychowawczyni Dominika, ale nie zamierzałam rozmawiać ani z nią, ani z kimkolwiek innym.

Chciałam tylko zabrać moje dziecko do domu, spakować nam trochę ciuchów i zaszyć się gdzieś, gdzie chociaż na moment będę mogła odetchnąć, wziąć gorącą kąpiel i przez chwilę poczuć się bezpieczna, zostawiając całe to szaleństwo za sobą.

– Spieszę się – rzuciłam więc tylko i ciągnąc za rękę zaskoczonego moim wcześniejszym pojawieniem się syna, wyszłam z budynku.

– Czemu już przyszłaś? – zapytał młody, kiedy szliśmy w stronę mojego postawionego na zakazie samochodu.

– Pojedziemy dziś na wycieczkę. Będzie fajnie, zobaczysz. Zjemy pizzę, może nawet lody, pogadamy – powiedziałam, starając się nadać głosowi jak najbardziej beztroskie brzmienie.

– A tato z nami pojedzie? – zapytał Dominik.

– Nie, tylko my.

– Czemu? Mamo, dlaczego? Ja chcę, żeby tato też z nami jechał! I Natalia!

– No, Natalię z pewnością zabierzemy – mruknęłam pod nosem.

Na szczęście uwagę mojego syna zaprzątnął przejeżdżający właśnie ulicą strażacki wóz na sygnale i młody stracił zainteresowanie naszą rozmową.

– Mamo, patrz! Pali się! – krzyknął, wyraźnie podekscytowany.

– Straż nie jeździ tylko do pożarów – powiedziałam,
otwierając samochód. – Czasem wypompowuje wodę
z piwnic albo...

– Jeździ do wypadków! Artur mi mówił! Opowiadał
mi o wypadkach! – pochwalił się mój syn.

– Artur opowiadał ci o wypadkach? – zapytałam
cicho.

– Tak! Powiedział, że w wypadkach umierają też dzieci! – Dominik wyraźnie chciał podjąć temat, ale ja miałam dość.

– Później mi o tym powiesz, dobrze? – zapytałam
cicho, zmrożona usłyszanymi od syna rewelacjami.

Z drugiej jednak strony dzieciaki często przekręcały
zasłyszane wiadomości, a to, o czym sąsiad mógł wspomnieć w zupełnie niewinnej rozmowie z moim synem,
mogło teraz, w jego ustach, zabrzmieć o wiele upior-
niej...

– Okay – zgodził się młody i sięgnął po leżące na
tylnym siedzeniu opakowanie oblanych czekoladą herbatników, które musiało mi wypaść z przepełnionej
siatki na zakupy. – Ciastka! – ucieszył się. – Mogę?

– Możesz – powiedziałam, chociaż rzadko pozwala-
łam mu na słodycze przed obiadem.

Jednak czy w tej chwili miało to jakiekolwiek znacze-
nie? Walczyłam o odzyskanie mojego dawnego życia
i poczucia bezpieczeństwa, a to, że młody zapcha się
słodyczami przed naprędce przygotowanymi przeze

mnie parówkami, wydawało mi się w tym momencie tak samo nieważne, jak cała reszta drobnych codziennych problemów.

– Mamo, patrz! Jedzie druga straż! – krzyknął Dominik, kiedy przejeżdżaliśmy przez most. – Lubię, kiedy wyją syreny! – dodał z pełnymi ustami.

Zerknęłam we wsteczne lusterko. Mój syn zdążył się już upaćkać czekoladą i wyglądał naprawdę żałośnie, a ja pomyślałam, że jeszcze tylko parę lat i utraci tę cudowną dziecięcą naiwność, która czyniła postrzeganie naszego pochrzanionego świata w miarę znośnym. Niebawem zrozumie, że tam, gdzie pojawia się straż, jest też zazwyczaj ludzkie nieszczęście i dramat. Teraz widział tylko imponująco wielki czerwony samochód i hipnotyzujące, migające na niebiesko światła. Za kilka lat zrozumie więcej – pomyślałam i coś ścisnęło mnie za serce. Tak szybko rośnie, za szybko – przeszło mi przez myśl i chociaż siedziałam za kierownicą, przedzierając się przez zakorkowany Kraków, prawie się popłakałam. Ale ostatnio rozklejałam się coraz częściej. Zupełnie straciłam panowanie nad własnymi emocjami. Przypuszczałam, że to wina stresu i niewyspania, koktajl skrajnych uczuć, nic więcej.

– Nic więcej – szepnęłam, a syn uniósł głowę i nasze oczy spotkały się w lusterku.

– Nic więcej? – zapytał.

Roześmiałam się. Nerwowo, histerycznie, niemal obłąkańczo.

– Mama czasem gada do siebie, nie przejmuj się – powiedziałam.

– Okay – mruknął, bardziej zajęty wyjętą z plecaka książką niż mną.

– Okay – powtórzyłam, zjeżdżając w Kalwaryjską.

– Wszystko będzie okay.

O twierałam dom, kiedy usłyszałam sygnał dzwoniącej w mojej torebce komórki.

– Myślisz, że to tato? – zapytał stojący obok mnie Dominik i czubkiem swojej znoszonej tenisówki trącił leżącą przy frontowych drzwiach martwą osę.

– Myślę, że nie – powiedziałam.

Dzwonili z banku, a ja nie byłam w nastroju na rozmowę o finansach, więc zignorowałam połączenie i wrzuciłam dzwoniącą komórkę z powrotem do torebki.

– Nie tato? – zapytał Dominik, przykucnąwszy nad zasuszonym martwym owadem.

– Nie dotykaj jej – mruknęłam.

– Mamo, a dlaczego babcia umarła? – zupełnie niespodziewane pytanie syna niemal zwaliło mnie z nóg.

– Czemu o to pytasz? Akurat teraz, dzisiaj? – wykrztusiłam, zastanawiając się, czy mój pięciolatek może cokolwiek pamiętać z widoku wymizerowanej twarzy mojej mamy.

Miał trzy i pół roku, kiedy dostała rozległego wylewu. Zmarła po kilku dniach pobytu w klinice na Botanicznej, a mnie do dziś prześladuje wspomnienie jej zapadniętych policzków, woskowej cery i nieobecnego spojrzenia, jakim wodziła gdzieś nad moją głową. Odwiedzałam ją w szpitalu dwa, czasem nawet trzy razy dziennie, żałując każdej chwili, jakiej jej kiedyś poskąpiłam. Ale chyba zawsze tak jest, kiedy odchodzi ktoś bliski. Wyrzucamy sobie brak czasu, jakim się kiedyś wymawialiśmy przed spotkaniem z nim. A ja w tamtych czasach stale byłam zagoniona. Praca, rozgrzebany doktorat, którego do dziś nie udało mi się skończyć, samotne macierzyństwo... Miałam na głowie tyle spraw, że każda wizyta w podkrakowskich Swoszowicach wydawała mi się niemożliwością. Mama czekała. A później, któregoś deszczowego listopadowego dnia, upadła na przystanku i więcej nie miałam okazji, żeby zjeść przygotowane przez nią pierogi czy porozmawiać. Odeszła nagle, zupełnie niespodziewanie, niespełna sześćdziesięcioletnia, zawsze uśmiechnięta, a ja mogłam teraz jedynie przywołać jej obraz z pamięci, utulić ją w wyobraźni...

– Mamo? Dlaczego? – Syn zaskakująco kurczowo uczepił się tematu.

– Babcia była chora – powiedziałam, przekręcając znaleziony w końcu klucz w drzwiach.

– A czemu?

Kolejne pytanie... Wzięłam głębszy oddech i poprosiłam syna, żeby wszedł do środka. Jak wytłumaczyć pięciolatkowi, co się dzieje z człowiekiem po wylewie? I czy można w ogóle mówić o takich rzeczach, czy lepiej trzymać się banałów o chmurkach, aniołkach i lepszym świecie?

Z trudem powstrzymywałam łzy. Czasem tak bardzo tęskniłam za mamą, że niemal czułam obok siebie jej obecność. Przez kilka tygodni po jej odejściu w całym domu niepokojąco migotały żarówki, a ja, chociaż wiem, że to niedorzeczne, wmówiłam sobie, że to ona w jakiś sposób usiłuje się ze mną skontaktować. Niektórzy są przekonani, że zmarli się z nami porozumiewają, ale ja nigdy w to nie wierzyłam. Jednak po tym, jak odeszła moja mama, zmieniło się moje postrzeganie świata. Zaczęło się dla mnie liczyć już nie tylko to, co realne i namacalne, ale też to, co ulotne i nieuchwytne, jak widok dużej ważki, która usiadła mi na ręku, kiedy otworzyłam okno, dwa dni po pogrzebie mamy. Kiedy byłam małą dziewczynką, takie ważki oglądałyśmy razem nad Wilgą. A kiedy mama odeszła, jedna z nich przyleciała do mnie, jakby chciała dać mi znak... Koleżanka powiedziała mi wtedy, że to tylko owad, ja jednak czułam, że to było coś więcej niż przypadek, pomyślałam, rozpinając buty.

– Jestem głodny. – Szczęśliwie dla mnie Dominik zmienił temat i zapomniał o swoim wcześniejszym pytaniu.

Weszłam więc do kuchni, rozłożyłam zakupy, które zrobiliśmy po drodze, i zabrałam się za przyrządzanie fileta z indyka. Ostatnio, ze względu na to, co się wokół mnie działo, karmiłam syna naprawdę fatalnie. Lody, parówki, zapiekanki i zbyt mało warzyw – to jadaliśmy, kiedy nie potrafiłam się skupić na niczym innym, oprócz dręczącego mnie niepokoju. Jednak dzisiaj, zanim spakuję najniezbędniejsze rzeczy i zamknę za sobą drzwi, zrobię mu coś pożywnego do jedzenia – zdecydowałam.

– Mamo, a czy babcia jest teraz aniołem? – zapytał syn, kiedy wyjmowałam z szafki patelnię.

Cholera, jednak nie zapomniał o temacie – przeszło mi przez myśl.

– Ma skrzydła? – dociekał dalej.

– Nie, syneczku.

– Ale może latać? Jak samolot?

– Babcia jest w dobrym miejscu. Nie możemy go zobaczyć, ale…

– Czemu?

– Bo to jest inny świat, daleko stąd.

– Ale czemu babcia musi tam być? – Dominik wdrapał się na krzesło i sięgnął po solniczkę.

– Nie wysyp soli – powiedziałam, stawiając patelnię na ogniu.

– Okay – mruknął.

Sięgając po olej, zastanawiałam się, jak opisać mu niebo, w które sama chyba nie do końca wierzyłam. Na szczęście mój jedynak skupił się na zabawie solniczką, do której po chwili dołączyła też pieprzniczka. Umyłam więc filet i zabrałam się za krojenie, kiedy mój syn gwałtownie odsunął krzesło i podbiegł do okna.

– Kiedy przyjdzie tato? – zapytał, wyglądając na zewnątrz.

– Widzieliście się w weekend. Już się stęskniłeś?

– Tak!

– Chcesz do niego zadzwonić?

– Tak! – Syn wyraźnie się ożywił i pobiegł po moją zostawioną w korytarzu torebkę.

Wrzuciłam indyka na rozgrzany tłuszcz i wyjęłam z szuflady pokrywkę, kiedy młody wręczył mi komórkę.

– Czekaj, umyję ręce – powiedziałam.

Telefon odezwał się, kiedy szukałam ścierki do rąk.

– Nie odbieraj! – poprosiłam, bo syn już wpatrywał się w moją komórkę. – Daj mi ją.

Dzwoniła Edyta.

– Cześć, piękna! Wiesz, o co chcę zapytać, prawda? – zaczęła.

– Nie mam pojęcia.

– Zgadnij.

– Nie wiem, serio.

– Czy byłaś na policji? Postanowiłam cię dopilnować, bo chyba potrzebujesz lekkiego kopniaka na zachętę...

– Byłam. Dziś przed południem. Trafiła mi się całkiem konkretna policjantka, która obiecała, że wszystkiemu się przyjrzy. A dziś śpię poza domem, obiecałam jej.

– O, super! Zapraszam! – ucieszyła się Edyta.

– Dzięki, ale tym razem zaszyję się gdzieś dalej. Myślałam o odwiedzinach u kuzynki. Mieszka w Niepołomicach, wieki się nie widziałyśmy.

– Wieki się nie widziałyście, ale zamierzasz zwalić się jej na głowę? – Edyta się roześmiała.

– Więzy krwi zobowiązują – zażartowałam.

– A jak Dominik? Rozmawiałaś z nim? Uczuliłaś go na kontakt z obcymi ludźmi, pogadaliście o zagrożeniu?

– On to wszystko wie, Edyta – powiedziałam.

– Mam nadzieję, że moja Amelia też to wie…

– Każda matka ma taką nadzieję. Słuchaj, kończę, bo muszę pokroić warzywa do potrawki. Ostatnio karmię młodego naprawdę śmieciowym żarciem, więc dzisiaj wzięłam się za gotowanie. Zdzwonimy się, dobrze?

– Jasne. Uważajcie na siebie. A gdybyś zmieniła zdanie w kwestii noclegu, to pamiętaj, że masz u mnie swoją gościnną szczoteczkę. Młodemu też jakąś skombinuję – obiecała moja przyjaciółka.

– Dzięki, kochana jesteś – uśmiechnęłam się.

– Mamo, chcę obejrzeć telewizję! – rzucił młody, kiedy zakończyłam rozmowę.

– Idź, ale tylko na chwilę – zgodziłam się.

– Hurrrraaaa! – Dominik wypadł z kuchni i pognał do salonu.

Myłam paprykę, kiedy dotarło do mnie, że ktoś jest w domu. W salonie głośno grał telewizor, a jednak wyraźnie słyszałam czyjeś kroki. I z całą pewnością nie był to znajomy tupot syna… Odwróciłam się gwałtownie, mając upiorne wrażenie, że ktoś stoi tuż za mną, ale nie byłam wystarczająco szybka. Uderzenie w tył głowy było tak niespodziewane, że nawet nie poczułam bólu. Później nadeszła ciemność i zapadłam się w otchłań nieświadomości.

Kiedy się ocknęłam, leżałam na kuchennej podłodze. Chyba zbyt gwałtownie uniosłam głowę, bo zrobiło mi się niedobrze. W zasięgu wzroku miałam rzuconą w kąt kuchni ekologiczną torbę na zakupy i stopy w nowiutkich sportowych butach.

– Pomogę ci.

Męski głos, dziwnie znajomy. Wyciągnął do mnie rękę. Spojrzałam w górę. Artur, mój sąsiad z naprzeciwka. Więc jednak, intuicja mnie nie zawiodła. Od jakiegoś czasu był przecież jednym z moich podejrzanych.

– Usiądź – podsunął mi krzesło.

Opadłam na nie, walcząc z mdłościami.

– Nie byłeś w Izraelu, prawda? – szepnęłam.

– Nie – przyznał. – Nie chciałem cię uderzyć, naprawdę – dodał.

Dotknęłam tyłu swojej głowy i cicho jęknęłam. Pod palcami wyczułam formującego się gigantycznego guza, na szczęście skóra nie była rozcięta. Nagle dotarło do mnie, że nie wiem, gdzie jest mój syn.

– Dominik – szepnęłam.

Wstałam zbyt gwałtownie, ugięły się pode mną nogi. Artur podtrzymał mnie za łokieć, przyciągnął do siebie.

– Tyle czasu czekałem... – szepnął.

Odsunęłam się, odskoczyłam od niego, z malującą się na twarzy odrazą, ale zdawał się nie dostrzegać mojego wstrętu. Wręcz przeciwnie – sprawiał wrażenie kogoś, komu właśnie spełnia się jedno z największych życiowych marzeń.

– Gdzie jest Dominik?! – krzyknęłam.

– Kazałem mu iść na górę – powiedział.

– Kazałeś mu?! – żachnęłam się.

– To grzeczny chłopiec, posłuszny. – Artur oparł się o parapet i przez dłuższą chwilę tylko mi się przyglądał.

Rzuciłam się w stronę frontowych drzwi, ale kiedy ich dopadłam, zdałam sobie sprawę, że zniknął klucz, który zawsze kładłam na komodzie obok wejścia. Kiedy szaleniec tu wszedł, musiał go gdzieś schować, żebym nie mogła się stąd wymknąć w chwili jego nieuwagi. Załomotałam pięściami w twarde drewno, ale sąsiad był już przy mnie.

– Czemu to robisz? Chcesz przestraszyć syna? – syknął.

– Chcę go zobaczyć!

– Za chwilkę.

– Teraz! – Wyrwałam się i pobiegłam w stronę schodów.

Nie zdążyłam jednak nawet wejść na pierwszy stopień, kiedy Artur złapał mnie za rękę i szarpnął w tył.

– Porozmawiaj ze mną – poprosił.

W jego głosie było coś uniżonego, niemal skamlał, jakby żebrał o moją uwagę.

– Nie rozumiesz, że to wszystko było nam przeznaczone? Ty, twój syn, to…

– Mój syn?! – warknęłam.

– On też. Pasujemy do siebie, nie widzisz tego? Jesteś przerażona, nieporadna i samotna, a ja…

– O czym ty mówisz?! – krzyknęłam.

– Mamo? – odezwał się z półpiętra dziecięcy głosik.

– Wracaj do siebie i siedź tam, dopóki cię nie zawołam! – nakazałam synowi.

– Chodź do nas, śmiało – zachęcił go Artur.

– Wracaj do siebie, słyszysz?! – krzyknęłam, ale mój jedynak był już na półpiętrze.

– Mamo, Artur chce być twoim chłopakiem – usłyszałam.

– Ja już nim jestem – roześmiał się mój sąsiad.

– Musisz stąd wyjść. Musisz…

– Wyjdziemy stąd razem, wyjedziemy! Wszystko przygotowałem, od miesięcy to planowałem! Tamten wypadek zdarzył się po to, żebyśmy byli razem, nie rozumiesz?! – Szaleniec, który wdarł się do mojego domu, bo tak już teraz o nim myślałam, pochylił się ku mnie tak blisko, że poczułam na policzku ciepło jego oddechu. – Kocham cię, przecież wiesz! Widziałem, jak na mnie patrzysz, jaką masz w oczach nadzieję! Kocham ciebie i twojego syna! – krzyknął.

Spojrzałam mu w oczy i w jednej sekundzie dostrzegłam w nim szaleństwo. Czemu nie widziałam tego wcześniej?

Jak to możliwe, że tak dobrze się kamuflował? A może po prostu byłam ślepa? Zbyt zajęta pracą i użalaniem się nad sobą, żeby dostrzec, kto tak naprawdę kręci się przy moim dziecku? Zostawiałam syna pod jego opieką tak ufnie... Grywali razem w piłkę przed naszym domem, podczas gdy ja, korzystając z uprzejmości sąsiada, szłam na zakupy do warzywniaka, odbierałam rzeczy z pobliskiej pralni, szłam po lody, pizzę, kupon lotto. A on robił pranie mózgu mojemu pięciolatkowi – zrozumiałam.

– Nic nie mówisz... – Artur wyglądał na rozczarowanego. – Byłem pewien, że się ucieszysz – dodał, a ja zrozumiałam, że muszę przed nim grać.

Byłam pewna, że od tego przedstawienia zależy cała nasza przyszłość. Jeśli gdzieś nas wywiezie, jeśli zrobi krzywdę Dominikowi, nie będę umiała z tym żyć. Dlatego właśnie teraz muszę Artura oszukać, zwieść, omamić – powiedziałam sobie.

– Anuśka? – szepnął Artur. – Nic nie powiesz?

Dominik stał bez ruchu oparty o drewnianą poręcz schodów.

– Tak, masz rację. Czekałam na jakiś twój gest, chciałam, żebyś zrobił pierwszy krok. Dzisiaj po prostu mnie zaskoczyłeś, przestraszyłam się, kiedy tak nagle tutaj wszedłeś – powiedziałam cicho, z trudem panując nad łamiącym się głosem.

– I będziesz teraz dziewczyną Artura?! – ożywił się mój syn.

Wzdrygnęłam się. Jakim cudem nie zauważyłam, że ktoś tak chory i pochrzaniony ma wpływ na moje dziec-

ko? I jak to możliwe, że ten szaleniec zdołał aż tak go zmanipulować? Stałam przed nimi, drżąc z przerażenia, a mój syn miał nadzieję, że zostaniemy rodziną?
– przeszło mi przez myśl.
– Chodź! Musimy poczekać, aż się ściemni. Później wyjedziemy! Wszystko już na was czeka. – Artur złapał Dominika za rękę i kazał mi przejść do salonu.

Kiedy weszłam do pokoju, telewizor nadal był włączony, chociaż ktoś wyciszył dźwięk, a zasłony w oknach były szczelnie zasunięte.
– Dokąd chcesz jechać? – zapytałam cicho.
– A ty? – odpowiedział pytaniem.
Usiadłam na sofie i zawołałam Dominika.
– Usiądź przy mnie, synku.
Dominik posłuchał od razu. Dziecko idealne, idealna rodzina. Poczułam mdłości.
– A ty? – Artur zapytał raz jeszcze. – Dokąd chciałabyś jechać?
– Do Wenecji – rzuciłam pierwszą nazwę miasta, która przeszła mi przez myśl.
Wenecja... Kilometry wąskich zaułków, ukwiecone gondole, tysiące zakochanych par, Sebastian prowadzący mnie do hotelu za rękę. Roześmiany, lekko pijany, zabawny. Mój pieprzony mąż, który zostawił mnie na pastwę szaleńca, pomyślałam i poczułam palącą nienawiść do byłego, jego nowej miłości i całego cholernego świata, który pędził dalej, obojętny na los mój i mojego syna...
– Do Wenecji. – Artur się roześmiał.
Widać nieźle go rozbawiłam.

– Może kiedyś – dodał. – Ale najpierw zabiorę cię do domu.

– Nie będziemy mieszkać tutaj? – zdziwił się mój syn.

– Na razie nie. Ale nie martw się, spodoba ci się. – Artur pogładził Dominika po głowie i przysunął sobie jedno z krzeseł.

– Jestem głodny – powiedział mój syn. – Możemy zamówić pizzę?

– Nie teraz. – Sąsiad nagle spochmurniał, jakby zdał sobie sprawę, że jego „plan idealny" nie jest aż tak perfekcyjny.

– Czemu? – mój syn, jak zawsze dociekliwy, i tym razem postanowił drążyć temat.

– To nie jest dobry moment. Teraz chcemy porozmawiać – powiedziałam, usiłując załagodzić sytuację. – Idź na górę, okay?

– O nie, z całą pewnością nie. To już duży chłopiec, może z nami zostać – zaprotestował Artur.

– Dobrze, niech zostanie – zgodziłam się.

– Jesteś taka piękna! Przyglądałem ci się miesiącami i nigdy nie mogłem się napatrzyć... Kiedy już razem zamieszkamy, zadbam o ciebie tak, jak nikt nigdy o ciebie nie dbał.

– Chcesz się zatrzymać u siebie? – zapytałam najbardziej kokieteryjnym głosem, na jaki w tym momencie było mnie stać.

Roześmiał się.

– Zabawna jesteś. To też w tobie lubię – mrugnął do mnie. – Ale nie, nie u mnie. Ten dom pewnie niedługo

sprzedam. Nie lubię tej okolicy, a wścibska i głośna roz-
wódka zza ściany doprowadza mnie do szału. Głupia
pipa od miesięcy się do mnie mizdrzy – skrzywił się.

– A gdzie jest nasz nowy dom? – zapytał Dominik.

– W ładnym miejscu, spodoba ci się. Lubisz góry?

– Nie – nachmurzył się mój syn, a i Artur wyraźnie
spochmurniał.

– To polubisz – burknął.

– Na pewno polubisz – przyciągnęłam Dominika do
siebie i rozejrzałam się po salonie.

Wokół nas panował półmrok, ale mój wzrok już się
do niego przyzwyczaił. Gdzie jest moja komórka? – zastanawiałam się. Zabrał ją? Czy nadal leżała w kuchni?
Mam pod ręką coś, czym mogę go ogłuszyć, a może nie
powinnam aż tak ryzykować? Może lepiej poczekać, aż
wyjdziemy na zewnątrz, może tam będę miała większe
szanse na ucieczkę? – zastanawiałam się.

– Mogę zadzwonić do taty? – zapytał cicho Dominik.

– Nie – powiedział Artur.

– Ale ja chcę…

– Nie! – Szaleniec zerwał się z krzesła i podszedł do
nas. – Mówiłem ci przecież, twój ojciec cię nie kocha!
Teraz ja się wami zajmę!

– Oczywiście – powiedziałam. – Zajmiesz się nami,
jak zawsze. Przecież od miesięcy to ty pompujesz młodemu rower, zmieniasz mi żarówki na ganku, wieszasz
nowe lustra – uśmiechnęłam się.

Rozpromienił się od razu. Nabierał się na wszystko, co do niego mówiłam, był tak zaślepiony w swojej

obsesji, że nie brał pod uwagę żadnego innego scenariusza. Siedziałam tutaj, z trudem skrywając odrazę, a on był pewny, że oto otworzył serce przed miłością swojego życia i już na zawsze będziemy razem.

– Wiedziałem! – krzyknął. – Wiedziałem, że zrozumiesz!

– Oczywiście, że rozumiem! Jesteśmy sobie przeznaczeni. Jesteśmy jak idealnie do siebie pasujące puzzle! Ty, ja, Dominik – szepnęłam, zmuszając się, żeby patrzeć mu w twarz.

Przyklęknął i pochylił głowę. Walcząc z mdłościami, wsunęłam palce w jego włosy i głaskałam go tak, jak czasem głaszczę syna, a jego ciałem wstrząsnął szloch.

– Tak bardzo cię kocham, tak bardzo – powtarzał. – Ten koszmarny wypadek, to wszystko musiało się stać, żebyśmy byli razem.

Jaki wypadek? – chciałam zapytać, ale przecież tuż obok był Dominik. Spojrzałam na syna. Siedział przy mnie z nieodgadnionym wyrazem twarzy, nieco nieobecny, jakby nie potrafił poradzić sobie ze sprzecznymi sygnałami, które wysyłałam zarówno ja, jak i Artur.

– Idź na górę! – szepnęłam, ale młody nawet nie drgnął. Widać Artura słuchał chętniej niż mnie.

Mój obłąkany adorator jeszcze przez dłuższą chwilę przede mną klęczał, w końcu usiadł obok i objął mnie ramieniem.

– Idealnie – wyszeptał mi na ucho. – Widzisz to, prawda?

– Oczywiście – powiedziałam.

– Kiedy pojedziemy do nowego domu? – zainteresował się mój syn. – Jestem głodny! – poskarżył się, a ja przypomniałam sobie o indyku, którego obsmażałam w momencie wtargnięcia szaleńca.

– Mogę nam zrobić indyka – zaproponowałam, mając nadzieję, że patelnia z rozgrzanym olejem będzie odpowiednią bronią w moich rękach.

Ale on nie myślał teraz o jedzeniu.

– Później. – Artur mocniej zacisnął palce na moim ramieniu, niemal wbijając ich opuszki w moją skórę. – Później – powtórzył i nachylił się, żeby musnąć ustami moją szyję.

– Jedźmy już w takim razie – poprosiłam. – Po co czekać, aż się ściemni? Nie musimy się ukrywać, jesteśmy rodziną.

– Jedźmy, jedźmy, jedźmy! – Dominik poderwał się z sofy i zaczął podskakiwać.

– Mówisz poważnie? – Artur wstał i zaczął nerwowo krążyć po pokoju. – Wolałbym, żeby dzisiaj nikt nas nie zobaczył...

– Czemu? Kochamy się, to nic złego. – Odgrywałam ten teatrzyk z całym aktorskim kunsztem, na jaki było mnie stać. – Wolisz twój samochód czy mój? Spakuję tylko...

– Niczego nie zabieraj! Wszystko ci kupię! – Artur wstał i wyciągnął do mnie rękę. – Masz rację, nie ma na co czekać! – zgodził się ze mną.

– Jedziemy, jedziemy, jedziemy! – Nagle dziwnie pobudzony Dominik zaczął biegać wokół kanapy.

– Uspokój się – syknęłam, ale Artur wyglądał na roz-
bawionego.

– Chłopcy w jego wieku ani przez chwilę nie usiedzą
w miejscu. – Wzruszył ramionami.

– Powinnam chociaż sprawdzić okna i znaleźć moją
torebkę – powiedziałam cicho.

– Nie potrzebujesz jej. – Artur nagle znowu spochmurniał. – Jedziemy, zbierajcie się!

– Chcę zabrać modelinę i mój wóz strażacki! – krzyknął Dominik. – I Pana Smoka, i klocki, bo...

Syn nie dokończył. Mój sąsiad złapał go za ramię
i przyciągnął do siebie tak gwałtownie, że dziecku aż
odskoczyła głowa.

– Słuchaj, co do ciebie mówię! – warknął, gniewnie
cedząc słowa.

– Chodźmy! Niedługo po wszystko wrócimy – powiedziałam cicho.

– Mamo, ale ja chcę...

– Powiedziałem, że masz mnie słuchać?! – wrzasnął
poczerwieniały z wściekłości Artur.

Spojrzałam mu w twarz. Szaleństwo niemal wyziera-
ło z jego oczu, które płonęły dziwnym blaskiem.

Przyciągnęłam do siebie syna i posłałam stalkerowi
uśmiech.

– Kochanie, proszę. Nie psuj tej chwili – szepnęłam.

– Masz rację, nie warto. – Mój obłąkany adorator
momentalnie złagodniał i wyjął z kieszeni swoich dżinsów klucze od mojego domu. – Chodźmy – zdecydował.

Kiedy wyszliśmy przed dom, ogarnęło mnie dziwne poczucie odrealnienia, jakby wszystko dookoła działo się w zwolnionym tempie. Kobieta z maleńkim dzieckiem w modnym sportowym wózku, zmierzająca najpewniej w stronę parku Bednarskiego, nastoletni chłopak na desce z łomotem mijający moją furtkę, przejeżdżający uliczką dostawczy samochód – wokół toczyło się normalne życie miasta i nikt nie miał pojęcia, że przeżywam właśnie niewiarygodny koszmar. Prawdę mówiąc, do mnie samej chyba jeszcze nie do końca dotarło, że to wszystko dzieje się naprawdę. Artur kazał mi zamknąć frontowe drzwi i wyciągnął rękę po klucze, które przed momentem mi wręczył. Przypomniałam sobie przeczytaną gdzieś radę, żeby zaatakować napastnika kluczem, celując w jego oko, ale stałam jak sparaliżowana, niezdolna do jakiegokolwiek ruchu.

– Zamknij dom i jedźmy! – ponaglił mnie. – Sama mówiłaś, że nie ma na co czekać! – burknął.

301

Posłuchałam, działając jak automat, a on z powrotem włożył swój komplet do kieszeni dżinsów. Czy to możliwe, że dał mu je mój syn? Naprzeciwko pobliskiej lodziarni był punkt dorabiania kluczy. Zostawiając Dominika przed domem, zostawiałam mu również klucze. Na wypadek, gdyby chciał coś zabrać ze swojego pokoju bądź skorzystać z łazienki. Czy to możliwe, że to mój syn wręczył swój komplet mojemu niezrównoważonemu sąsiadowi, a on spokojnie je sobie dorobił podczas mojej nieobecności? – zastanawiałam się. To by tłumaczyło, skąd miał również i te nowe… Byłam pewna, że oni po prostu grają razem w piłkę, czasem w badmintona. Tłumaczyłam sobie zafascynowanie mojego syna osobą Artura tym, że Dominik tęsknił za Sebastianem. Wydawało mi się, że zostawiając młodego w ogrodzie, w jasny dzień, pod czujnym okiem sąsiadów, nie robię nic lekkomyślnego. Korzystałam z tych kilku chwil dla siebie, kupując mleko czy cholerną włoszczyznę, podczas gdy on wdrażał w życie swój pochrzaniony plan uprowadzenia mnie i stworzenia ze mną „rodziny".

– Mamo, chooooodź! – ponaglił mnie syn.

To się nie dzieje naprawdę, pomyślałam.

– Idź prosto do samochodu – pouczył mnie Artur, kiedy ruszyliśmy w stronę furtki.

– Oczywiście, kochanie – powiedziałam cicho.

Wyszło sztucznie, odpychająco, ale on nadal nie dostrzegał tego, że gram. Dla niego to, co się między nami wydarzyło tego popołudnia, było początkiem naszego wspólnego życia, niczym więcej. Był jak robot rozumiejący najprostsze przekazy, ale nieodgadujący emocji. Dominik szedł tuż obok niego, ufnie trzymając go za rękę – mój pięcioletni syn, któremu się wydawało, że nadal ma w nim przyjaciela... Spojrzałam w okna Edyty. Zasłonięte rolety, zero oznak życia. Pewnie nie wróciła jeszcze z pracy, w końcu było dopiero wczesne popołudnie. Czy jeśli zacznę krzyczeć, ktokolwiek zareaguje? – zastanawiałam się. I czy mogę ryzykować, podczas gdy szaleniec trzyma za rękę moje dziecko? Czy z dobrotliwego amanta zamieni się w potwora, czy może przestraszy się i ucieknie?

– Pospiesz się! – Artur uchylił bramkę i przystanął, czekając, aż do niego podejdę.

– Chodź, mamo! Jedziemy! – ponaglił mnie syn.

– Idę – szepnęłam.

Nagle przypomniałam sobie o sekatorze. Powinnam go była odnieść na miejsce i zamknąć w skrzynce na narzędzia w garażu, a jednak kilka dni wcześniej cisnęłam go pod krzew bukszpanu, tuż przy furtce, i tam już został. Mama z babcią zawsze mi wyrzucały moje bałaganiarstwo, mogło się jednak okazać, że to właśnie ono uratuje nas teraz z rąk szaleńca. Spojrzałam w ich stronę. Syn rył czubkiem buta w ziemi, nadal trzymając Artura za rękę, a on sam czekał, aż do nich podejdę. Teraz w jego wzroku wyczuwałam napięcie, wyglądał jak ktoś, kto bardzo chce wierzyć w swoje szczęście, ale wychodzi mu to z trudem. Potknęłam się celowo, udając, że tracę równowagę na prowadzącej do wyjścia z ogrodu ścieżce, a kiedy upadłam, zdzierając sobie skórę na dłoniach, sekator był jakieś pół metra od mojej ręki. Później wszystko wydarzyło się w ekspresowym tempie. Mój gwałtowny ruch i ostre narzędzie w dłoni, wykrzywiona wściekłością twarz Artura, krzyk odepchniętego na bok Dominika, który runął na nierówny chodnik. Podrywając się na nogi, wiedziałam, że mam tylko jedną szansę. Ostrza błysnęły w mojej dłoni i zagłębiły się w ciało mojego prześladowcy. Pierwszy cios zadałam w ramię, ale tylko go drasnęłam. Za drugim razem sekator utkwił w jego szyi, z której buchnęła krew. Zaczęłam krzyczeć, z moim głosem mieszał się przeraźliwy pisk Dominika. Pamiętam jeszcze, jak odepchnęłam Artura, który opadł na kolana i z dłońmi przyciśniętymi do szyi usiłował zatamować krwawienie.

– Ty suko – wycharczał.

Wybiegłam za furtkę i podciągnęłam w górę zapłakanego, siedzącego na chodniku syna.

– Mamusiu, ja chcę jechać z Arturem! – krzyknął.

Szarpnęłam go za ramię mocniej, jakby nagle eksplodowała cała kłębiąca się we mnie furia i przez chwilę poczułam wściekłość na Dominika, który dał się omamić szaleńcowi. Szybko jednak wrócił mi rozum. To tylko pięciolatek, na miłość boską! To nie jego wina! Mały nadal płakał, łzy płynęły po pucułowatej buźce, mieszając się ze smarkami, które wytarł wierzchem dłoni. Powiedziałam, że musimy uciekać, ale on nadal niczego nie rozumiał.

– Chcę jechać z Arturem! – powtarzał, kompletnie zdezorientowany.

– Pojedziemy później, syneczku! – skłamałam i porwałam go na ręce.

Wciąż chlipiąc, młody wtulił buzię w zagłębienie mojej szyi i pomału zaczął się uspokajać. Później nastąpiła szaleńcza ucieczka w kierunku najbliższego sklepu, zszokowane spojrzenia przypadkowych przechodniów, czyjś krzyk „policja!". Do niewielkich delikatesów wpadłam z obłędem w oczach i umazana krwią, z równie przerażonym dzieckiem na rękach. Kiedy kilka dni później policja na moją prośbę pokazała mi nagranie z monitoringu, nie mogłam uwierzyć, że widzę na nim siebie. Strach i szok wykrzywiły moje rysy, dodały mi lat, sprawiły, że wyglądałam jak statystka z niskobudżetowego thrillera.

Z oddali dobiegł do moich uszu przeciągły, jękliwy sygnał ambulansu. A może to była policja? Ktoś podał mi szklankę z wodą, ktoś inny zapytał, czy to moja krew.

– Nie – szepnęłam, oddając Dominika wysokiej, postawnej ekspedientce w granatowym fartuchu.

– Mamo! – Syn zaczął się wyrywać, ale kobiecie udało się go uspokoić.

Nieliczni klienci sklepu kręcili się przy kasie, posyłając mi zaciekawione spojrzenia. Usiadłam na podłodze i oparłam się plecami o jeden z regałów.

– Policja już jedzie – powiedział niewysoki facet o pociągłej twarzy. – Na pewno nie potrzebuje pani karetki?

– Nie – powiedziałam.

– Mamo, gdzie jest Artur? – Syn w końcu wyrwał się ekspedientce, podbiegł do mnie i objął mnie za szyję.

Miał lepkie dłonie i cały drżał.

– Artur musi teraz jechać do szpitala – powiedziałam cicho i dopiero wtedy zdałam sobie sprawę, że mogłam go przecież zabić.

A jeśli zabiłam człowieka? Z drugiej jednak strony, działałam przecież w obronie własnej, musiałam mu jakoś uciec! Jeszcze kilka metrów i wsiedlibyśmy do jego samochodu, a później kto wie? Gdzieś, najprawdopodobniej w górach, czekała przygotowana przez niego kryjówka, w której zamierzał nas trzymać. Popapraniec, któremu się wydawało, że do miłości wystarczy układanka dwa plus jeden. Samotna matka z dzieckiem i on, desperat, któremu całkiem pomieszało się w głowie.

– Proszę pani? – Policjantka, która do mnie podeszła, była młoda i bardzo ładna. – Może pani wstać?

– Nie – szepnęłam.

– Jest pani ranna?

– Nie.

– Zabierzemy panią na komisariat, tylko...

– Co z nim? Z mężczyzną, którego zraniłam?

– Nie mam pojęcia, o kim pani mówi. Przyjęliśmy zgłoszenie, że do delikatesów wpadła przerażona i zakrwawiona kobieta z kilkuletnim chłopcem na rękach.

– On tam leży – wyszeptałam.

– Pani mąż? Zraniła pani męża?

– Artur. Mój sąsiad. Człowiek, który miesiącami mnie prześladował.

– Zgłaszała to pani komuś? – zapytała młoda policjantka.

– Tak.

– Proszę podać adres, wezwę karetkę – poprosiła.

O Boże, a jeśli on przeżyje? Jeśli sekator nie przebił tętnicy i on z tego wyjdzie, żeby do końca moich dni mnie prześladować? Jeśli odsiedzi kilka marnych lat, a ja już zawsze będę się oglądać za siebie? Z drugiej jednak strony, czy uniosę ciężar zabójstwa, którego dokonałam własnymi rękoma, na oczach syna? – zastanawiałam się, podczas gdy wokół mnie kłębił się coraz bardziej gęsty tłumek spragnionych sensacji gapiów.

– Proszę się cofnąć! – krzyknęła młoda policjantka, kiedy wychodziłyśmy z delikatesów.

Wśród gromady ciekawskich rozpoznałam jedną z moich sąsiadek i młodą dziewczynę z sąsiedniej ulicy.

– Ma pani numer do kogoś zajmującego się pani sprawą? – zapytała policjantka.

– Aldona Siekira – powiedziałam. – Dzisiaj wszystko jej zgłosiłam.

– Dopiero dzisiaj? Nic dziwnego, że panią dopadł – mruknęła dziewczyna i otworzyła przede mną tylne drzwi radiowozu.

– Co z nim? – zapytałam, kiedy dotarliśmy na komendę.

– Zabrała go karetka – powiedział jeden z policjantów, który przysłuchiwał się naszej rozmowie.

– Wyjdzie z tego?

– Nie mam pojęcia – wzruszył ramionami.

Spojrzałam na Dominika. Siedział na jednym z krzeseł i miał w dłoniach puste opakowanie po pomarańczowym soku, który wręczył mu jeden z młodych gliniarzy. Co z nami będzie? – pomyślałam, z trudem powstrzymując łzy. Co, jeśli na oczach syna zabiłam człowieka i już nigdy nie będzie tak, jak dawniej? I co, jeśli młody nie będzie potrafił zrozumieć, czemu to zrobiłam?

Kolejne tygodnie były dla mnie prawdziwym koszmarem. Obskurna cela aresztu i kilkadziesiąt godzin spędzonych w zamknięciu, później sąd. Na szczęście sędzia, wysuszona, mało sympatyczna z wyglądu kobieta z siwym odrostem, zdecydowała, że działałam w stanie wyższej konieczności, nie przekraczając granic obrony koniecznej i zasądziła wyrok w zawieszeniu. Może gdyby Artur się z tego nie wykaraskał, wyrok byłby bardziej surowy, ale miałam szczęście w nieszczęściu – sekator nie uszkodził mu tętnicy szyjnej i lekarzom udało się go odratować. Na moją korzyść działał też ustalony przez policję fakt, że nie byłam pierwszą kobietą, którą prześladował mój sąsiad.

– Mężczyzna, który panią nękał, był kiedyś obsesyjnie zakochany w innej kobiecie, również samotnej matce. Ona też kilkakrotnie zgłaszała policji nękanie, niestety w ostatnim momencie wycofała swoje zeznania i sprawę umorzono – powiedziała mi Aldona Siekira, kiedy spotkałyśmy się na kawie w jednym z barów na krakowskim Kazimierzu.

Na komendę nie chciałam jechać. Po kilkudziesięciu spędzonych w areszcie godzinach nie potrafiłam się przemóc, żeby wrócić w takie miejsce.

– Ta kobieta to ktoś stąd, z Krakowa? – zapytałam.

Policjantka posłodziła swoją kawę i przecząco pokręciła głową.

– Nie. Zanim się tu przeprowadził, Artur Nawrot mieszkał w Kielcach. Ta kobieta, również jego sąsiadka, mieszkała z kilkuletnim synem, a on ubzdurał sobie, że jest mu przeznaczona. Nękał ją miesiącami i podobnie jak w pani przypadku, w jej domu założył podsłuch – powiedziała Siekira, a ja lekko się wzdrygnęłam.

Tak, w moim domu był podsłuch. Nawrot, który dzięki bliskim relacjom z moim synem swobodnie poruszał się po wszystkich pokojach, zainstalował u mnie „pluskwy" i podsłuchiwał moje rozmowy. Właśnie dlatego tamtego dnia zjawił się u nas w tak dogodnym dla niego momencie, kiedy ja obsmażałam w kuchni indyka, a syn oglądał kreskówkę na zbyt głośno nastawionym telewizorze. Musiał słyszeć moją telefoniczną rozmowę z Edytą i zrozumiał, że skoro poszłam w końcu na policję, to ostatnia chwila na działanie. Kilka dni później dowiedziałam się, że kupił niewielki dom w Beskidach i chciał, żebyśmy tam razem zamieszkali. Policja odkryła w budynku setki zdjęć moich i Dominika, kobiece i dziecięce ubrania, które musiał gromadzić dla nas, oraz kosmetyki, które dla mnie kupował w Rossmannie – w reklamówkach były jeszcze paragony. Zaplanował wszystko, nie przewidział tylko jednego – tego, że nie będę zainteresowana…

– Miała pani mnóstwo szczęścia, zdaje sobie pani z tego sprawę? Gdyby udało mu się was tam wywieźć... – Aldona Siekira pokiwała głową i upiła kilka łyków kawy. – Dom stał na uboczu, z dala od ludzkich oczu. Ponury, zaniedbany budynek o grubych ścianach i niedawno odmalowanej piwnicy. Nawrot mógł sobie wmawiać, że to, co do pani czuje, to miłość, ale cholera wie, jakie piekło by pani urządził. Szkoda, że tamta babka z Kielc wycofała oskarżenie. Gdyby dostał wyrok wcześniej, być może nie doszłoby do tego wszystkiego...

– A wypadek? Kiedy wtargnął do mojego domu, wspomniał o jakimś wypadku. Twierdził, że wydarzył się po to, żebyśmy mogli być razem – powiedziałam.

– Tak, przypuszczam, że od tego zaczęły się jego psychiczne problemy... W dwa tysiące jedenastym roku zginęli jego żona i syn. W chwili wypadku dzieciak miał tyle lat, co pani syn obecnie.

– Pięć? – zapytałam, czując nagły przypływ współczucia dla mojego prześladowcy.

– Tak, pięć. Wracali z weekendu nad morzem, kiedy po czołowym zderzeniu z innym pojazdem ich auto stanęło w płomieniach. Jego żona była uwięziona we wgniecionym wraku. On usiłował ją wyciągnąć, ale nie dał rady. Syna wydostał wcześniej, ale chłopiec nie przeżył. Straszna historia – powiedziała cicho Siekira. – Stąd pewnie obsesyjne zainteresowanie samotnymi matkami kilkuletnich chłopców. W swojej chorej psychice nieszczęśnik wmówił sobie, że stworzy nową rodzinę jak z puzzli

– dodała policjantka, a ja odwróciłam głowę, żeby nie zauważyła cisnących mi się do oczu łez.

Czołowe zderzenie, pojazd w płomieniach, kobieta uwięziona w płonącym wraku – jak upiornie to wszystko brzmiało… Stąd oparzenia na jego dłoniach – zdałam sobie sprawę, tymczasem Siekira zanurzyła widelczyk w puszystej sernikowej masie i z przymkniętymi oczami włożyła do ust pierwszą porcję.

Zapytałam, co było dalej.

– W jakim sensie? – zdziwiła się policjantka, wydłubując z sernika rodzynek.

Widać nie znosiła ich tak samo, jak ja…

– Po wypadku – sprecyzowałam.

– Nic dobrego – wzruszyła ramionami. – Dowiedzieliśmy się, że kilka tygodni po śmierci żony i syna Nawrot usiłował się zabić. Skoczył z mostu, ale miał fart – odratowano go. Trafił na psychiatrię, spędził dłuższy czas na oddziale, w końcu wyszedł, a jakiś rok później zaczął nękać swoją sąsiadkę. Po tym, jak wycofała swoje zeznania, zniknął z Kielc. Sprzedał dom, zamknął firmę, przepadł…

– Miał własną firmę? – zdziwiłam się.

– Owszem. I uwaga, uśmieje się pani – montował alarmy przeciwwłamaniowe, znał się również na elektryce, z wykształcenia jest inżynierem elektrykiem. Podsłuch, który u pani zamontował, świadczy o tym, że planował to miesiącami.

– Skurwiel! – zaklęłam.

– Widziałam się dziś z psychologiem, który zajmuje się pani synem – zmieniła temat policjantka.

– Mamy się spotkać jutro – przypomniałam sobie.

– Tak, Maciek mi wspomniał.

– Dowiedziała się pani czegoś, czego jeszcze nie wiem? – zapytałam, bez apetytu dłubiąc widelczykiem w zamówionym serniku.

– Dowiedziałam się, że Artur Nawrot miesiącami zastraszał pani syna. Wmawiał mu, że czai się na niego zły pan, który zjawia się nocą w domach dzieci mieszkających bez ojców. Tak zdobył klucze. Wmówił Dominikowi, że w razie czego tylko on może was obronić. Że pani jest zbyt słaba, że samotne mamy nie potrafią ochronić dzieci przed czyhającym na zewnątrz zagrożeniem, że ktoś musi nad wami czuwać. Wciągnął pani syna w swoją chorą grę, przekonał go, że ojciec już go nie kocha, a on jest waszym jedynym obrońcą i tylko tak Dominik może chronić panią. To miała być ich wspólna tajemnica, największy sekret ich męskiej przyjaźni. W domu znaleźliśmy mnóstwo jego odcisków palców, więc przypuszczamy, że miesiącami kręcił się po wszystkich pomieszczeniach, kiedy pani nie było w pobliżu. W sypialni na górze, tuż przy pani łóżku, znaleźliśmy kilka jego włosów łonowych, podejrzewamy więc, że regularnie mógł się tam masturbować – zawiesiła głos policjantka.

– Coś obrzydliwego – szepnęłam, czując napływające do oczu łzy.

To dlatego Dominik tak się bał złego pana, o którym czasem wspominał – zrozumiałam.

– Muszę już iść – powiedziała Siekira, po czym wstała i sięgnęła po swój żakiet. – Aha, jeszcze jedno. Maciek

Hrycaniuk, psycholog, który rozmawiał z pani synem, chciałby poprowadzić jego terapię. Podobno fajnie się dogadują. Gdyby była pani zainteresowana...

– Zastanowię się – powiedziałam.

Policjantka podała mi rękę, przerzuciła przez ramię niewielką szarą torebkę na wąskim pasku i ruszyła w stronę drzwi.

Kiedy wyszła z lokalu, dojadłam ciasto i wybrałam numer byłego męża.

– Cześć. – Sebastian odebrał niemal od razu, jednak w jego głosie nadal brzmiała uraza.

Miał do mnie żal, że nie powiedziałam mu o wszystkim i nie poprosiłam go o pomoc, a afera, którą swego czasu urządziłam w ich ogrodzie, również znacznie popsuła nasze relacje. Wiedziałam, że powinnam przeprosić Natalię. Kupić kwiaty, czekoladki, może dobre wino i okazać skruchę. Wciąż jednak zbierałam siły, żeby tam jechać. Powiedziałam jej tyle podłych rzeczy, nazwałam ją bezpłodną suką. Czy coś takiego można wybaczyć? Z drugiej jednak strony ona też wyrządziła mi wiele krzywd, więc może po prostu wyrównałyśmy rachunki?

– Anka? Jesteś?

– Tak, wybacz. Zabrałbyś dzisiaj Dominika? Chciałabym coś załatwić.

– Nie wiem, czy się wyrobię. Natalia ma dyżur, a ja...

– Nie ma sprawy, zapomnij. Jakoś sobie poradzę – weszłam mu w słowo.

– To cześć. – Rozłączył się bez pożegnania, nadal rozmawiał ze mną bardzo oficjalnym tonem.

Schowałam do torebki komórkę i wyszłam z kawiarni. Szłam przez most w stronę placu Bohaterów Getta, kiedy zauważyłam znajomą twarz. Szedł z przeciwka, był jakieś cztery metry przede mną i trudno byłoby mi udawać, że go nie widzę. Mateusz. Facet, który spędził ze mną upojną noc i wystawił mnie do wiatru tuż przed drugą randką. Na mój widok przystanął, równie zaskoczony jak ja.

Skinęłam mu głową, chcąc wyminąć go bez słowa, ale złapał mnie za rękę.

– Aniu, zaczekaj – poprosił.

– Spieszę się! – rzuciłam mało zachęcającym tonem, ale on nalegał.

– Muszę ci coś powiedzieć, to ważne. Wiele razy chciałem do ciebie zadzwonić, ale…

– Ale co?

– Możemy gdzieś usiąść? Na moment. Chciałbym tylko porozmawiać, wyjaśnić pewną rzecz. Może w hotelu Cubus? Mają tam przyjemny bar pod palmami.

– Wybacz, ale właśnie wypiłam kawę – powiedziałam.

– Więc może nad Wisłą? Masz ochotę się przejść?

– Mateusz, nie mam czasu! – podniosłam głos i gwałtownie się zatrzymałam.

Przez most przejechał niebieski tramwaj; wyminęła nas roześmiana grupa niemieckich turystów.

– Tamtej soboty ktoś mnie pobił. Kilka godzin przed naszą randką, w przejściu podziemnym na Olszy – powiedział Mateusz. – To nie był napad rabunkowy ani przypadkowy incydent, sprawcy musiało chodzić o mnie.

– Niby komu? – zapytałam kpiarskim tonem, bo jakoś nie chciało mi się wierzyć w to, co właśnie usiłował mi wcisnąć.

Skoro ktoś go pobił tuż przed naszą randką, czemu nie zadzwonił i wszystkiego mi nie wyjaśnił, zamiast wysyłać tego żenującego, zdawkowego esemesa? – pomyślałam.

– Nie wierzysz mi, prawda?

– Nie bardzo – przyznałam.

– Trafiłem do szpitala, w domu mam historię choroby, gdybyś kiedyś chciała ją zobaczyć. Złamał mi żebro, rozciął łuk brwiowy, skopał tak, że przez długie tygodnie byłem cały posiniaczony i miałem pękniętą śledzionę. Wysłałem ci tego esemesa tuż przed operacją...

– Złapali go? – zapytałam, chociaż jakaś część mnie nadal nie do końca mu wierzyła.

– Nie. Ale to był ktoś, kto kręcił się wokół ciebie. Kiedy mnie kopał, powiedział, żebym trzymał się od ciebie z daleka. Najgorsze jest to, że niewiele z tamtego zdarzenia pamiętam. Facet był dobrze zbudowany, chyba w średnim wieku. Miał czarną bluzę z nasuniętym głęboko na czoło kapturem i brzydkie blizny na rękach. Powiedziałem policji, że...

– Blizny na rękach? – zapytałam.

– Tak, jak po oparzeniach. To jeden z nielicznych szczegółów, jakie udało mi się zapamiętać.

Chryste... Czy to tylko ponury zbieg okoliczności, czy może Mateusza pobił zazdrosny o mnie Artur? Skoro w moim domu był podsłuch, musiał przecież słyszeć wszystko. Naszą rozmowę, to, jak uprawialiśmy seks, to, co się wydarzyło tamtej nocy po naszej pierwszej randce. Rozmawialiśmy wtedy o tylu rzeczach. O znajomych Mateusza, jego hobby, byłej żonie, firmie. Znalezienie namiarów na niego i późniejsze śledzenie go byłoby dla Artura bezproblemowe – zrozumiałam.

– Anka? Powiedz coś, proszę. Wiem, że zachowałem się jak palant, stchórzyłem. Jestem w trakcie sądowej batalii z rozwodem w tle, moja była utrudnia mi kontakty z dzieckiem i zdałem sobie sprawę, że mam dość problemów. Kiedy wyszedłem ze szpitala, chciałem do siebie zadzwonić, ale...

– Ale nie zadzwoniłeś – dokończyłam za niego.

– Wciąż o tobie myślę – powiedział.

Oparłam się plecami o barierkę mostu i zmrużyłam oczy od słońca.

– Przykro mi, Mateusz, naprawdę. Domyślam się, kto mógł cię pobić, gdybyś chciał jeszcze raz pogadać z policją, ale...

– Kto to był? Jakiś twój były?

– Facet, który miał obsesję na moim punkcie. Nękał mnie miesiącami, to długa historia.

– Czemu o niczym mi nie powiedziałaś? – zdziwił się Mateusz.

– Kiedy? Na pierwszej randce? – uśmiechnęłam się krzywo.

– Myślisz, że jest cień szansy na drugą randkę? – zapytał nagle, patrząc mi prosto w oczy. – Czy gdybym zapytał...

– Nie, Mateusz. Ten rozdział już zamknęłam.

– Anka, wiem, że cię zawiodłem! Wiem, że zachowałem się jak debil i możesz mieć do mnie żal, ale mnie też się wtedy nieźle dostało. Daj nam jeszcze jedną szansę, pozwól, że wszystko ci wynagrodzę! – nalegał.

Nagle zdałam sobie sprawę, że mój opór słabnie, wykrusza się. Tak, pomimo wszystko chciałabym się jeszcze z nim spotkać – teraz, kiedy staliśmy twarzą w twarz pośrodku jednego z krakowskich mostów, zrozumiałam, że ja również często o nim myślałam, że nawet pomimo całego tego koszmaru, który przeżyłam w ostatnich miesiącach, często wracałam myślami do naszego wieczornego spaceru i naszej pierwszej wspólnej nocy. Zresztą było jeszcze coś, z czego ostatnio zdałam sobie sprawę. Historia ze stalkerem uświadomiła mi, że nadal żyję przeszłością. Moja tęsknota za Sebastianem, paląca nienawiść do Natalii, to uparte tkwienie w tym samym miejscu, jakbym dreptała dokoła własnej osi, nie potrafiąc się wyrwać z kręgu tej obsesji... To się musiało skończyć! Mój mąż odszedł, porzucił nas, miał inne, dobre życie, a ja nadal tkwiłam przy jego boku, kurczowo wczepiona we wspomnienia. Muszę iść do przodu, żyć dalej – zrozumiałam.

Mateusz wyczekująco patrzył mi w oczy.

– Zabierz mnie dzisiaj do kina – powiedziałam. – Zabierz mnie na jakąś komedię. Po tym, co ostatnio przeszłam, mam ochotę na najgłupszy film świata. Zostańmy przyjaciółmi i zobaczymy, co z tego wyniknie – zmiękłam.

– Przyjaciel brzmi dobrze – powiedział.

– Przyjedź po mnie o dziewiętnastej. I mam nadzieję, że uda mi się znaleźć opiekunkę dla syna, bo w przeciwnym razie zjesz z nami pizzę i obejrzysz kreskówkę.

– Lubię kreskówki – zapewnił mnie z rozbrajającą żarliwością w głosie.

Żegnając się z nim, wiedziałam już, że dam mu jeszcze jedną szansę. Nie wiem, czy na nią zasłużył, ale kiedy tak staliśmy, zrozumiałam, że jego widok ucieszył mnie bardziej, niż chciałabym to przyznać sama przed sobą. A to już przecież coś, jak na początek.

Wchodząc w naszą uliczkę, spojrzałam w stronę należącej do Artura opuszczonej połówki bliźniaka. Mój sąsiad nadal przebywał w szpitalu psychiatrycznym i raczej nieprędko stamtąd wyjdzie, a jednak niepokój, jaki nagle poczułam, niemal odebrał mi oddech. Kiedyś, któregoś dnia, ktoś go stamtąd wypuści, a on wróci tutaj i stanie w kuchennym oknie z widokiem na mój dom – pomyślałam, szybko jednak odegnałam złe myśli. Nie będę teraz się tym zadręczać – zdecydowałam. Na razie jestem bezpieczna, a co będzie jutro? Czy ktokolwiek z nas jest w stanie to przewidzieć?

Książkę wydrukowano na papierze
Creamy HiBulk 2.4 53 g/m²
dostarczonym przez ZiNG Sp. z o.o.

www.zing.com.pl

Warszawskie Wydawnictwo Literackie
MUZA SA
ul. Sienna 73, 00-833 Warszawa
tel. +4822 6211775
e-mail: info@muza.com.pl

Dział zamówień: +4822 6286360
Księgarnia internetowa: www.muza.com.pl

Skład i łamanie: Magraf s.c., Bydgoszcz
Druk i oprawa: Abedik S.A., Poznań